ラヴクラフト全集　別巻上

P・ラヴクラフト

ラヴクラフトは数多くの添削や共作を手がけ，ほぼ全面改稿に近いほど手を加えたものもある。その一部は全集に収録されたが，今回は程度の多少にかかわらず，ラヴクラフトの手の入った作品を執筆年代順に別巻二冊に網羅した。上巻には，死体への執着から猟奇殺人を繰り返す男の異常心理を，その内面から克明に描きあげた，サイコ・ホラーの先駆的作品「最愛の死者」，かつて惨劇の舞台となった農園屋敷の老主人が語る，魔術カルトの女祭司が描かれた邪悪な絵画に潜む宇宙的恐怖「メドゥサの髪」ほか，怪奇と幻想の幅広いテーマの十二編を収める。

ラヴクラフト全集　別巻上

H・P・ラヴクラフト
大　瀧　啓　裕　訳

創元推理文庫

MEDUSA'S COIL AND OTHER REVISIONS

by

Howard Phillips Lovecraft

目次

ラヴクラフト全集　別巻上

這い寄る混沌

イリザベス・バークリイ

阿片の快楽と苦痛については多くのことが書き留められている。ド・クィンシイの恍惚や恐怖、ボードレールの人工楽園は、それらを不滅のものとする技巧でもって記録、解釈されているので、霊感を受けた夢想家が運びこまれる、あれら模糊とした諸々の領域の美や恐怖や神秘については、世界のよく知るところである。しかし多くが語られながらも、そのようにして心に開示される幻影の性質を敢(あ)えて暗示したり、阿片を吸飲した者が否応(いやおう)なく運ばれてゆく、華麗にして異国情緒豊かな未知の進路の方角をほのめかしたりした者は、いまだかつて一人としていない。ド・クィンシイはあの朦朧(もうろう)たる影に包まれた豊かな土地、アジアに引き戻されて、その並外れた古ぶるしさに強い印象を受け、「人種とその名前がはらむ渺茫(びょうぼう)たる歳月は個人における若さの感覚を圧倒する」と思ったが、それ以上進むことはしなかった。さらに遠くへ入りこんだ者はほとんど戻ることがなく、戻ってきたとしても、沈黙を続けるか、狂いはてている。わたしは阿片を一度吸飲した――疫病が蔓延した年に、取り除けない苦悶を和らげようとして、医者たちが使用していたのだ。わたしは過剰に吸飲して――医者が不安と過労で疲れきっていた――確かに遙か遠くまで旅をした。最後に生きて戻りはしたが、夜になると異様な記憶が脳裡を満たすので、それ以来医者には二度と阿片を使わせないでいる。

　阿片が投与されるとき、頭の痛みと疼(うず)きはまったく堪えがたいものだった。将来のことなどまったく気に留めなかった。治療であれ、失神であれ、死であれ、とにかく逃れられさえすればよかったのだ。いささか譫妄(せんもう)状態に陥ってもいたので、移行がいつ起こったのか、正確なところはよくわからないが、がんがん鳴る頭の痛みがおさまる直前にはじまったように思う。先に述べたように、阿片が過剰に投与されたので、おそらくわたしの反応は正常なものとは異なっていたのだろう。落下するという感覚が際立ち、妙に重力や方向の観念と分離していたが、目に見えないものが数えきれないほどおびただしく犇(ひしめ)いて、それらは種々雑多なものでありながら、多かれ少なかれわたしに結びついているという印象が付随していた。ときおりわたしが落ちているというより、宇宙か歳月がわたしのまわりを落下しているかのような気がしたこともあった。突然、痛みがなくなって、わたしは鳴り響く音を、体内のものというより、外部の力に結びつけるようになった。落下も止まっていて、不安な束の間の休息という感じがもたらされた。一心に耳を凝らしている内に、鳴り響く大きな音が、途方もない大嵐のあとでどこか荒寥(こうりょう)とした岸辺に凶まがしくも巨大な波を打ちつける、広大にして計り知れない大洋の音ではないかと思った。そしてわたしは目を開けた。

　ほんの束の間、まったく焦点が合わずに投影された映像のごとく、まわりのものが朦朧としているように思えたが、やがて次第に、数多くの窓に照らされる不思議な美しい部屋に一人きりでいるのがわかるようになった。わたしの心はまだ騒然としていたので、部屋の性質が正確にはわからなかったが、多彩な色の絨毯（じゅうたん）やカーテン、凝った造りのテーブル、椅子、足載せ台、長椅子、繊細な鉢や装飾品があって、実際には異質なものではないのに、どこか普通ではないと思わせるものがあることに気づいた。こうしたものに気づきはしたが、わたしの心の上層に長く留まることはなかった。ゆっくりとだが、容赦なくわたしの意識に忍び寄り、他の印象をことごとくしのいで上ってきたのは、目眩（めくるめ）くような未知の恐怖だった。分析することもできず、こっそりと迫りつつある脅威にかかわっているように思えるだけに、その恐ろしさもひとしおだった——死ではなく、いいようもないほど凄絶で忌わしい、名状しがたい未知のものだった。

　すぐにわかったことだが、恐怖の直接の象徴となり、恐怖を煽（あお）り立てているのは、わたしの疲弊（ひへい）した脳に絶え間ない反響を狂おしくもたらす、大きな鳴り響く音だった。しかしわたしのいる大建築物の外部の下の一点から聞こえるようで、このうえもなく恐ろしい心像に結びついているように思えた。絹のカーテンの掛かる壁の向こうに慄然たる情景か物体が潜んでいるように思い、当惑するほどに四方のすべてに設けられている、格子の嵌（はま）った迫持（せりもち）造りの窓に目を向けないようにした。これらの窓に鎧戸が備わっているのを知ると、外を見ないようにしながらすべてを締め切った。そして小さなテーブルの一つで見つけた燧石（ひうちいし）と鉄を使い、壁に取り付けられた数多くのアラビア風の持送り燭台の蠟燭に火を点した。鎧戸を閉ざして人工の明かりを付けたことで、安心感が加わり、神経がある程度安らいだが、単調な響きを閉め出すことはできなかった。気持が少し落ちつくと、音が恐ろしいものであると同時に魅せられるものになり、なおもひどく怯えながらも、その源を突き止めたいという矛盾した気持になった。音に一番近い側の仕切りカーテンを開け、小さいが豪華に飾りつけられた廊下の奥に、彫刻をほどこされたドアと大きな張出し窓があるのを目にした。この窓に否応もなく引き寄せられたが、漠然とした不安が同じような力でわたしを引き止めているように思えた。窓に近づくにつれ、遠くに混沌とした渦が見えた。そして窓に達して外を眺めたとたん、わたしを取り巻く驚くべき情景が圧倒的な力で押し寄せてきた。

わたしが目にしたのは、これまで見たこともなかった光景、生きている者が熱病の譫妄状態や阿片の地獄を措(お)いて目にすることのないものだった。建物は狭い土地の先端に建っていて――いまや狭くなりはてている土地なのだが――ついさっきまで逆巻く海の騒然たる渦だったものの優に三百フィート上に位置していた。建物の両側では、水に洗われたばかりの赤い断崖が落ちこんでいるが、前方では恐るべき波がなおも凄まじくうねり、慄然たる単調さと緩やかさで陸地を浸蝕しているのだった。一マイル以上向こうでは、少なくとも高さ五十フィートの恐ろしい波浪がうねり、遙かな水平線には、グロテスクな形の凶まがしい真っ黒な雲が忌わしい禿鷲(はげわし)のように垂れこめていた。波は紫がかってほとんど黒に近く、醜悪で貪欲な手を使っているかのように、土手の柔らかな赤い泥に襲いかかっていた。何か有害な海の心が怒れる空にけしかけられて、堅固な大地にあるものすべてを根絶するべく、宣戦を布告しているのではないかと思わざるをえなかった。

　この尋常ならざる光景を目にして茫然自失のありさまになりはて、ふと我に返るや、由々しい危険にさらされていることがわかった。わたしが見おろしているときでさえ、土手が何フィートも崩れていき、まもなく建物が土台を失って、押し寄せる凄まじい波のなかに崩れこみそうだった。わたしはあわてて建物の反対側に行き、ドアを見つけると、すぐに開けて外に出るや、内側に掛けられていた奇妙な形の鍵で施錠した。いまやわたしは異様な領域をさらに目にして、敵意ある大洋と大空に存在するように思える特異な境界を見定めた。突き出す岬の両側では、異なった状況が勢力を振っていた。内陸部に面するわたしの左側には、明るく輝く太陽のもとでゆったりうねる海があって、緑色の大波が安らかに揺れていた。太陽の性質と位置の何かがわたしを震えあがらせたが、それが具体的に何だったのかは、当時もいまもわからない。右側にも海が広がり、こちらは青く穏やかで、僅(わず)かにうねっているにすぎなかったが、その上の空は暗く、波に洗われている土手は、赤みがかっているというより、ほとんど白に近かった。

　わたしは内陸部に注意を向け、新たな驚きを味わった。植物がこれまで見たことも読んだこともないものだったからである。熱帯か、少なくとも亜熱帯のものだった——太陽の強い熱気によって、この結論は支持された。ときおりわたしの故郷の植物相との不思議な類似を見出せるような気がして、よく知られた植物や灌木(かんぼく)が劇的な気候の変化でこのような形を取るのだろうかと思いもしたが、あらゆるところに存在する巨大な椰子(やし)はまったく異質なものだった。わたしが立ち去った建物はきわめて小さかった――小屋のようなものにすぎなかった――が、使用されているのは明らかに大理石で、建築様式は西洋と東洋の風変わりな融合からなる奇抜な混合柱式だった。角にコリント式の柱があるかと思えば、赤いタイル屋根は中国の寺院の瓦のようだった。内陸部に面するドアの前から、ことのほか白い砂の道が伸びて、幅は四フィートくらい、両側に太く逞(たくま)しい椰子が立ち並び、何かはわからない花の咲く灌木や植物が茂っていた。道は断崖の中央ではなく、青い海が望め、土手が白に近い方に沿って伸びていた。わたしは轟く大洋の悪意ある霊に追われているかのように、逃げ出すしかないと思い、この道を進んでいった。最初はなだらかな登りが続き、やがて小高いところに達した。背後には立ち去った情景が見えた。小さな建物があって黒い水の流れる岬全体が望め、一方には緑の海、もう一方には青い海があって、名前もなく、名づけようもない呪いがすべてを包みこんでいた。二度と目にすることはなく、いまもなお不思議に思うことがよくあるのだが……。これを最後に振り返ったあと、わたしは歩きつづけて、眼前に広がる内陸部の景観を調べた。

先に述べたように、道は右側の岸に沿って内陸部に伸びていた。前方の左側には、数千エイカーにもわたって、わたしの頭よりも高い熱帯の草に覆われた谷が望めた。ほとんど目路の限りまで届く、巨大な椰子が一本あって、わたしを魅了するとともに招いているようだった。この頃には、危険にさらされた半島から逃れたことと、驚異の景観を目にしていることによって、わたしの恐怖はあらかた鎮まっていたが、疲れはてて道に蹲(うずくま)り、白っぽい金色の温かな砂をぼんやりと手で掘っていると、新たな強い危険が感じられた。高い草が揺れるなかにある何らかの恐怖が、凶まがしく轟く海の恐怖に加わったようで、わたしは声を張りあげて切れぎれに、「虎か、虎なのか。獣か、獣なのか。わたしが恐れているのは獣なのか」と叫びだした。虎にまつわる古典の小説をかつて読んだことを思いだした。作者を思いだそうとしたが、なかなか記憶が甦らなかった。やがて恐怖の只中で、ラドヤード・キプリングの小説だったと思いだした。どうして愚かにもキプリングを古典作家だと思ったのかはわからない。わたしはこの小説が収録された本が欲しくなり、手に入れようとして命運の定まった建物に引き返しそうになったが、良識と椰子の魅力によって踏み止まった。

巨大な椰子の魅力がなければ、後方に招き寄せる力に抵抗できたかどうかは、よくわからない。この力がいまや優勢になって、わたしは道を外れると、草やそのなかにいるかもしれない蛇を恐れながらも、四つん這いになって谷の斜面をくだりはじめた。海と陸のあらゆる脅威に対して、生命と理性を守るために戦う決意を固めたが、不気味な草の狂おしい揺れが、なおも聞こえる苛立たしい遠くの波の轟きに加わったことで、敗北するのではないかと不安になることもあった。しばしば立ち止って、一息入れようと耳に手をあてたが、忌わしい音を完全に閉め出すことはできなかった。わたしを招く椰子に辿り着いて、その安全な蔭のなかにひっそり横たわるには、長い歳月がかかりそうな気がした。

そしてわたしを忘我と恐怖の対極へと投げこむ一連の出来事、思いだすだけでも身が震え、解釈しようという気にもなれない出来事が起こった。頭上に張り出す椰子の葉叢の下に這いこむや、これまで見たこともないような美しい幼児が枝から落ちてきた。襤褸をまとって汚れてはいるが、ファウヌスや半神のような顔立ちで、木の深い影のなかでも輝きを発しているように思えた。幼児が微笑んで片手を差し伸べたが、わたしが立ちあがって話しかける前に、頭上の空中から素晴しい旋律の歌声が聞こえた。歌声はこの世のものならぬ至高の調和をなして、高く低くうねりながら続いた。この頃には太陽が地平線に沈み、わたしは黄昏のなかで、やさしく輝く光の冠が子供の頭を包みこんでいるのを見た。やがて銀の鈴のような声で子供が告げた。「終わりだよ。彼らが薄暮のなかで星ぼしからくだってくる。もうすべては終わって、アリヌリアの流れの彼方で、ぼくたちは幸福にテロエで暮らすことになるんだ」子供がこうしゃべったとき、わたしは椰子の葉叢ごしに柔らかな輝きを見て立ちあがり、耳にした歌の主要な歌い手だったとわかる二人の男女に挨拶をした。これほどの美しさは死すべき人間のものではないので、神と女神だったにちがいなく、二人はわたしの手を取って、このように告げたのだった。「さあ、子供、あなたは声を耳にしたので、すべてはよいのです。銀河とアリヌリアの流れの彼方のテロエには、琥珀と玉髄から造られた都市があります。多角形のドームの上には、不思議な星や美しい星の表象が輝いています。テロエの象牙の橋の下を流れる液体の金の川には、七つの太陽の花に覆われたキュタリオンを目指す遊覧船が浮かんでいます。そしてテロエとキュタリオンには若さと美と歓喜だけがあって、笑いと歌とリュートの調べだけが聞こえます。黄金の川のテロエに住むのは神々だけですが、あなたはそこに住むことになります」

わたしはうっとりと耳をかたむけている内に、忽然（こつぜん）としてあたりの様子が変化したことに気づいた。わたしの疲れはてた体に影を落としていた椰子が、いまや左側の遠く、それも遙か下にあった。明らかにわたしは大気に浮かんでいた。不思議な子供と輝かしい二人に付き添われているだけではなく、風に髪をなびかせ、嬉しそうな顔をした、蔓の冠を戴く輝かしい若者や乙女が次第に数を増していった。わたしたちはともにゆっくりと上昇し、地球ではなく金色の星雲から吹く芳しい風に乗っているかのようで、子供がわたしの耳に囁きかけて、いつも光の道の上を見て、離れたばかりの天球を振り返ってはいけないと告げた。若者や乙女がいまやリュートの伴奏に合わせ、甘美な響きの強弱弱強格の韻律の歌をうたっていて、わたしはこれまで人生で想像したこともなかったほどの安らぎと幸福に包みこまれるのを感じたが、そのとき唯一つの音が割りこんで、わたしの運命を一変させ、わたしの魂を打ち砕いた。歌い手とリュート奏者の魅惑的な調べのなかに、嘲る魔的な協和音であるかのように、あの恐ろしい大洋の唾棄すべき忌わしい轟きが響き渡ったのである。そしてあの黒ぐろとした波浪がそのメッセージをわたしの耳に送る内に、わたしは子供の言葉を忘れはて、つい振り返り、逃れたと思っていた命運の定まった光景を眺めおろした。

エーテルを通してわたしが目にしたのは、呪われた地球が回転を続けるなか、荒れ狂う海が荒寥とした岸に襲いかかって、無人の都市のぐらつく塔に押し寄せているありさまだった。薄気味悪い月の下で、筆舌に尽しがたい光景、忘れられようもない光景が輝いていた。かつてわたしの故郷の村むらや人口の多かった平原があったところに、死体のような粘土の荒野や廃墟と頽廃の密林が広がり、かつてわたしの父祖たちの大神殿が聳(そび)えていたところに、泡立つ大洋の大渦があった。北極のまわりには、有害な植物が生えて瘴気(しょうき)を放つ湿地帯が蒸気を上げ、慄然たる深みから湧き起こる、いやましに高まりゆく波濤(はとう)の猛攻の前でしゅうしゅう音を立てていた。やがて耳を劈(つんざ)かんばかりの大音響が夜を引き裂き、不毛の荒野の全域に煙を出す亀裂があらわれた。なおも黒い大洋は泡立って陸地に襲いかかり、亀裂の中心が広がりゆくなか、両側の土地を浸蝕しつづけた……

　もはや荒野以外に陸地は残っておらず、なおも激怒する大洋が浸蝕を続けた。と、そのとき、轟く海さえもが何かを恐れているように思えた。水の邪悪な神よりも偉大な地底の暗黒の神々を恐れているように思えたが、もはや引き返せないのだった、そして荒野はあの悪夢の波濤に多大な損害を受けて、どうすることもできなかった。斯(か)くて大洋が最後の陸地を浸蝕して、蒸気をあげる深淵に流れこみ、征服したものをことごとく放棄した。水浸しになったばかりの陸地から、また大洋が流れだし、死と腐敗を露(あらわ)にした。古ぶるしい太古の岩床から、時がまだ若く、神々がまだ生まれていなかった時代の暗澹(あんたん)たる秘密の数かずが、忌わしくも雫(しずく)を垂らしてあらわれた。波濤の上に、記憶に留まる細い尖塔が聳えた。月が死せるロンドンに青白い百合のような光を投げかけ、パリが湿った墓から身を起こして星屑で清められた。やがて細くはないが、記憶にも残っていない、尖塔や方尖塔が聳えた。人間の知らない土地の恐ろしい尖塔や方尖塔は陸地だった。

　もはや轟きはなく、亀裂へと落下する水のこの世のものならぬ唸りが聞こえるだけだった。その亀裂の煙が蒸気にかわり、濃密になって、世界をほぼ隠しきった。顔や手を炙（あぶ）られながら、仲間たちはどうなったのかとあたりを見ると、彼らはすべて消えうせていた。そして突如として終わり、それ以上のことは何もわからないまま、わたしは快方に向かうベッドで目覚めた。地殻深部の亀裂から上がる蒸気がついに地表全体をわたしの視野から隠したとき、震えるエーテルを揺るがす、狂おしい反響の突然の苦悶に、天空が絶叫した。これは狂乱した閃光と爆発の内に起こった。目を眩ませ、耳を聾（ろう）する火と煙と雷鳴の大惨害が、虚空へと飛びだしていく青白い月を溶かした。

　そして煙が晴れたとき、わたしは地球を見ようとしたが、冷ややかな星やおどけた星を背景に目にしたのは、姉妹星を探そうとする、死にゆく太陽と嘆き悲しむ青ざめた星たちだけだった。

マーティン浜辺の恐怖

ソウニャ・H・グリーン

マーティン浜辺の怪事件については、どうにか妥当と思える説明すら聞いたことがない。目撃者が大勢いるにもかかわらず、話の内容はどれも一致せず、地元の当局が得た証言にしても、いかさま驚くべき矛盾を示しているのである。

怪異そのものが前代未聞の性質を備え、目にした者全員が竦みあがって動けないほどの恐怖をおぼえ、そしてオウルトゥン教授の論文、『催眠の力は人間に限られるのか』によって広く世間に知れ渡ったあと、当世風のウェイヴクレスト・インの経営者が揉み消そうとしたことを考え合わせれば、このように摑みどころのないものになっているのも当然だろう。

こうした障害があるにもかかわらず、わたしは筋の通った説明をなそうと懸命に努力している。あの恐るべき出来事を目撃して、それが慄然たる可能性をほのめかしていることを考えれば、世間に知らせるべきであると思うからだ。マーティン浜辺はふたたび海浜行楽地として人気を高めているが、わたしは浜辺のことを思うにつけ、わなわなと身が震えてしまう。事実、いまや身震いせずに海を見ることができないありさまである。

運命の成行きは必ずしもドラマやクライマックスを感じさせるものを欠いているわけではな

く、一九二二年八月八日の恐ろしい出来事にしても、マーティン浜辺でささやかながらも嬉しい驚きに満ちた興奮が続いたあとに起こったのである。五月十七日に、グロスターの漁船アルマ号の船員が、ジェイムズ・P・オーン船長の指揮のもと、ほぼ四十時間にわたる戦いの末に海の怪物を殺し、その大きさと外見が科学界で大騒ぎになって、ボストンの博物学者たちが細心の注意を払って剝製保存をおこなった。

それは長さが五十フィートほどで、おおよそ円筒形をしていて、直径は十フィートくらいだった。大きく分類すれば、間違いなく鰓のある魚なのだが、未発達の前脚や、胸鰭がわりに六本の指のついた脚があるといった、特定の奇妙な変異が認められ、あれやこれやの荒誕な憶測を呼んだ。尋常ならざる口、鱗に覆われた分厚い皮、深く落ち窪んだ一つきりの目は、巨体に劣らぬほど驚くべきもので、博物学者たちが孵化して数日にすぎない幼い生体だと言明したときには、一般の関心はこのうえもなく高まった。

オーン船長は典型的なヤンキーの抜け目なさを備えており、怪物の死体を船体に収められるほどの大きさの船を手に入れて、戦利品の展示がおこなえるようにした。慎重な大工仕事によって、優れた海洋博物館とも呼べるものを準備すると、南に出航してマーティン浜辺の高級行楽地に向かい、ホテルの埠頭に碇泊して、入場料という収穫をおこなった。

展示されたものに固有の驚くべきありさまと、さまざまな土地からやってきた数多くの科学者の心に重要性がはっきり伝わったことで、剝製の展示はその夏一番の大評判になった。まったくもって比類のないものであること――科学において革命的といえるほど比類のないものであること――はよく理解されていた。フロリダ沿岸で捕えられる、同じように巨大な魚とは著(いちじる)しく異なることや、ほとんど信じられないほどの深海、おそらく数千フィートもの深海に生息しているのが明らかでありながら、脳や主要な臓器が驚くほど巨大に発達していて、これまで魚類に結びつけられていたものを凌駕(りょうが)していることを、博物学者たちがはっきり示していたのである。

　七月二十日の朝に、船とその不思議な宝物が消えたことで大騒ぎになった。前夜の嵐で係留が断ち切られ、凄まじい気象にもかかわらず船で眠っていた警備員一人を乗せたまま、船が消えてしまい、二度と見かけられなくなったのである。オーン船長は科学的重要性に後押しされ、グロスターの多くの漁船に助けられて、疲労困憊(こんぱい)する徹底した捜索をおこなったが、好奇心を掻き立てて、あれこれ取り沙汰されるだけの結果しか得られなかった。八月七日には希望も失われ、オーン船長はマーティン浜辺での事業をたたんで、ウェイヴクレスト・インに引きあげ、まだ残っていた科学者たちと協議した。恐怖が訪れたのは八月八日である。

　黄昏(たそがれ)が垂れこめるなか、灰色の海鳥が岸辺近くの低いところを飛び、昇りゆく月が海に輝く径(みち)をつくりはじめていた。あらゆる印象が重要なので、この情景をおぼえておいていただきたい。浜辺には散策する者が数名と、遅くまで水浴する者がごく僅(わず)かにいた。北の緑したたる丘に慎ましく建ち並ぶ遠くの貸別荘や、富と壮麗さをひけらかす堂々たる塔を備えた近くの崖のホテルからやってきた者たちだった。

よく眺められる範囲内には別の見物人もいて、角灯に照らされる天井の高いホテルのヴェランダにたたずむ者たちが、舞踏場から聞こえてくるダンス音楽を楽しんでいたらしい。オーン船長や科学者たちを含むこれらの見物人が浜辺の者たちに加わったあと、恐るべきことが進行した。確かに目撃者がいないわけではなかったが、目にしたものが恐ろしくて信じがたいものであったため、目撃者の証言は混乱している。

いつはじまったかについては、正確な時間の記録はないが、過半数の者によれば、満月に近い月が水平線に低く垂れこめる霧の「一フィートくらい」上に懸かっていたらしい。彼らが月について触れたのは、目にしたものがどことなく月に関係しているように思えたからである——遙か遠くの水平線から、海に反射して揺らめく月光の径に沿って、小波が威嚇するようにしめやかに徐々に近づいてきたのだが、岸に達する前に鎮まったようだ。

このあとの出来事によって思いだすまで、多くの者はこの小波を気に留めなかったが、まわりの普通の波とは高さも動きも異なっていて、かなり目立ったものだったようだ。「悪知恵がある」とか、「抜け目がない」とか、そのようにいう者もいた。そしてかなり遠くの黒ぐろとした暗礁のそばで巧みに消えると、月光が筋をつくる海から突如として、死の叫びがあがった。そのように装ったものではあれ、哀れみを掻き立てる、苦悶と絶望の悲鳴だった。

その悲鳴に真っ先に応えたのは、勤務中の二人の救助員で、胸に赤い大きな文字で救助員と記された、白い水着姿の屈強な男たちだった。救助の仕事や溺れる者の悲鳴には慣れていて、この世のものとも思えない悲鳴には馴染み深いものを何も見出せなかったが、身についた義務感に駆り立てられ、悲鳴の異様さを無視して、いつもの手順に取りかかった。

ロープが取り付けられて、いつも手近に用意されている浮き輪を、救助員の一人があわてて摑み取り、人が群がっている場所に向かって浜辺を走った。現場に着くと、ロープを摑んで浮き輪を振りまわして勢いをつけ、悲鳴の聞こえた方に投げた。浮き輪が波のあいだに消えると、浜辺にいた者たちは興味津々になり、ひどい災難に陥った不幸な者があらわれるのを期待して、丈夫なロープで救助がなされるのを見たがった。

しかし救助が簡単かつ迅速におこなえないことがすぐにわかった。二人の筋骨逞（たくま）しい救助員がいくらロープを引っ張ろうと、浮き輪を動かせないのだった。それどころか、同等あるいはそれ以上の力で向こう側から引っ張られているのがわかり、ほんの数秒の内に、救助員二人は浮き輪を捕えた異様な力によって、ずるずると海に引きずられていった。

一人が我に返って、すぐさま浜辺にいる者たちに助けを求め、まだ残っているロープを振った。たちまち救助員二人は屈強な男たちの力を得たが、そのなかにオーン船長の姿もあって、先頭についていた。十二以上の逞しい手がいまや死物狂いで丈夫なロープを引いたが、それでもどうにもならなかった。

彼らが力をこめて引っ張っても、向こう側の不思議な力がさらに強く引っ張り、どちらも一瞬として力を抜かないので、ロープが途方もない緊張を受けて鋼鉄のように張り詰めた。ロープを引く者も、眺めている者も、この頃には海にいるものの性質について好奇心の囚になっていた。誰かが溺れているという考えは疾うに捨てられてしまい、鯨、潜水艦、怪物、魔物ではないかとほのめかされるようになった。最初は人道によって導かれた救助員が、いまや驚異の念に駆られて作業に専念し、謎を明らかにしたいという断固たる決意でロープを引っ張っていた。

ついに鯨が浮き輪を呑みこんだのだと判断されるや、天性の指導者であるオーン船長が浜辺にいる者たちに叫び、目に見えない海の巨大生物に近づいて、銛を打って陸に引きあげるため、小舟を手に入れなければならないと告げた。何人かの男が直ちに分散して適当な舟を探しにいく一方、舟を指揮するのは船長しかいないので、ほかの者たちが張り詰めたロープを摑む船長の代わりを務めようとした。船長自身は状況を広く考えており、もっと不思議な生物にかかわったこともあるので、鯨だと決めこんでいるわけではなかった。五十フィートの生物が生まれたばかりの仔であるような、そんな種の成体はどのようなものなのか、いかなる行動を取るのかと思った。

そしてついに慄然たる突然さで、重大な事実が明らかになり、あたりは驚異の現場から恐怖の現場に変じて、ロープを引く者も眺める者も震えあがった。ロープから離れようとした船長は、不可解な力で手が押さえこまれていることに気づき、ロープから外せないことを知った。

船長の苦境がすぐに知られ、ほかの者たちも試してみて、同じありさまになっていることを知った。事実は否定できなかった——誰もが不可解な拘束力で麻のロープから手をはなせず、徐徐に恐ろしくも容赦なく、海に引きずりこまれていたのである。

闃(げき)とした恐怖が続いた。その恐怖に呑みこまれ、眺めていた者たちは石化したようになって、体が動かず、頭は混乱した。彼らが完全にうろたえていたことは、矛盾した証言や、無力症になったように立ちつくしていたことの恥ずかしそうな弁解にあらわれている。わたしもその一人だったので、よくわかっているのである。

ロープを引っ張っている者たちさえ、狂乱した悲鳴や虚しい呻きをあげたあとは、麻痺の作用に屈してしまい、未知の力に直面して、黙りこんで運命を甘受した。青白い月光のなかに立ち、定かでない運命に対抗してやみくもにロープを引っ張り、単調に体を前後に揺らしつづけ、水が最初は膝までの深さだったが、やがて腰まで水に浸かるようになった。月が雲に一部覆われて、その薄明かりのなかでは、揺れる男たちの列が、忍び寄る恐ろしい死に囚(とら)われて身をよじる、不気味な巨大百足(むかで)のように見えた。

両方向からの力が強まるにつれ、ロープがますます張り詰めて、上昇する波に浸かって膨れてきた。ゆっくりと潮が満ちはじめ、笑い声をあげる子供たちや囁きあう恋人たちのいた浜辺が、いまや容赦のない水に呑みこまれていた。水が足に寄せてくると、パニックに陥った見物人たちがやみくもに後退したが、ロープを摑んで並んでいる男たちは、いまや見物人たちからかなり離れたところで、腰まで水に浸かって恐ろしくも体を揺らしていた。沈黙は完璧だった。見物人たちは波の届かないところに退いて蹲り、無言で茫然と眺めた。助言や励ましの言葉をかけることもなければ、何らかの助力をなそうとすることもなかった。世界がかつて知らなかったような、差し迫った災厄の悪夢めいた恐怖があたりに垂れこめた。

数分の長さが数時間にも延びたように思えたが、上体を揺らす男たちの蛇のような列が高まりゆく水面の上になおも見えた。規則正しく揺れ、ゆっくりと、恐ろしくも、死相があらわれた。厚い雲が昇りゆく月をよぎり、水面上の輝く径がほぼ消えかけた。

頭を揺らす男たちの蛇のような列がごくかすかに捩れ、ときおり振り返る犠牲者の青ざめた顔が闇のなかに輝いた。雲がますます早く群がりだして、ついにはその怒れる裂け目から、電光の鋭い舌が降りくだった。雷鳴が轟き、最初は小さなものだったが、すぐに耳を劈かんばかりのものになって、狂おしいほど高まった。そして凄まじい落雷が起こった――大地と海の双方を揺るがすほどの反響のある衝撃だった。そして落雷のあとには、暗くなった世界を凄まじい豪雨が打ち拉ぎ、天そのものが開いて懲罰の奔流を放っているかのようだった。

見物人たちは我を失い、まともに考えられなくなっていたにもかかわらず、本能的に行動して、ホテルのヴェランダに通じる崖の階段まで退いた。ホテルのなかにいた者にも話が伝わっていたので、ホテルに避難した者たちは自分たちと同じほどの恐怖に襲われている人びとを見出した。怯えた言葉が僅かに交されたようだが、はっきりしたことはわからない。

ホテルに宿泊していた者の一部は、恐ろしさのあまり部屋に引きこもっていたが、ほかの者たちは、速やかに沈みつつある犠牲者を見守っていた。稲妻が閃くたびに、高まる波の上に、一列に並んで揺れる頭が見えた。わたしは彼らのことや、彼らの目が膨れあがっているにちがいないことを考えたように思う。恐怖、パニック、悪意に満ちた宇宙の狂乱のすべて——悲しみ、罪、悲嘆、吹き飛んだ希望、満たされなかった願い、恐怖、嫌悪、時のはじまり以来の時代の苦悩——を、彼らの目はあらわしているはずだった。永遠に燃えあがる地獄での魂を苛む苦しみのすべてをあらわして、目が燃えあがっているはずだった。

そしてわたしは彼らの頭の先に目を向けたとき、別の目を一つ見たように思った。同じように燃えあがっているが、わたしの脳には不快にすぎて速やかに消え去った、ある目的をはらむ単眼だった。運命の定まった男たちの列が、未知なる万力に捕えられて、ずるずると引きずられていった。彼らの沈黙の悲鳴と声にならない祈りを知るのは、黒ぐろとした水と夜風の魔物どもだけだった。

そして荒れ狂う空から、これまでの落雷がささやかなものだったと思えるほどの、途方もない狂おしい轟音が起こった。落下する炎の目も眩むぎらつきのなかで、天の声が地獄の冒瀆の言辞とともに反響し、亡者すべてのこもごもの苦悶が途方もない大音響となって、星をも砕きそうな終末めいた轟音になった。それが嵐の終わりだった。不気味な突然さでもって、雨が止み、月がふたたび青白い光を妙に静まり返った海に投げかけた。

もはや海上に揺れ動く頭はなかった。海面は穏やかで、人の姿はなく、不思議な叫びが最初に起こったときに月光の径が伸びていた遙か遠くに、渦巻きのようなものが消え入ろうとする波があるだけだった。しかしあれやこれやと取りとめもない考えをめぐらし、感覚という感覚を緊張させて、その銀色の輝きの油断ならない径に沿って眺めたとき、遙かな海底からごくかすかに、不気味な嗤笑(ししょう)がわたしの耳に聞こえたのだった。

灰

C・M・エディ・ジュニア

「やあ、ブルース。ずいぶん久しぶりだな。入れよ」

わたしがドアを開け放つと、ブルースが入ってきた。わたしが指し示した椅子に、痩せ衰えて不恰好な体をぶざまに投げ出して坐ると、落ちつきなく帽子を両手で弄んだ。深く落ち窪んだ目には心痛をつのらせる怯えた色があって、こそこそと部屋を見まわし、何らかのものが隠れていて、いきなり襲いかかってくるとでも思っているかのようだった。顔は窶れて青ざめていた。口もとがぴくぴく引きつった。

「どうしたんだね、君。げっそりしているじゃないか。元気を出せよ」わたしはカウンターに行って、ゴブレットから小さなグラスにワインを注いだ。「これを飲めよ」

ブルースがワインを一息に飲みほし、また帽子を弄びはじめた。

「ありがとう、プラーグ――今晩は気分がよくないんだ」

「そのようだな。どうしたんだ」

マルカム・ブルースが落ちつきなく椅子に坐り直した。

わたしはしばし無言でブルースを見つめ、いったい何がこの男にこれほど強い影響をおよぼしているのかと思った。わたしの知るブルースは、冷静沈着で鉄の意志をもつ男だった。そのブルースが見るからにうろたえているのを目にするのは、それ自体が尋常ならざることだった。わたしが葉巻を差し出すと、ブルースは反射的に一本を選んだ。

二本目の葉巻に火を付けてようやく、ブルースが沈黙を破った。神経を張り詰めることがなくなった。ふたたび優勢で自信たっぷりの、わたしが昔から知る男になった。

「プラーグ」ブルースがいった。「ぼくは人間に降りかかる最も陰惨で恐ろしい体験をしたばかりなんだよ。狂っていると思われるかもしれないから、話すべきかどうかもわからない――いや、狂っていると思われても、仕方がないな。しかし本当のことなんだ、何もかもがね」

ブルースが芝居がかった感じで言葉を切り、煙の輪をいくつかつくった。

わたしは笑みを浮かべた。このテーブルごしに数多くの異様な話を聞いたことがある。どうやらわたしの性格には、信頼を掻き立てるようなものがあるにちがいなく、普通の人が何年も付き合ってから聞かされるような話を何度も耳にしているのだ。しかしわたしは異様なものや危険なものが大好きで、ほとんど知られていない土地の奥地を調べてみたい気持はあっても、平凡で代わり映えのしない、無事平穏な生活を続けるように運命づけられていた。

「もしかしてヴァン・アリスター教授のことを耳にしたことはないかな」ブルースがいった。

「まさか、アーサー・ヴァン・アリスター教授のことか」

「それだよ。じゃあ、知っているんだな」

「ああ、そういうことだ。何年も前から知っているよ。自分の実験にもっと時間を使えるように、大学の化学の教授を辞めてからね。自宅の最上階にある、あの防音の実験室の設計図を選ぶのを手伝いもしたよ。そのあとあれやこれやの実験が忙しくなって、付き合う時間もなくなったがね」

「おぼえているかもしれないが、プラーグ、ぼくたちが大学にいた頃に、ぼくは化学をちょっと齧(かじ)っていたんだ」

わたしがうなづくと、ブルースが話を続けた。

「四ヵ月ほど前に、失職してしまってね。ヴァン・アリスターが助手を求める広告を出したから、応募したんだ。大学の頃のぼくをおぼえていて、試してみるだけの化学の知識があることを納得してもらえたよ。

「ヴァン・アリスターは若い女性――ミス・マージャリイ・パーディ――に秘書の仕事をさせていた。ミス・パーディは仕事に打ちこむタイプの女性で、有能であるとともにきれいな人だった。実験室でもヴァン・アリスターを少し手伝っていて、実験室でぶらぶらしたり、自分の実験をしたりすることに興味があるのがすぐにわかったよ。実際のところ、ひまな時間はほとんどぼくたちと一緒に実験室で過ごしていたんだ。

「そういう交わりが親密な友情になるのは当然のことで、教授が忙しいときに、厄介な実験をミス・パーディに手伝ってもらうのを当てにするようになるには、長くはかからなかった。ミス・パーディは途方に暮れるなんてことがまったくないようだった。化学に馴染んでいるんだよ。

「そして二ヵ月ほど前に、ヴァン・アリスターが実験室を仕切って、自分専用の別個の作業室をつくった。一連の実験に着手するつもりで、成功すれば、不朽の名声が得られるというんだ。ぼくたちが手伝おうといっても、にべもなく断った。

「そのときから、ミス・パーディとぼくは二人きりになる時間が増えていった。教授は何日も新しい作業室に閉じこもって、食事にあらわれないことさえあるほどだった。

「これは取りも直さず、ぼくたちがさらにひまな時間をもてたということだ。ぼくたちの友情は深まった。手にはめたゴム手袋はもちろん、頭から爪先にいたるまで白ずくめで、悪臭を放つ瓶や汚れてねばつくもののなかを、やきもきして歩きまわることに満足しているような、ほっそりした若いミス・パーディに、ぼくはいつしか思いをつのらせていることを知ったんだ。

「そして一昨日、ヴァン・アリスターがぼくたちを作業室に呼んだ。

『ついに成功したぞ』教授がそういって、無色の液体の入った小瓶を掲げて、ぼくたちに見せた。『ここにあるものは、これまでで最高の化学上の発見だ。君たちの目の前で、効力を証明してみせよう。ブルース、兎を一匹もってきてくれ』

「ぼくは別の部屋に行って、実験の目的でモルモットと一緒に飼っている兎を一匹取ってきた。

「教授は小さな兎を、ちょうど収まるほどのガラス・ケースに入れて、蓋をした。そして上部の穴にガラス製の漏斗（ろうと）が嵌（は）められると、ぼくたちは実験をよく見ようとして近づいた。

「教授が瓶の栓を抜き、兎のいるケースの上に掲げた。

「『さあ、わしの何週間にもわたる努力が成功と失敗のいずれになるかを証明しよう』

「教授がゆっくりと慎重に瓶の液体を漏斗に注ぐと、怯えた兎のいるガラス・ケースに液体が滴（したた）り落ちた。

「ミス・パーディが押し殺した声を漏らし、ぼくは見間違えたのではないことを確かめるために目をこすった。ついさっきまで怯えた兎がいたケースのなかに、いまやしっとりした灰が溜っているだけだったからだ。

「ヴァン・アリスター教授が満悦しきった顔をぼくたちに向けた。教授の顔は残忍な笑いを浮かべ、目には正気とは思えない異様な輝きがあった。しゃべりだすと、その声には勝利の響きがこもっていた。

「『ブルース、そしてミス・パーディ、君たちは特権を得て、世界に大変革を起こすことになる、初の輝かしい実験を目撃したのだよ。これはガラスを除いて、触れたものをたちどころに微粒の灰にかえてしまうのだ。この合成物を満たしたガラス爆弾を装備した軍隊は、世界を破壊しつくすだろうな。木、金属、石、煉瓦――あらゆるもの――が一掃されてしまう。いま実験した兎と同様に、何の痕跡も残らない――柔らかな白い灰が残るだけだ』

「ぼくはミス・パーディに目を向けた。顔が身につけているエプロンのように真っ白になっていた。

「ぼくたちが見ていると、ヴァン・アリスターが兎の灰を小瓶に入れて、手際よくラベルを貼った。引きあげるようにいわれたときには、正直にいって、ぼくは心のなかが冷えびえとしていたよ。ぼくたちは教授を独り残して、作業室のドアをしっかり閉ざした。

「無事に外に出ると、ミス・パーディは完全に神経がまいってしまった。ふらついて、ぼくが抱き留めなかったら、そのまま倒れこんでいただろうな。

「柔らかくてしなやかな体を抱き留めた感触で、ぼくは我慢しきれなくなった。思慮深さを投げ捨て、ミス・パーディを抱き締めたんだ。まろやかな赤い唇にキスを続けていると、ミス・パーディが目を開けて、ぼくはその目に愛の光を見た。

「永遠とも思える甘美な時間が過ぎると、ぼくたちはまた地上に戻った――実験室がこのような情熱をあらわす場所じゃないとわかったからね。ヴァン・アリスターがいつ作業室から出てくるとも知れないし、ぼくたちが愛し合っているのが知られたら――目下の教授の精神状態では――何が起こるかわかったものじゃない。

「そのあとぼくは夢心地になっていた。ぼくが仕事をやりとげたということが驚きだよ。ぼくの体は自動人形、よく調整された機械のようなものになりはてて、割り当てられた仕事をこなしていたが、心は甘美な白日夢の遠い世界に舞いあがっていたんだ。

「マージャリイはずっと秘書の仕事が忙しくて、ぼくは実験室での仕事が終わるまで、マージャリイを目にする機会もなかった。

「その夜、ぼくたちは発見したばかりの幸福の喜びに浸ったんだ。プラーグ、ぼくは死ぬまであの夜のことを忘れないだろうな。最も幸福な瞬間は、マージャリイ・パーディがぼくの妻になると約束してくれたときだ。

「昨日も至福に満ちた一日だった。一日じゅう、マージャリイと肩を並べて仕事をしたんだから。そのあと愛を交し合う夜があった。世界に一人しかいない女を愛したことがなければ、マージャリイを思うたびに胸にこみあげてくる、あの甘美な喜びを理解するなんてことはできないだろうよ。そしてマージャリイはぼくの思いを百倍にして返してくれたんだ。身も心もぼくに差し出してくれたんだよ。

「そして今日の正午頃、実験を進めるために必要なものがあって、ドラッグ・ストアに行ったんだ。

「戻ってきたら、マージャリイがいない。帽子とコートを探すと、なくなっていた。教授は兎の実験をしてから姿を見せず、作業室に閉じこもっていた。

「召使いたちに聞いても、マージャリイが帰るのを見た者はおらず、マージャリイはぼくに伝言も残していなかった。

「午後も深まるにつれ、ぼくは気も狂わんばかりになった。夕方になっても、ぼくの最愛のマージャリイは気配もなかったんだ。

「ぼくは仕事のことも忘れはて、檻に入れられたライオンのように、自室を落ちつきなく歩きまわった。電話や玄関の呼び鈴が鳴るつど、マージャリイから知らせがあるという儚い希望を胸にとびあがったが、いずれも期待外れに終わった。一分が一時間のように、一時間が永遠のように思えたよ。

「ああ、プラーグ、ぼくがどれほど苦しんだかがわかるか。崇高な愛の高みから、絶望の暗黒の深みに投げこまれたんだ。マージャリイに降りかかった恐ろしい運命をあれやこれやと考えこんだよ。しかしひとことの連絡もなかった。

「一生とも思える時間が過ぎたように思えたが、執事があらわれて、ヴァン・アリスター教授が実験室に来てくれといっていると告げたとき、腕時計を見ると、まだ七時半だった。

「ぼくは実験をするような気分じゃなかったが、教授の家にいるかぎり、教授が雇主なので、従わざるをえなかった。

「教授は作業室にいて、ドアが少し開いていた。実験室のドアを閉めて、作業室に来てくれといった。

「そのときの精神状態では、ぼくの脳は目にしたもののあらゆる細部を克明に記憶したよ。作業室の中央の大理石のテーブルには、形も大きさも柩めいたガラス・ケースがあった。そのケースはほとんど縁まで、二日前にあの小瓶に入っていたのと同じ、無色の液体で満たされていたんだ。

「ガラス製の低い台の左側には、新しくラベルの貼られたガラス製の広口瓶があった。柔らかな白い灰に満たされているのを知って、思わず身震いするのを抑えきれなかった。そしてあるものを目にして、心臓が止まりそうになったんだ。

「作業室の奥の隅にある椅子に、ぼくと結婚するのを誓ったマージャリイ——ぼくが死ぬまで大切に守ると誓ったマージャリイ——の帽子とコートがあったんだ。

「事態の何たるかを知って、ぼくは感覚が麻痺して、恐怖に圧倒された。考えられることは唯一つしかなかった。あの広口瓶の灰はマージャリイ・パーディの灰なんだ。

「その考えが一瞬際立ったあと、ぼくは狂ってしまった——完全に逆上してしまったんだ。

「次におぼえているのは、教授とぼくが激しく揉み合っていたことだ。教授は高齢ながらも、ぼくとほぼ同等の力があって、穏やかな沈着冷静さという強みまであった。

「教授が徐々にぼくをガラスの柩に押しやった。いまにもぼくの灰が愛する女性の灰に加わることになりそうだった。ぼくは低い台につまずき、灰の入った広口瓶に手がかかった。最後の超人的な努力をして、それを高く掲げ、敵の頭に思いきり叩きつけた。腕の力が抜けて、教授がぐったりと床に崩れこんだ。

「ぼくはなおも衝動に駆られて行動し、ものいわぬ教授の体をかかえあげると、液体を一滴も床に落とさないように注意して、死のガラス・ケースのなかに入れた。

「あっというまにすべてが終わった。教授と液体がなくなって、柔らかな白い灰の山になった。

「自分のやったことを見ている内に、錯乱もおさまって、教授を殺したという冷酷な事実に直面することになった。ぼくは不自然な穏やかさに支配された。ぼくが教授と二人きりでいた最後の人間だという事実はさておき、ぼくの不利になる証拠は何一つなかった。灰しか残っていないんだからね。

「ぼくは帽子とコートを身につけると、教授が邪魔しないでくれといっていたと執事に伝え、外出してくるといった。外に出ると、落ちつきもなくなった。神経がずたずたになった。どこに行ったのかもわからない――当てもなくあちらこちらをさまよっている内に、ついさっき君のアパートの前にいることに気づいたんだ。

「プラーグ、ぼくは誰かに話さなきゃならない気がしたんだ。苦しむ心の重荷を取り除かなきゃならなかった。旧友の君なら信頼できるとわかっていたから、何もかもを話したんだ。ぼくはここにいる――好きなようにしてくれ。マージャリイがいなくなったいまでは、ぼくの人生には何もないんだから」

ブルースの声は激しい感情によって震え、愛していた女の名前を口にしたときにはうわずった。

わたしはテーブルに身を乗り出して、大きな椅子で意気消沈して前屈みになっている、絶望に駆られた男の目を探るように見た。そして立ちあがり、帽子とコートを身につけると、両手で顔を覆って泣いているブルースに近づいた。

「ブルース」

マルカム・ブルースが目をあげた。

「ブルース、聞いてくれ。マージャリイ・パーディが死んだのは確かなのか」

「確かだ……」ブルースが目を見開き、急にはっとしたように身を起こした。

「そうだよ」わたしは続けた。「君のいう広口瓶の灰がマージャリイ・パーディの灰であることは確かなのか」

「どうしてそんなことを……ぼくは……なあ、プラーグ、何がいいたいんだ」

「すると確かなことじゃないんだな。君はマージャリイの帽子とコートが椅子にあるのを見て、平静さを失って結論にとびついたんだ。灰がいなくなった女性のものにちがいない……教授がマージャリイを犠牲にしたにちがいないとね。教授が何かいったんじゃないのか」

「何かいったにしても、知らないよ。ぼくは怒りに我を忘れて、逆上していたから」

「じゃあ、わたしと一緒に来るんだ。マージャリイが死んでいないなら、家のどこかにいるはずだし、マージャリイがいるなら、見つけださなきゃならない」

わたしたちは通りに出ると、タクシーを拾い、まもなく執事がヴァン・アリスターの家に招じ入れてくれた。ブルースが鍵を使い、わたしたちは実験室に入った。作業室のドアはなおも開いたままだった。

わたしは部屋をじっくり調べまわした。左側の窓のそばに締め切られたドアがあった。部屋を横切ってノブを試したが、ドアは開かなかった。

「この向こうには何があるんだ」

「ただの部屋で、教授が器具や備品を置いている」

「それでも開けてみなきゃな」わたしはきっぱりといった。少しさがると、ドアを蹴りつけた。そしてまた、さらにまた蹴ると、錠の差金が壊れてドアが開いた。

ブルースが言葉にならない声を発して、部屋を横切り、大きなマホガニイの収納箱に駆け寄った。鍵輪についた鍵を選び、それを差して、震える手で蓋を開けた。

「いたぞ、プラーグ――早く来てくれ。マージャリイを息のできるとこに出さなきゃならない」

わたしたちはぐったりしたマージャリイを実験室に運んだ。ブルースが急いで気付け薬をつくり、マージャリイに飲ませた。二杯飲ませると、目がゆっくりと開いた。

マージャリイが困惑した目を部屋にさまよわせ、ブルースを見ると、急に嬉しそうに目を輝かせた。マージャリイはブルースと言葉を交し合ったあと、何があったかを話してくれた。

「今日の午後にマルカムが出かけてから、作業室に来るようにとの教授の言葉を伝えられたのよ。あれやこれやの用事でよく呼ばれるから、たいして気にもせず、時間を節約するために、帽子とコートをもっていったわ。教授は作業室のドアを閉めて、いきなりうしろから襲ってきたの。力ではかなわなくて、手と足を縛られたわ。猿轡(さるぐつわ)の必要はなかった。あなたも知っているように、実験室は完全な防音になっているから。

「やがて教授はどこかから手に入れた大きなニューファンドランド犬を出して、わたしの目の前で灰にすると、作業室の台にあるガラス製の広口瓶にその灰を入れたわ。

「奥の部屋に行って、あなたたちがわたしを見つけた収納箱から、ガラス製の柩を取り出したのよ。わたしの怯えた目には、少なくとも柩のように見えたわ。そして教授はあの恐ろしい液体をつくって、柩が一杯になるまで入れたの。

「教授はもう一つ残っていることがあるといったわ。それは……人間で実験することよ」マージャリイがそのときのことを思いだして、ぞくっと身を震わせた。「大義のために、こういうやりかたで自分の生命を犠牲にするのは、その人にとって特権であるというようなことを、教授は長ながと話したわ。そしてあなたを実験の被験者として選び、わたしが目撃者の役割を演じることになっていると、穏やかにいったのよ。わたし、気を失ってしまったわ。

「教授は何らかの邪魔を恐れていたにちがいないわ。次におぼえているのは、あなたたちがわたしを見つけた柩のなかで目覚めたことだったから。息が詰まったわ。息をするつど、苦しくなってきたのよ。あなたのことを考えたわ、マルカム――ここ数日のあいだ、あなたと一緒に過ごした素晴しい幸福な時間のことを考えたのよ。あなたがいなくなったら、どうしようかと思ったわ。わたしも殺してくれればいいのにと祈りさえしたのよ。喉が渇いて、痛くなってきて、目の前が真っ暗になったわ。

「次に目を開けたら、わたしはここにいて、あなたがいたのよ、マルカム」マージャリイの声がかすれた不安そうな囁きになった。「ねえ、教授はどこなの」

ブルースが無言でマージャリイを作業室に導いた。マージャリイはガラス製の柩を目にすると身震いした。ブルースは黙りこくったまま、まっすぐ柩に近づいて、柔らかな白い灰を一摑み手にすると、指のあいだからゆっくり落とした。

幽霊を喰らうもの

C・M・エディ・ジュニア

I

月の狂気か。熱病のせいか。そう考えられればよいのだが。しかし当てのない旅で訪れる荒地で、闇が垂れこめてから独りでいるとき、あの悲鳴や唸り、あの忌わしい骨の砕ける音の凶まがしい谺(こだま)が、果てしない虚空を越えて聞こえると、あの地獄めいた夜のことを思いだして、また総身が震えてしまうことがある。

当時わたしは森林での跋渉(ばっしょう)に長(た)けていなかったが、いまと同様に荒野に強く惹かれていた。あの夜にいたるまで、いつも注意深くガイドを雇っていたのだが、急に周囲の事情から、已(や)むなく自分の伎倆(ぎりょう)で試さざるをえなくなった。メイン州での真夏のことで、翌日の正午までにどうあってもメイフェアからグレンデイルに行かなければならないのに、快く道案内をしてくれる者が見つからなかった。ポトウィセットを抜ける長いルートを進めば、どうにも間に合わないので、深い森を突き抜けなければならないのだが、ガイドを頼もうとすると、決まって断られたり逃げ口上でかわされたりした。

わたしはよそ者ではあれ、誰もがあれやこれやの口実を口にするのが妙に思えた。こういう静かな村にしては、差し迫った「大事な用事」が多すぎるので、村人たちが嘘をついているのだとわかった。しかし誰もが「どうしても片づけなければならない仕事」があるか、そういう旨のことを告げ、森を抜ける道はきわめてはっきりとまっすぐ北に伸びているし、元気な若者には少しも困難なものではないと請け合うのだった。朝の早い内に出発すれば、日没までにグレンデイルに着けて、野宿を避けられると断言した。そのときでさえ、わたしは何も疑わしく思わなかった。見通しはよさそうで、不精な村人たちがしぶるなら、独りで試してみようと思いたった。疑いを抱いたとしても、おそらく試したことだろう。若さとは頑固なものであり、わたしは子供の頃から迷信や昔話を笑いとばしていたからである。

それで太陽が高く昇る前に、身を守る自動拳銃をポケットに入れ、高額の紙幣をベルトに詰めこみ、弁当を携えて森を抜ける道を力強い軽快な足取りで進みだした。教えられた距離とわたし自身の速度から、日没後まもなくグレンデイルに到着できると思ったが、何らかの誤算によって野宿する羽目になろうと、当てにできるだけの野宿の経験はあった。それに目的地には翌日の正午までに着けばよかった。

天候のせいで計画がうまくいかなくなった。太陽が高く昇るにつれ、びっしり重なる葉叢（はむら）ごしにさえ熱気が伝わり、一歩進むごとに体力が奪われていった。真昼には衣服が汗みずくになり、断固たる決意をもってしても足がよろめいた。森のなか深くに入りこんでいくと、下生えが道にまではびこるようになって、道が消えている箇所も数多くあった。以前に誰かがこの道を進んだのは数週間、いや数ヵ月前のことにちがいなく、わたしは予定通りに踏破できるのだろうかと思いはじめた。

やがてひどく空腹になると、一番蔭の濃い場所を見つけ、ホテルが用意してくれた弁当を食べはじめた。ありきたりのサンドイッチ、堅くなったパイ、ごく軽いワインの小瓶があった。贅（ぜい）を尽した食事ではないが、暑さに疲れきっている者には歓迎すべきものだった。

暑すぎて煙草を一服やっても慰めにはならないので、パイプを取り出すことはしなかった。そうするかわりに、食事を終えると木陰で身を伸ばし、旅を続ける前に一休みすることにした。あのワインを飲むとは、莫迦な真似をしたものだ。いくら軽いものであれ、うだるような暑さによってはじまったものを仕上げることになったからだ。わたしはほんのひととき体を休めるつもりでいたのだが、警告となる欠伸（あくび）をしたあと、たちまちぐっすりと眠りこんでしまった。

II

目を開けると、黄昏（たそがれ）が垂れこめていた。風が頬にあたり、すぐに頭がすっきりした。空を見あげ、黒雲が速やかに流れて、激しい嵐になることを告げる、堅固な黒い壁がそのあとに続いているのを知って不安になった。朝までにグレンデイルに辿（たど）り着けないことがわかったが、森のなかで夜を過ごすという見通し——はじめて一人きりで森で野宿するという見通し——も、こうした過酷な状況下ではきわめて不快なものになりはてた。嵐になる前に避難場所が見つかることを願い、少なくともしばらく突き進んでみようとすぐに決めた。

闇が分厚い毛布のように森を包みこんだ。低く垂れこめる雲がさらに物騒なものになり、風が勢いを増して強風になった。遠くで稲妻が閃いて空を照らし、そのあと不気味な雷鳴が轟いて、意地悪くも迫ってくるように思えた。やがて前に伸ばした手に雨があたるのを感じたが、避けがたいものは仕方ないとあきらめて、そのまま歩きつづけた。次の瞬間、光を目にした。木々と闇のなかに窓の光が見えたのだ。避難場所を求めたいばかりに、逸る思いで足を早めた。踵を返して、逃げ出していればよかったものを。

原生林が背後に広がる不完全な空地めいたところの奥に建物があった。掘っ建て小屋か丸木小屋だろうと思っていたので、趣味のよい二階建てのこざっぱりとした住居を目にするや、驚いて立ち止った。建築様式から見て、七十年くらい前のものだろうが、補修が丹念に整然となされていた。一階の窓の小さなガラスごしに、明るい光が輝いているのが見え——また雨粒があたったことで——すぐに空地を足早に進み、玄関ポーチに達するや、ドアを強く叩いた。

驚くほどの速やかさで、ノックに対する返事があって、耳に快く響く低い声が簡潔に、「入りなさい」と告げた。

施錠されていないドアを押し開け、暗い玄関ホールに入ると、右手の開いた戸口から光がこぼれていた。その戸口の向こうには、輝く窓のある、本の並ぶ部屋があった。玄関のドアを閉めたとき、家に独特の臭いがあるのに気づいた。ごくかすかな、いわくいいがたい臭いで、どことなく動物を思わせた。この家の主人は狩人か罠猟師で、家のなかで処理をするにちがいないと思った。

わたしに入るようにいった男は、大理石のテーブルのそばにある大きな安楽椅子に坐り、くつろぐための灰色の長いローブを痩身にまとっていた。強力なアルガン灯の光が男の顔を際立たせ、好奇心たっぷりにわたしを見るので、わたしもしげしげと見つめ返した。驚くほど端整な顔立ちをしていて、ほっそりした顔は髭をきれいに剃りあげ、つややかな亜麻色の髪には櫛(くし)を入れ、きれいな長い眉は鼻の上で斜めに接し、形のよい耳は頭のうしろの方の低い位置にあって、表情豊かな大きな灰色の目は生きいきと輝いていた。歓迎の笑みを浮かべたとき、素晴しいほど均一な白い歯を見せ、椅子に坐るように手を振ったときには、ほっそりした手の美しさに驚いた。先細りの指は長く、健康な色のアーモンド形の爪はかすかに湾曲して、マニキュアがきれいにほどこされていた。このような魅力のある人物がどうして隠者の生活を送っているのかと、不思議に思わずにはいられなかった。

「無理矢理に押しかけて申しわけありません」わたしはいった。「朝までにグレンデイルに行く望みを失って、嵐が近づいてきたので、避難場所を探していたんです」わたしの言葉を裏づけるかのように、このとき稲妻が生なましく閃き、雷鳴が轟いて、雨が沛然(はいぜん)と降りしきり、狂ったように窓ガラスにあたりはじめた。

家の主人は嵐を気に留めてもいないようで、また笑みを浮かべて応えた。その声は抑制のきいた宥めるようなもので、目にはほとんど催眠効果をおよぼすほどの穏やかさがあった。

「喜んでできるかぎりのおもてなしをしますが、残念ながらそうたいしてできることはありません。わたしは足が不自由なので、ご自分でやっていただかなくてはなりませんので。おなかがすいてらっしゃるなら、キッチンにたっぷりありますよ――たいしたものではありませんが、食べるものは十分にあります」家の主人の口調に外国の訛りがごくかすかに聞き取れたが、言葉づかいは正確で、紛れもない英語だった。

立ちあがると、目を瞠るほどの上背があって、片足を引きずりながら大股で歩いたが、垂れている腕が太くて毛深く、繊細な手と妙に対照的であるのに気づいた。

「どうぞこちらへ」家の主人がいった。「ランプをもってきてください。わたしはここにいてもキッチンにいても同じですから」

わたしはあとに随って廊下に出て、キッチンを横切り、指示されるまま、片隅や壁の戸棚に薪を探した。数分後、炎が心地よく燃えあがると、二人分の食事をつくろうかとたずねたが、男は丁重に断った。

「暑すぎて食べられないのです」男がいった。「それに、あなたがいらっしゃる前に、少し口にしましたから」

わたしは独りで食事をして食器を洗ってから、しばらく坐りこんで満足げにパイプをふかした。家の主人が近くの村のことをあれこれたずねたが、わたしがよそ者であることを知ると、むっつり黙りこくるようになった。そして押し黙って考えこんでいるものだから、わたしは男の不思議な性質を感じずにはいられなかった。どうにもよくわからない異質さがあるのだった。一つだけはっきりわかったことがあった。この家の主人は本当のもてなしでわたしを歓待しているというよりも、嵐のせいでわたしに我慢しているのだった。

嵐については、ほぼ終わりかけているようだった。外は既に明るくなって——雲の背後には満月があった——どしゃぶりの雨も小糠雨になっていた。おそらく旅を続けられそうだと思い、家の主人にそういってみた。

「朝まで待ったほうがよろしいでしょうよ」主人がいった。「歩いていかれるにしても、グレンデイルまでは三時間くらいです。二階に寝室が二つありますから、お泊りになりたいなら、遠慮せずに一部屋お使いください」

その言葉には誠実さがこもっていたので、わたしは主人のもてなしに対する疑いを払拭して、寡黙なのはこの荒野で久しく独り暮しをしているせいにちがいないと結論づけた。何もしゃべらないまま、パイプに煙草を三回入れ替えるだけの時間がたったあと、欠伸が出るようになった。

「今日は大変な一日だったんです」わたしは正直にいった。「そろそろ休んだほうがいいと思います。夜明けに起きて、出発するつもりです」

主人が指し示した戸口に、廊下と階段が見えた。

「ランプをもっていきなさい」主人がいった。「それだけしかありませんが、わたしは闇のなかでも気になりません。独りでいるときは、付けないこともあるんですよ。このあたりでは油を手に入れるのは困難ですし、村にはめったに行きませんのでね。階段を登ってすぐの右側の部屋をお使いなさい」

ランプを手にして廊下に出てから振り返り、おやすみなさいといったとき、暗くなった部屋で主人の目がほとんど燐光のように輝いているのが見えた。わたしはその一瞬、ジャングルのことや、焚火の火明かりの届かないところにときおり輝く目のことを思いだした。そして階段を登った。

二階に上がったとき、主人が足を引きずって別の部屋に歩いていく音が聞こえ、闇のなかでも梟のようにしっかり進めるのだと思った。確かにランプの必要はないようだった。嵐は通りすぎていて、指示された部屋に入ると、カーテンのない南の窓から、満月の光がベッドを明るく照らしていた。部屋に入ってランプの火を吹き消し、家が月光だけに照らされるようになったとき、灯油の臭いに混じって鼻を刺すような臭い——この家に入ったときに気づいた動物のような臭い——が嗅ぎ取れた。わたしは窓辺に行って、窓を開け放ち、爽やかな冷たい夜気を深く吸った。

脱衣しようとして、紙幣を詰めたベルトをまだ腰に巻いていることを思いだし、すぐにやめた。性急なことをしたり、無防備になったりしないほうがよいかもしれない。見知らぬ者を住居に入れて、盗みや殺しまでする者について聞いたことがあった。それで眠っている者を包みこんでいるかのようにベッドシーツを整え、一脚きりの椅子を影になったところに置いて、パイプに煙草を詰めて火を付け、状況に応じて休んだり見張ったりすることにした。

III

そうして坐ってまもなく、敏感になった耳が階段を登ってくる足音を捉えた。次の瞬間、足音を忍ばせようともせず、無頓着に大きな音を立てているのがはっきりと聞こえたので、盗賊家主の昔からの話が脳裡に新たに甦った。階段の上から耳にした家主の足音は、足を引きずるもっと小さな音だった。わたしは灰を落として、パイプをポケットに収めた。そして自動拳銃を摑んで取り出し、椅子から立ちあがると、爪先立って部屋を横切り、ドアが開いたときに身を隠せるところに緊張して蹲（うずくま）った。

ドアが開き、窓から射し入る月光のなかに、見たこともない男があらわれた。長身で、肩幅が広く、際立った体つきをしていて、顔は四角く切られた顎鬚（あごひげ）に半ば隠され、首はアメリカでは廃(すた)れて久しい模様のハイネックに包まれ、間違いなく外国人だった。どうやってわたしの知らない内にこの家に入りこめたのかはわからなかった。階下の二部屋や廊下に隠れていたとは思えなかった。当てにならない月光のなかでまじまじと見つめると、男のがっしりした体が透けて見えるような気がしたが、これは驚きのあまりによる錯覚にすぎなかったのだろう。

　男はベッドが乱れているのに気づいたが、眠っている者がいるように見せかけられているのを見逃したらしく、外国語で何か呟(つぶや)いて、脱衣しはじめた。わたしが離れた椅子に服を投げ、ベッドに潜りこむと、ベッドカヴァーを体にかけて、ものの一、二分の内にぐっすり眠りこんで、安らかな寝息を立てるようになった。

　主人を見つけて説明してもらおうと思ったが、しかしすぐに、何もかもが森のなかでワインを飲んで眠りこんだ結果の妄想にすぎないのかどうか、それを確かめたほうがよいと思った。なおも体が弱ってふらつくありさまで、先ほど夕食を取ったにもかかわらず、昼に弁当を食べてから何も口にしていないかのように空腹だった。

　わたしはベッドに近づき、手を伸ばして、眠っている男の肩を摑もうとした。そして狂おしい恐怖と目も眩むような驚きのあまり、悲鳴をあげそうになるのをかろうじてこらえ、心臓を高鳴らせながら、目を見開いてあとずさりした。摑もうとした指が、眠っている男を通り抜け、その下のシーツを摑んだからである。

　わたしの混乱した感覚を完全に分析しようとしても甲斐はないだろう。男に触れることはできないのに、わたしはなおも男を目にして、規則正しい寝息を聞き、男の体がシーツに包まれて寝返りを打つのを見たのである。するとそのとき、わたしが自分の狂気か催眠状態を確信しているさなかに、階段に別の足音が聞こえた。しめやかな、犬にも似た、足を引きずるような音が、階段を登ってくるのが聞こえた……そしてまたしても鼻を刺す動物の臭いがして、今度は倍化していた。わたしは茫然として、夢でも見ているような心地で、ふたたびドアの背後に戻り、心底震えあがっていたが、いかなる運命にも甘んじようと思った。

やがてあの不気味な月光のなかに、大きな灰色の狼の痩せ衰えた姿があらわれた。後脚の一方があがったままで、流れ弾にあたったかのようだった。狼がわたしの方に顔を向けるや、わたしの引きつる指から拳銃が落ちて、そのまま床にあたった。つのりゆく恐怖がたちまちわたしの意志と意識を麻痺させた。あの恐ろしい頭部からわたしのほうを睨(にら)みつけている目が、この家の主人がキッチンの闇からわたしを見たときの、あの燐光を放つ灰色の目だったからである。

狼が実際にわたしを見たのかどうかは、いまだによくわからない。わたしの方に向けられていた目がベッドに向かい、そこに眠りこんでいる幽霊めいたものを食い入るように見つめた。そして頭をのけぞらし、あの凶まがしい喉から、これまで聞いたこともないような慄然たる吠え声を発した。嗄(か)れた不快で獰猛な吠え声に、わたしは心臓が止まりそうになった。ベッドにいる者が身じろぎして、目を開け、目にしたものに縮みあがった。獣がぶるっと身を震わせて蹲るや——幽霊じみた者がいかなる伝説の幽霊さえかなわないような、人間ならではの苦悩と恐怖の悲鳴を発するなか——獲物の喉にとびかかり、白くて堅い均一な歯を月光のなかで輝かせ、悲鳴をあげる幽霊の頸静脈に嚙みついた。あふれる血が喉に詰まって悲鳴が途切れ、怯えきった人間の目が虚ろなものになった。

悲鳴を耳にしてわたしは行動し、すぐに拳銃を摑み取るや、眼前の狼のような化け物に弾丸を撃ちつくした。しかし弾丸がそのまま奥の壁に食いこむ音が聞こえるだけだった。

わたしは神経が切れた。盲目の恐怖に駆られてドアに向かい、一度振り返って、狼が獲物の体に歯を埋めているのを見た。そして絶頂を極める感覚的印象と圧倒的な考えがもたらされた。ついさっきわたしの手が通り抜けたのと同じ体であるのに……わたしがあの黒ぐろとした悪夢の階段を駆けおりるとき、骨の砕ける音が聞こえたのである。

Ⅳ

どうやってグレンデイルに向かう道を見つけたのか、どのようにしてグレンデイルに辿り着いたのかは、決してわかりはしないだろう。わたしが知っているのは、太陽が昇ったときに森の外れの丘にいて、尖塔の聳(そび)える村が眼下に広がり、カタクア河の青い流れが遠くに輝いているのが望めたことだけである。帽子も上着もなく、土気色の顔をして、嵐のなかで一晩過ごしたかのように、汗みどろになっているので、少なくとも見かけだけでも落ちつきを取り戻すまで、村に入るのをためらった。ようやく丘をくだり、歩道に板石が敷かれ、植民地時代様式の戸口が並ぶ狭い通りを歩いて、ラフィエット館に着くと、このホテルの主人が訝しげにわたしを見た。

「こんなに早くどこから来たんだね。どうしてそんなにひどい恰好をしとるんだ」

「メイフェアから森を抜けてきたばかりなんです」

「あんた……悪魔の森を……昨夜……一人きりで……抜けてきたのか」老人が恐怖と信じられない思いを交互に目に浮かべてわたしを見つめた。

「どうしてそんなことをおっしゃるんです」わたしは切り返した。「ポトウィセットを抜けたのでは、時間までに来られず、今日の正午までにここに来なきゃならなかったんですよ」

「昨夜は満月だったぞ……まさか、あんた」老人が好奇の目でわたしを見た。「ヴァシリ・ウクラニコフか伯爵の何かを見たのかね」

「ねえ、わたしがそんなに莫迦に見えますか。いったいどういうおつもりです——わたしをかつごうとしてらっしゃるんですか」

しかし老人の口調は聖職者のように真面目くさったものだった。「あんたはこのあたりに来るのがはじめてにちがいないな。そうでなかったら、悪魔の森や満月やヴァシリなんかのことを知ってるはずだから」

わたしは失礼な態度を取ってはいないと思ったが、これまでに口にした言葉から、本気ではないように見えるにちがいないことを知った。「続けてください――わたしに話したいんでしょう。驢馬(ろば)のように愚直に耳をかたむけますよ」

すると老人が飾り気のないやりかたで伝説を語ったのだが、彩りも細部も雰囲気もないことで、生気も説得力も欠いていた。しかしわたしにとっては、どんな詩人でもそえられる生気や説得力は必要なかった。わたしがこの目で見たことを思いだしていただきたい。我が身で体験して、幽霊の骨が砕ける恐怖から逃げ出したあと、はじめてこの伝説を耳にしたのである。

「ここメイフェアのあいだには、かつてかなりの数のロシア人が住んどったんだ――ロシアでの暴力的革命の騒ぎのあとでやってきた者たちがな。ヴァシリ・ウクラニコフもその一人だった――背が高くて、ほっそりした、端整な顔つきの男で、輝く黄色の髪をして、物腰もよかった。しかし悪魔の僕(しもべ)だといわれておった――狼男で、人間を喰らうのだとな。

「ここからメイフェアまでの道のりの三分の一くらいかな、そのあたりの森のなかに家を建てて、独りで暮らしておったよ。ときたま旅人が森からあらわれては、輝く人間の目――ウクラニコフに似た目――をした、大きな狼に追われたという、かなりおかしな話をしたもんだった。ある夜、誰かが狼に一発弾丸をみまい、そのあとロシア人がグレンデイルにやってきたとき、片足を引きずってた。それで決まりだ。もうただの疑いではのうなって、厳然たる事実になった。

「やがてウクラニコフがメイフェアに使いを寄越して、伯爵に会いにきてくれと伝えよった――伯爵はフョードル・チェルネフスキといって、ステイト・ストリートの古い駒形切妻屋根のファウラーの家を買って暮らしてた。立派な人で、素晴しい隣人だったから、みんなが行くなといったが、伯爵は自分の面倒くらい見られると応えた。満月の夜だったよ。伯爵はとても勇敢な人で、ある程度の時間がたっても自分があらわれなければ、ヴァシリの家まで来てくれといっただけだ。みんなはそうした――いってくれんか、あんた。夜に森を抜けてきたんだろう」

「ええ、そうですよ」わたしは平然といってのけようとした。「わたしは伯爵じゃないし、ここへは話をしにきたんです……しかしウクラニコフの家で何が見つかったんですか」

「伯爵のずたずたになった死体と、顎を血まみれにしてうろついてる、痩せ衰えた大きな狼だ。狼が何者なのかはわかるだろう。村の衆がいうには、満月のたびにそうなるらしい――が、あんたは何か見たり、聞いたりせんかったか」

「何も見なければ、聞きもしませんでしたよ。それで、狼はどうなったんです――いや、ヴァシリ・ウクラニコフは」

「みんなが殺したよ――弾丸を浴びせて、家のなかに葬ってから、家を焼いたんだ。わしが小僧だった六十年前のことだが、昨日のことのようによくおぼえとるよ」

わたしは肩をすくめて踵を返した。昼間の日差しのなかでは、何もかもがあまりにも珍奇で莫迦げたつくりごとのように思えた。しかし荒地で、闇が垂れこめてから独りでいるとき、あの悲鳴や唸り、あの忌わしい骨の砕ける音の凶まがしい谺が聞こえると、あの地獄めいた夜のことを思いだして、また総身が震えてしまうこともある。

最愛の死者

C・M・エディ・ジュニア

真夜中だ。夜が明ける前に見つかって、暗い独房に収監され、愛する死者と最後に一つになるまで、飽くことを知らぬ欲望に臓器を蝕(むしば)まれ、心を萎(しお)れさせながら、いつ終わるともなく惨(みじ)めに生きつづけることになるのだろう。

　俺の椅子は古びた墓の悪臭芬々(ふんぷん)たる窪み、机は蹂躙(じゅうりん)する歳月によって滑らかに摩耗し倒壊した墓石の裏、そして光をもたらすのは星と細い三日月だけだが、真昼であるかのようにはっきり見える。まわりじゅうに、蔑(ないがし)ろにされた墓を守る不気味な歩哨が立ち並び、傾いて老朽化した墓石が不快な腐敗する植物に半ば隠されている。それ以外のものの上には、青黒い空を背景に、荘厳な記念碑が厳(いか)めしい尖塔を幽霊の大群の朦朧(もうろう)とした首領のように聳(そび)えさせている。大気は菌類の香や湿って黴(かび)の生えた地面の有害な臭いに満ちているが、俺にとっては善人が死後に住む楽土の芳香である。沈黙が垂れこめて静まり返り――恐ろしいほど静まり返り――その深遠さが厳(おごそ)かなものや恐ろしいものを語っている。住まいを選べるなら、腐敗する肉と崩れゆく骨からなる、そのような場所の中心になるだろう。そういうものが近くにあるだけで、心に恍惚とした戦慄が走り、澱(よど)んだ血汐(ちしお)が血管を駆け巡り、鈍い心臓が甘美な喜悦とともに拍動する――死の存在が俺にとっては生命であるからだ。

幼年時代は長く平凡で単調な、何らの感動もないものだった。まさに禁欲的で、蒲柳をかこち、顔色は青白く、体つきも小柄だったうえ、病的な不機嫌が長ながと続くこともあったため、同年代の健康で正常な子供たちには相手にされなかった。彼らは俺を、白ける奴とか、「婆ちゃん」とか呼んだ。俺が荒っぽい子供の遊びに興味がない、というよりも、たとえそうしたくとも、加わるだけの体力もなかったからだ。

地方の村の例に漏れず、フェナムは悪意のある噂を吹聴する者にことかかなかった。穿鑿好きな想像によって、俺の無気力な気質は忌わしい異常なものだといいたてられた。俺を両親と比較して、あまりの違いに不穏な疑いを抱いて首を振るのだった。迷信深い者たちの一部は俺を公然と取替え子と呼び、俺の祖先についていささか知識のある者たちは、妖術師として火刑に処せられた三代前の大叔父に関する、あやふやな謎めいた風説をもちだすありさまだった。

もっと大きな町で暮らし、気心の知れた友達と付き合う機会があったなら、この幼年期の引つこみ思案も克服できたろう。ティーンエイジャーに達した頃には、ますます無愛想で陰気になって、感情をあらわすことがなかった。俺の生活には何かをしようという気持がなかった。感覚を鈍らせ、発育を妨げ、行動を阻害するものに捕えられているようで、不可解なほどの不満を抱いていた。

十六のときにはじめて葬儀に参列した。フェナムは長命の村として知られていることもあって、葬儀は擢んでた社会行事だった。さらに、俺の祖父のようなよく知られた人物の葬儀の場合は、村人たちが弔意を表するために大挙して参列すると考えて差し支えなかった。しかし俺は近づく葬儀をまったく興味もなく見ていた。いつもの無気力から脱け出そうとする試みは、心身を不穏な状態にさせるだけだった。両親にうるさくいわれるものだから、もっぱら両親が親不孝な態度と呼んで咎める手厳しい非難から逃れんがために、同行することに応じたまでである。

供花が大量にあった以外には、祖父の葬儀に普通でないものはなかったにせよ、思いだしてもらいたいが、これは俺にとって、このような重要行事の厳かな儀式の初体験だった。暗くされた部屋、重苦しい布の掛かった細長い柩、積みあげられた芳しい花、集まった村人たちの悲しそうな顔、そういったものの何かが俺のいつもの無気力を刺戟して、たちまち俺の注意を捉えた。母に鋭い肘でこづかれ、束の間の夢想から目覚めると、母に随って祖父が横たわっている柩に近づいた。

はじめて俺は死に対峙した。おびただしい皺のある穏やかな顔を見おろし、多大な悲しみをもたらすものなど何も目にしなかった。そのかわりに、祖父が甚だ満足して、穏やかに満ち足りているように思えた。俺は妙なしっくりしない昂揚感に揺さぶられた。それが緩やかにしめやかに胸にこみあげてきたので、最初は気づきもしなかった。その由々しいひとときを思い返すと、葬儀の場所をはじめて目にしたときに発し、知らぬ間にひっそりと支配力を強めたにちがいないと思いなされる。死体そのものから生じるような有害かつ不吉な影響力が、磁力めいた魅惑で俺を捕えたのだった。俺の体じゅうに何か恍惚とした電気めいた力が漲り、俺はそうするつもりもないのに、背筋がすっくと伸びるのを感じた。俺は死体の閉じた瞼をまじまじと見つめ、その下に隠されている秘められたメッセージを読み取ろうとした。不浄な歓喜をおぼえて心臓が急に跳ね、凶まがしい力で肋骨に響くほど拍動し、拘束する華奢な体壁から逃れようとするかのようだった。荒あらしい、勝手気儘な、心を満たす官能が俺を呑みこんだ。ふたたび母に肘で強くこづかれ、俺は我に返った。俺は黒い布の掛けられた柩に重い足取りで近づいたが、いまや新しく見出した潑溂とした思いで立ち去った。

葬列に付き随って墓地に向かうあいだ、全身にこの不可解な躍動する力が汪溢した。それはまるで尋常ならざる霊液――ベリアルの文書館にある冒瀆の製法で煎じ出された忌むべき霊薬めいたもの――を牛飲したかのようだった。

村人たちは葬儀に没頭していたので、俺の振舞の劇的な変化は両親以外には気づかれずにすんだが、その後二週間の内に、村の穿鑿好きな者たちが俺の変化した振舞に毒舌の新たな材料を見出した。しかし二週間がたつと、刺戟の力もその効果を失いだした。さらに一、二日たつと、また以前の倦怠が戻ったが、過去の徹底した圧倒的な退屈さではなかった。以前は無気力から抜け出そうという気持はこれっぽっちもなかったのに、いまやいいようのない漠然とした不安に悩まされるのだった。表面上は以前の俺に戻って、陰口をたたく連中も他の興味津々たるものに注意を向けるようになった。俺の陽気になった真の原因を夢にでも見ていたら、俺を不浄な穢（けが）れもののごとく避けていたことだろう。俺にしても、意気揚々としていた僅（わず）かなあいだ、その背後に忌むべき力があることを夢にでも見ていたら、永遠に閉じこもって世間とは隔絶し、残る生涯を悔悟の独居で過ごしていただろう。

　悲劇はしばしば三度重なるものであって、長命を誇る村に住みながらも、続く五年の内に両親が二人とも身罷（みまか）った。母が最初にまったく思いがけない事故で亡くなり、俺の悲痛は衷心からのものだったから、あのほとんど忘れ去っていたこのうえもない魔的な恍惚によって、悲痛の烈（はげ）しさが嘲られ否定されるのを知り、正直にいって驚いてしまった。またしても俺の心は激しく躍り、ふたたび跳ねハンマーのような速度で拍動して、熱い血汐を隕石のごとき白熱した状態で血管に送り出した。俺は沈滞の悩ましい外套（がいとう）を肩から振り落としたが、それに代わって、果てしなく恐ろしい、胸が悪くなるような魔性の欲望という荷を背負っただけだった。暗くされた部屋の空気に悪魔の美酒が染みこんでいるように思い、俺の心がそれを渇して、母の遺体が安置された部屋に入り浸った。一息ごとに俺は強くなり、熾天使（してんし）のごとき満足のいく高さにまで引きあげられた。麻薬の譫妄（せんもう）のようなものであって、すぐに消えてしまい、その有害な力によって、おのれが弱められるにちがいないとわかったが、既に縺（もつ）れている運命の糸のゴルディオスの結び目を解けないのと同様に、渇望を抑えることなどできなかった。

　尋常ならざるサタンの呪いのようなものでもって、俺の人生がその原動力として死者に依存し、俺の気質には生気のない木偶人形めいたものの悍しい存在にのみ反応する、特異なものがあることもわかった。数日後、俺の存在を満ち足りたものにするうえで欠かせない、獣的な酩酊を渇望するあまり、俺はフェナム唯一の葬儀屋と面談して、弟子のようなものにしてくれと説きつけた。

父は母の死によって見るからに打撃を受けていた。ほかのときにああいう常軌を逸した仕事の話をもちだしたなら、父は断固として撥ねつけたことだろう。実際のところは、束の間真剣に考えこんだあと、父はうなづいて黙認した。しかし俺の最初の実技の対象が、こともあろうに父になろうとは、神ならぬ身の知る由もなかった。

父も急に身罷った。知らぬ内に心臓病が進行していたのである。八十代の葬儀屋は俺を懇々と諭し、父の遺体の防腐処置という無分別なことをするのをやめさせようとしたが、俺がようやく忌わしい考えに同意させたとき、俺の目に歓喜の輝きがあることに気づきもしなかった。生気のない遺体の処置に勤しんでいるとき、高鳴る胸に騒然たる激情の波として押し寄せてきた、言語道断のいいようもない考えの数かずはあらわすことなどできはしない。譬えん方もない愛、父が生きていた頃に抱いたものよりも大きな愛――はるかに大きな愛――こそが、こうした考えの基調になっていた。

父は金持ではなかったが、快適に自立できる程度の財産をもっていた。俺は唯一人の跡継ぎとして、いささか矛盾した立場にあることを知った。幼い頃は現代世界との触れ合いにまったく馴染めなかったが、孤立したフェナムの素朴な暮しがつまらなくなった。事実、村人の長命が年季証文を交した俺の唯一の動機をくじいたのである。

財産の問題を処理すると、葬儀屋を辞めて、五十マイルほど離れたベイバロへ行くのがたやすいことだとわかった。この町では葬儀屋での一年間の奉公が役に立った。町で一番大きな斎場を構えているグレシャム社で、助手として都合のよい地位を得るのに問題はなかった。斎場で眠れるように説得することもした——既に死者の近くにいることが強迫観念になっていたからである。

俺は普通ではない意気込みで仕事に励んだ。俺の不遜な感受性には悍しいものなど何もなく、たちまち自ら選んだ職業の達人になった。運びこまれる死体はことごとく、罪深い喜悦、不敬な満足が存分にかなえられることを意味した。血汐がふたたびあの陶然たる刺戟を受けて、身の毛のよだつような仕事が最愛の勤行へとなりかわるのだ——が、肉欲の飽満はすべて犠牲を強いる。満足げに眺められる死体の届かない日を恐れ、町の住民に速やかで確実な死がもたらされるよう、最下（いやした）の深淵のいかがわしい神々のすべてに祈るようになった。

する内に人目を忍ぶ者が郊外の暗い通りをこっそり歩く夜が訪れた。真夜中の月が低く垂れこめる分厚い雲に隠される、漆黒の闇夜のことである。木々に身を隠して、肩ごしにちらちらと窺（うかが）い、何か悪意に満ちた任務に励む者がいた。こうした密かな徘徊があったあとは、朝刊が扇情的なものに現（うつつ）を抜かす読者に、悪夢めいた犯罪の細目を書きたてた。忌わしい残虐行為を満足げに生なましく描き、解決は不可能であるとか、突飛な矛盾した疑いの数かずを長ながと書きたてた。こんなありさまのあいだ、俺はこのうえもない安心感を味わっていた。名状しがたい冷酷な虐殺の衝動に駆られて人を殺そうとする者について、死が日常のことである葬儀屋の従業員を誰が一瞬でも疑うだろう。俺は犯罪の一つひとつを狂人の狡猾さで計画し、常に殺し方をかえ、すべてが唯一人の血にまみれた手によるものだと思われないようにした。夜の企てが終わるつど、そのあとには有害かつ心底からの歓喜の恍惚とした時間が続いた。普段の仕事の成行きで、甘美な喜びをもたらすものが満悦する俺に委ねられるかもしれないという可能性によって、歓喜は常に高まった。ときにその二重の至高の歓喜を味わうこともあったのである――ああ、類稀れな甘美な思い出よ。

わが聖域の避難所に閉じこもる長い夜のあいだ、陰気な斎場の沈黙に促され、愛する死体――俺に生気を与えてくれる死者――に惜しみなく愛を注ぐ、名状しがたい新たな方法を考えだした。

ある朝、グレシャム氏がいつもより早くやってきた――そして冷たい死体置き台の上で、悪臭を放つ硬直した裸形の死体を抱き締め、ぐっすり眠りこんでいる俺を目にしたのだった。グレシャム氏は猥褻な夢を見ていた俺を起こし、嫌悪と哀れみの入り乱れた目で俺を見た。やさしくはあれきっぱりと、家に帰らなければならない、神経がまいっているのだ、この不快な仕事を長く休む必要がある、感じやすい年頃なのでまわりの陰鬱な雰囲気に強く影響されたのだといった。不快でならない無気力にある俺を駆り立てる、凶まがしい欲望のことなど知る由もなかった。あれこれいいたてても、俺が狂いかけているというグレシャム氏の思いを強めるだけだとわかるほどの頭はあった——俺の行為の根底にある動機が見つかるよりは、辞去するほうがはるかによかった。

このことがあってから、あからさまな行為によって、同情のない世界に秘密が露になることを恐れ、一つの場所に長く留まらないようにした。町から町へと流れ歩いた。死体安置所や墓地で働き、火葬場で働いたことも一度あった——渇望してやまない死体の近くにいられる機会をもたらしてくれるなら、どこでもよかったのである。

やがて世界大戦が勃発した。俺は最初に海を渡った兵士の一人であり、最後に帰国した兵士の一人でもあった。血にまみれた死体の犇く地獄で四年を過ごした……雨で不快な塹壕の嫌悪を催す軟泥……ヒステリックな音を立てて飛来する砲弾の耳が劈けそうな爆発音……嘲笑うかのような銃弾の単調な唸り……冥界の火の河プレゲトーンさながらの煙をあげる猛火……殺人ガスの息を詰まらせる毒気……死体が砕かれたり寸断されたりしたグロテスクな断片……俺は並外れた満足を四年にわたって味わった。

あらゆる放浪者の心には、子供の頃の土地に戻りたいという潜在的な衝動がある。数ヵ月後、俺はフェナムの馴染み深い裏道を歩いていた。荒廃した無人の農家がフェナムの近隣の道端に建ち並ぶ一方、村そのものにも同様の衰退があった。人が住んでいるのは一握りの家屋だけだが、そのなかに俺がかつて我が家と呼んだ住居があった。雑草が生い茂って絡みあっている私道、割れた窓ガラス、背後に広がる手入れのされていない土地、こういったもののすべてが、それとなく聞き出した話を確かなものにした——いまここにはずぼらな飲んだくれが住んでいて、虐待される女房や食事をろくに与えられない子供たちに隣人たちが同情し、そうしてあてがわれる半端仕事でどうにか食いつないでいた。概して、俺の幼い頃の環境を包みこんでいた魅力は完全に消散していたので、正道から外れた無謀な考えに促され、俺は次にベイバロに足を向けた。

ここにも歳月が変化をもたらしていたが、逆に作用していた。記憶にある小さな町が、戦時中の人口激減にもかかわらず、ほとんど倍の大きさになっていた。俺は反射的に以前の勤務先を探し、まだ存在するが、ドアの上に見慣れない名前と、「後継者」という言葉があるのを知った。若い兵士たちが海外に出兵しているあいだに、インフルエンザの蔓延でグレシャム氏が亡くなったのだ。俺は運命のようなものを感じて職を求めた。いささかびくつきながら、グレシャム氏のもとで働いたことがあるといったが、不安を抱くまでもなかった——亡くなった雇主は、俺の倫理にもとる振舞の秘密を、墓場までもっていったのだ。折よく欠員があったことで、即座に再雇用された。

やがて不遜な巡礼をおこなった、あの真紅の夜の容易に忘れられない記憶が取りとめもなく甦り、禁制の悦楽を再開したいという抑えがたい欲望がこみあげた。用心深くすることも失念して、また一連の忌わしい肉欲に耽る行為に乗り出した。ふたたび扇情紙が俺の犯罪の悪魔めいた細目に恰好の素材を見出し、何年も前に町を震撼させた鮮血にまみれた事件と比較した。ふたたび警察が捜査網を張りめぐらし、網にかけようとしたが、どうにもならなかった。

死者の有害な美酒を味わいたいという渇望が痛烈なまでに燃えあがり、忌わしい偉業を果たす間隔を縮めはじめた。危険を冒しているのはわかっていたが、身も心も苛まれるほど凶まがしい欲望に囚われて、俺はそのまま突き進んだ。

こうしているあいだ、俺の心は狂った渇望を満たしたいという思いに凝り固まり、それ以外のいかなるものにも鈍麻するようになっていった。そしてこのような邪悪な企てに励む者にとって、きわめて重要な細部をおろそかにしたのである。どのようにしてか、どこかで、漠然とした痕跡、捉えどころのない手がかりを残した——逮捕されるほどのものではないが、容疑の流れを俺の方に向けさせるものだった。監視の目を感じ取ったが、無気力な心を活気づけるため、さらに死者を求めたがる沸き立つ欲望を抑えようもなかった。

そしてある夜、血みどろの剃刀をまだしっかり摑んだまま、一番新しい犠牲者の体に屈みこみ、鬼畜のごとく満悦していると、警官の呼び子が甲高く鳴り響き、俺は我に返った。熟練した手さばきで、素早く剃刀を折りたたみ、上着のポケットに収めた。警棒がドアを激しく叩いた。俺は椅子で窓を壊し、犯行場所に安アパートを選んだことを運命に感謝した。薄汚い路地におりたとき、青い制服の警官たちがドアを壊して入りこんだ。ぐらつくフェンスを乗り越え、汚らしい裏庭を抜け、むさくるしい荒家を通りすぎ、薄暗い狭い通りを走って逃げた。町の外に広がり、フェナムの郊外に接するまで五十マイルほど伸びている、木々の多い湿地帯のことを咄嗟に考えた。ここに行き着きさえすれば、当座は安全でいられる。夜明け前に、剣呑な荒地にがむしゃらに入りこみ、枯れかけた木の朽ちゆく根につまずいたり、グロテスクな腕のように張り出すむきだしの枝に、嘲る抱擁で妨げられたりした。

俺が盲信の祈りを捧げる邪悪な神々の小鬼どもが、あの剣呑な湿地帯で俺を導いてくれたにちがいない。一週間後、俺は血の気もうせて、泥まみれになり、窶れはてて、フェナムから一マイル離れた林のなかに潜んでいた。これまでのところ、追跡をかわしていたが、警鐘がすぐに打ち鳴らされるとわかっているので、姿を見せるわけにはいかなかった。追跡を切り抜けたことをぼんやり期待した。最初の逆上した夜が過ぎてからは、耳慣れない声や、灌木を突き進む足音を聞くこともなかった。おそらく俺の死体が澱んで腐っている池に横たわって隠れているか、底無しの沼に永遠に失われたとでも結論づけられたのだろう。

餓えが痛烈な痛みで臓器を苦しめ、渇きが喉をからからにした。しかしさらにひどいのは、死体の近くでのみ見出せる刺戟を求めてやまない、餓えた魂の堪えがたい焦がれだった。甘美な記憶を思い起こして鼻孔が震えた。この欲望が興奮した空想の気まぐれにすぎないと思って、おのれを欺くことなど、もはやできなかった。いまやそれが人生の欠くべからざる一部であること、それなしでは油の切れたランプのように燃え尽きてしまうことがわかった。残っている力を奮い起こし、呪われた肉欲を満たす仕事が果たせるようにした。へたに動けば危険であることは百も承知で、偵察をはじめ、鼻持ちならない悪霊のように闇に紛れて村のへりを進んだ。またしてもサタンの不可視の従者に導かれているという妙な感じがした。しかし俺が生まれ、幼い頃に引きこもって過ごした、侘しい一軒家を前にしたとき、罪に染まった俺の魂さえもが反感をおぼえた。

やがて不穏な記憶の数かずが消えうせた。それらに代わって、圧倒的なこのうえもない欲望がこみあげた。この古い家の腐りゆく壁の背後に餌食がいる。一瞬の後、ガラスの割れた窓の一つを上げ、窓枠を乗り越えた。しばし耳をすまし、感覚という感覚を鋭くさせ、行動するために筋肉のすべてを緊張させた。静まり返っていることに安心した。猫のような足取りで、こっそりと馴染み深い部屋を次つぎに抜けていき、苦しみの終わりを見出せる場所を示す、高鼾の発するところに達した。寝室のドアを押し開け、期待した恍惚の吐息を漏らした。酔いつぶれて大の字になっている男に、豹のように近寄った。女房と子供はどこにいるのか。まあ、あとでもよい。俺は男の喉に手を近づけ……

数時間後、俺はまた逃亡者になっていたが、新たに見出して盗んだ力が俺のものになっていた。物いわぬ三人はもはや目を覚まさない。朝のぎらつく光が隠れ場所に射し入ったとき、性急に慰安を得たことによる特定の結果に思いあたった。もういまごろは死体が発見されているにちがいない。鈍感な田舎の警察にしても、この悲劇を近くの町から俺が逃げ出したことに結びつけるはずだ。それに、俺は軽率にも、はじめて身元を明かすはっきりした証拠を残してしまった——死体の喉に指紋を残してしまったのである。俺はひねもす不安に戦(おのの)いた。足で乾燥した枝を踏みつけただけで、ぞっとするイメージが脳裡に浮かんだ。その夜、身を守る闇に紛れて、フェナムのへりを通ってその向こうの林を目指した。夜が明ける前に、新たな追跡がはじまったことをほのめかすものがあった——遠くで猟犬が吠えたてた。

長い夜のあいだ歩き通したが、朝になった頃には、新たに得た力が引いていくのが感じられた。真昼には俺を悪に染まらす呪いの執拗な呼びかけが起こり、最愛の死者の近くでのみ得られる尋常ならざる陶酔を味わわないことには、倒れこんでしまうにちがいないとわかった。俺は大きな半円を描いて移動していた。このまま着実に進んでいけば、真夜中には両親が葬られた墓地に行き着けるだろう。倒れこむ前にそこに行くことに、唯一の希望があると確信していた。俺の運命を支配する悪魔どもに沈黙の祈りを唱え、最後の安全な場所に向かって重い足取りで進んだ。

ああ、慄然たる我が聖地を目指してから、十二時間しかたっていないというようなことがありうるのか。のろのろした一時間ごとに、永遠に生きているような気がした。しかし豊かな報いに達していた。打ち捨てられたこの場所の有害な臭いは、俺の苦しむ魂には乳香のごときものだった。

曙光(しょこう)が地平線を灰色に染めている。猟犬どもがやってきている。俺の鋭い耳には猟犬の遠くの吠え声が聞き取れる。俺が見つかって、世界から永遠に遮断され、愛する死者にようやく加わるまで、欲望を満たされずに苛まれて日々を過ごすのは、もはや時間の問題にすぎない。

摑まるものか。逃げる方法はある。臆病者の選択だろうが、いいようもない悲惨な日々を果てしなく送るよりはましだ――はるかにましだ。この記録を残しておくので、俺がこの選択をなす理由を誰かがわかってくれるかもしれない。

剃刀がある。ベイバロを逃げ出してから、ポケットにあるのを忘れていた。血にまみれた刃が細い三日月の青白い光のなかで妙にきらめいている。左の手首を切り裂けば、救済は確実だ……

温かな鮮血が古びて黒ずんだ墓石にグロテスクな模様を描く……朽ちゆく墓の上に亡霊が群をなす……幽霊が俺を手招きする……書かれざる旋律の霊妙な断片が天頂に高まりゆく……遙かな星たちが魔的な伴奏で酔ったように踊る……千もの小さなハンマーが俺の混乱した脳髄のなかで鉄床（かなとこ）に恐ろしく耳障りな音を叩き出す……虐殺された霊たちの灰色の幽霊が俺の前を嘲りながら打ち黙（もだ）して行進する……目には見えない焔（ほのお）の焼き焦がす舌が俺の病んだ魂に地獄の焼き印を押す……もう……書け……ない……

見えず、聞こえず、語れずとも

C・M・エディ・ジュニア

一九二四年六月二十八日の正午を少し過ぎた頃、モアハウス医師がタナーの家の前で車を停め、四人の男がおりたった。修理も万全で手入れの行き届いた石造りの家は、道の近くにあって、裏に湿地帯がなければ、邪悪さを感じさせるものなどかけらもなかっただろう。染み一つない白い戸口が、きれいに刈られた芝生ごしに、少し距離のある道からも見え、医師の一行が近づいていくと、重おもしい玄関のドアが開いているのがわかった。網戸だけが締め切られていた。家の近辺には、四人の男におどおどと口をつぐませるものがあって、家のなかに何が潜んでいるかは、漠然とした恐怖をおぼえながら想像するしかなかった。調べにきた者たちがリチャード・ブレイクのタイプライターの音をはっきり耳にしたとき、この恐怖は著(いちじる)しく減じた。

一時間にもならない前に、その家から一人の男が帽子も上着もなしに悲鳴をあげながら逃げ出して、半マイル離れた一番近くの隣家の戸口に倒れこみ、「家」、「暗い」、「湿地帯」、「部屋」といった言葉を支離滅裂に口にしたのである。湿地帯の外れにある古いタナーの家から、涎(よだれ)を垂らす狂人がとびだしてきたといわれると、モアハウス医師は直(ただ)ちに興奮して行動を起こした。

二人の男が呪われた石造りの家を借りたとき、医師は何かが起こるとわかっていた——二人の男とは、逃げ出した男と、その主人のリチャード・ブレイクである。ブレイクはボストン出身の作家にして詩人であり、神経と感覚を研ぎ澄まして出征し、いまのありさまで帰国した。かなりの麻痺があっても、あいかわらず礼儀正しく、目と耳と口が不自由になって自然界から永遠に閉め出されているが、いまなお生ける幻想の光景と音のなかを歌いながら歩いている。

家と以前の借家人にまつわる怪異な伝承や慄然たる暗示の数かずを、ブレイクは大いに喜んだ。そのような不気味な伝承は、ブレイクの肉体のありさまでも愉しむことが妨げられていない、あれやこれやの空想に役立つものだった。迷信深い地元の住民のさまざまな予言にも、ブレイクは笑みを浮かべていた。それがいまや、唯一人の付添いが正気を失う恐怖で周章狼狽して逃げ出し、何がその恐怖を引き起こしたにせよ、ブレイクはなすすべもなく取り残されたのだから、もはや愉しんだり笑みを浮かべたりする機会もないかもしれない。少なくともモアハウス医師は、逃げ出した男の問題に直面したとき、そのように考え、困惑する農夫に問題を突き止めるための助けを求めた。モアハウス家はフェナムの旧家であって、医師の祖父は一八一九年に隠者シミアン・タナーの死体を焼却した者たちの一人だった。その焼却について記録されていること——死体の些細で無意味な形状から無知な村人たちがいいたてた愚かな推測——を思うと、家まで少し距離があるにもかかわらず、経験を積んだ医師も背筋がぞくっとした。それが莫迦げたことであるのはわかっていた。頭蓋骨の前部に些細な突起があるのはさして意味のあることではなく、禿頭の者によく見出されるからである。

医師の車から忌み嫌われる家に決意も露な顔を向けたとき、四人の男はことのほか畏怖の念に満ちた感じで、穿鑿好きな祖母から伝わる漠然とした伝説や半ば内密の噂話の断片――めったに口にされることがなく、ほとんど組織立てて比較されたことのない伝説やほのめかし――を交し合った。こうした伝説や噂は、タナー家のある人物が妖術の廉で裁かれたあと、セイレムのギャロウズ・ヒルで処刑された一六九二年にまで遡るのだが、それとなくほのめかされるようになったのは、家が一七四七年に建てられてからのことだった――ただしL字形の建増しがされたのは、もう少しあとのことになる。当時でさえ噂話はさほど多くはなかった。タナーの一家は妙な者ばかりだったが、村人たちが恐れるのは老シミアンだけだったからである。シミアンは相続した家に建増しをして――恐ろしくも増築したと囁かれた――東の壁が湿地帯に面する南東の部屋の窓を煉瓦で塞いだ。その部屋はシミアンの書斎で、ドアは通常の倍の厚みがあり、補強されていた。そのドアは煙突から悪臭を放つ煙が昇った、一八一九年の恐ろしい冬の夜に斧で叩き壊され、部屋のなかでタナーの死体が見出された――タナーの顔にはあの形相があった。死体が部屋にあった本や書類とともに焼却されたのは、その形相のためであって、白い乱髪の下にある二つの骨の突起のせいではなかった。しかしながらタナーの家までの距離は短く、四人の男はもっと重要な歴史上のことがらを照らし合わすまでにはいたらなかった。

一行の先頭に立つ医師が網戸を開け、迫持(せりもち)造りの玄関ホールに入ったとき、タイプライターを打つ音が急に止まったのが気づかれた。このとき、その日のひどい暑さとは妙にそぐわない、冷気がかすかに流れているのを二人が気づいたように思ったが、あとになってこれを認めなくなった。玄関ホールは整然としていて、ブレイクがいるはずの書斎を探して入った他の部屋も同様だった。作家は家を素晴しい植民地時代風のものに改装していて、下男が一人いるだけだったが、見事なまでにこぎれいにされていた。

モアハウス医師は男たちを随え、大きく開け放たれた戸口や廊下を抜けて、部屋という部屋を調べてまわり、ついに探していた書斎を見つけた——一階の南側にある立派な部屋で、かつて恐れられていたシミアン・タナーの書斎に隣接し、下男が内容を巧妙な点字で伝える本や、作家が敏感な指先で読む分厚いブライユの点字本が並んでいた。もちろんリチャード・ブレイクは書斎にいて、いつものようにタイプライターを前にして坐り、テーブルや床には新しく打ちこまれたタイプ用紙が散らばって、タイプライターには一枚の紙がセットされていた。急に仕事をやめたようだった。部屋着の襟を合わせるほどの冷気を感じ取ったのかもしれない。視覚と聴覚のないことで、外世界を見聞きできない者にしては、きわめて特異なやりかたで、日の燦々(さんさん)と射し入る隣の部屋に顔を向けていた。

モアハウス医師は書斎を横切って、作家の顔が見えるほど近づくと、ひどく青ざめた顔をして、ほかの者たちにその場を動くなと合図した。医師が気持を落ちつかせ、恐ろしい錯覚の可能性を払うには、しばし時間が必要だった。あの冬の夜に、形相ゆえにシミアン・タナーの死体が焼かれたわけは、もはや推測するまでもなかった。いま目の前に、よく訓練された者のみが対峙できるものがあったからである。医師たちが家に入りこんだときに、それまで軽快に打たれていたタイプライターが止まって、リチャード・ブレイクは目が見えないにもかかわらず、何かを見て、それに影響されて死んでしまったのだ。その顔に浮かぶ表情や、六年にわたってこの世界のありさまを閉ざしていた、大きな青い充血した目に焼きついた朧な慄然たる光景について、人間はどうすることもできはしない。かつて窓が煉瓦で塞がれて闇に包まれていた壁を陽光が照らしている、シミアン・タナーの古い書斎に通じる戸口に、ブレイクの目はまざまざと恐怖を見すえて茫然と向けられていたのである。そしてアーロ・モアハウス医師は、まばゆいほどの日差しがあるにもかかわらず、作家の瞳孔が闇のなかの猫の目のように拡大しているのを知って、頭がくらくらとした。

医師は凝視する盲目の目を閉じさせてから、ほかの者たちに死者の顔を見せた。そして神経が張り詰め、手が震えているにもかかわらず、綿密な熟練したやりかたで熱心に死体を調べた。畏怖の念に打たれながら詳しく知りたがる三人に、調べた結果の一部をときおり伝えはしたが、それ以外のことについては、妄りに不穏な推測がなされないように、思慮深く胸中に収めたままにした。死体の黒髪が乱れていたことやタイプ用紙が散らばっていたことについて、三人の内の一人があれこれ口にしたのは、医師の言葉を踏まえてのものではなく、自分で目ざとく観察したことによるものだった。この男によれば、死体が顔を向けていた戸口から強い風が吹いたかのようだったという。しかしその向こうの部屋でかつて煉瓦で塞がれていた窓は、確かに大きく開け放たれて六月の暖かな大気を迎え入れていたが、その日はずっとそよとの風もなかったのである。

三人の内の一人が、床やテーブルに散らばっているタイプ用紙を集めだすや、モアハウス医師が驚いた身振りをしてやめさせた。その前に医師はタイプライターにセットされた用紙を目にして、一、二行読んでから顔面を蒼白にするや、あわててタイプライターから外してポケットにしまいこんでいた。そしてこれに促され、散らばった用紙を自分で拾い集めると、整えることもせずに上着の内ポケットに突っこんだ。読んだ文章でさえ、いま気づいたことの半分も恐ろしくはなかった――タイプライターから外した用紙と拾い集めた用紙には、タイプの打ち方に微妙な違いがあって、はっきりと両者が区別できたのである。医師はこのぼんやりした印象を、十分ほど前にタイプライターを打つ音を耳にした三人にはどうあっても知らせたくない他の恐ろしいありさま――自宅で一人きりになって、心地よいモリス椅子に坐りこむまで、自分の心からも閉め出そうとしているありさま――と、切り離すわけにはいかなかった。敢えて公表を差し控えたことを考慮して、そのありさまに感じた恐怖がどれほどのものであったかを判断してよいかもしれない。モアハウス医師は三十年以上も診療をおこなっているなかで、検死官に事実を隠してよいと思ったことはなかったが、それでもそのあとで正規の手続きが取られているあいだ、顔を歪めて凝視する盲目の死体を調べたとき、発見の少なくとも半時間前に死んだにちがいないことが即座にわかったことは、誰にも知らせなかったのである。

モアハウス医師はすぐに玄関のドアを閉め、悲劇に直接の光を投げかけるものはないかと、三人を連れて古びた家のなかを調べまわった。これほど何の手がかりもない事件もないだろう。シミアン・タナーの死体と蔵書が焼かれるや、この老隠者の部屋にあった落とし戸が取り除かれたことや、三十五年ほどあとになって、地下二階と湿地帯の地下を曲がりくねって伸びるトンネルが見つかり、すぐに埋められたことを、医師は知っていた。いまやそれらに取って代わる新たな異常なものもなく、家全体が現代の改装と趣味のよい手入れでこざっぱりしているのがわかっただけだった。

医師はフェナムの保安官とベイバロにいる郡の検死官に電話をかけて、保安官の到着を待った。保安官は現場にあらわれるや、検死官が来るまで、男たちの二人を保安官代理に宣誓就任させると主張した。役人に立ち向かっても、適当にあしらわれてどうにもならないことを知っているので、モアハウス医師は苦笑を浮かべ、この家から逃げ出した下男をまだ保護している村人と一緒に引きあげた。

患者はひどく衰弱していたが、既に意識を取り戻して、かなり落ちついていた。モアハウス医師は下男から聞き出したことはすべて伝えると保安官に約束していたので、穏やかに如才なく質問をはじめると、下男が良識をもって従順に答え、記憶がないことにのみ困惑した。下男の沈黙の多くは慈悲深い記憶の喪失によるものにちがいなく、下男が口にできることといえば、主人と一緒に書斎にいたとき、隣の部屋――煉瓦で窓が塞がれたことによる闇を太陽の光が追い払って百年以上にもなる部屋――が急に暗くなったように思えたことだけだった。半信半疑のこの記憶のせいで、既に取り乱している下男がひどく狼狽したので、モアハウス医師はこのうえもなくやさしい口調で、慎重に言葉を選び、主人が亡くなったことを知らせた――戦争で受けたひどい負傷によって心臓が弱っていたせいにちがいないと告げた。下男は障害を負った作家に献身していたので、悲嘆に暮れたが、やがて毅然とした態度を取って、検死官による正式な調べが終われば、遺体をボストンの家族のもとに移送すると約束した。

医師はその家の主人と女房の好奇心をできるだけ曖昧な形で満たすと、もうしばらく下男を預かって、遺体を移送するまではタナーの家に近づかせないようにしてくれと説き伏せ、興奮して胸を震わせながら車で帰宅した。いかに恐ろしいものが、損なわれた視覚と聴覚をものともせず、外なる闇と沈黙に包まれて熟考する繊細な知性に悲惨なまでに入りこんだかについて、少なくともそれをほのめかすようなものを得るために、ようやく死んだ男がタイプ打ちした文書を自由に読むことができるようになった。奇怪かつ恐るべきものを読むことになるとわかっていたので、急いで読みはじめたりはしなかった。そんなことはせずに、ゆっくりと車をガレージに入れ、部屋着をまとってくつろぐと、大きな椅子に坐りこんで、傍(かたわ)らに鎮静剤と強壮剤を置いた。そうしてからでさえ、文章を読まないように注意して、ページ数の打たれた用紙をゆっくり整理することに時間を費やした。

モアハウス医師がその文書を読んでどうなったかは、あまねく知れ渡っている。一時間後に医師が椅子に坐ったままぐったりして、ミイラになったファラオをさえ目覚めさせるような激しいノックにも応えず、深い息づかいをしていたとき、医師の妻が取りあげなかったなら、文書をほかの者が読むことはできなかっただろう。とりわけ最後近くで文体が明らかに変化していることで、文書は実に恐ろしいものであり、民間伝承に通じた医師にとっては、他の者たちが不幸にも認めることのない、付加的な至高の恐怖をあらわすものだったと思わざるをえない。リチャード・ブレイクの悚然(しょうぜん)たる記録が、通常の人間の心ではほとんど堪えられない、新たな歴然たる圧倒的な意味を帯びていることに照らし、医師が老人の昔話や幼い頃に祖父から聞かされた話によく馴染んでいたことで、何か特別な情報を摑み取ったというのが、フェナムの住民のおおかたの意見である。医師があの六月の夕方に緩やかに快復したことや、しぶしぶ妻と息子に文書を読ませたこと、脅かされるほどに驚嘆すべき文書を焼却してはならないという妻と息子の決心にいたしかたなく応じたこと、そして何よりも増して、きわめてあわただしく古いタナーの土地を購入して、ダイナマイトで家を壊し、道からかなりの距離にわたって湿地帯の木々を切り倒したことは、住民たちの意見によって説明がつく。モアハウス医師がいまも断固として語らずにいる問題の全容については、医師とともに失われるのが確実であり、世界にとってはそのほうがよいだろう。

ここに添付する文書は、医師の息子にあたるフロイド・モアハウス殿の好意によって複写したものである。アステリスクで示した僅かばかりの削除は、一般大衆の心の安らぎによかれと思っておこなった。それ以外の省略は、恐怖に打ち拉がれた作家の素早いタイプ打ちが乱れて、支離滅裂なものや曖昧なものになっていることによる。脱落が文脈からかなりはっきり窺える三箇所では、校訂の作業を試みた。末尾近くの文体の変化については、何もいわずにおくのがよいだろう。この現象は、内容およびタイプの打ち方の双方に関して、それまで障害のせいで何物にも青ざめることがなかったにもかかわらず、いましも直面しているものによって苦しめられて逡巡する、犠牲者の心のせいにするのが妥当と思われる。大胆な心をもつ方は自由に推測していただきたい。

呪われた家で世界の景色や音から閉め出された頭脳——目が見えず耳が聞こえない者がかつて直面したことのない、諸力の慈悲や嘲笑に一人きりでいきなりさらされた頭脳——によって記された文書を、以下に掲げておく。物理学、化学、生物学によって宇宙を知るわれわれにとっては、いかさま矛盾したことであって、論理的な心の持主なら、狂気——家から逃げ出した下男に共感めいたやりかたで通底する狂気——の特異な産物と分類するだろう。事実、アーロ・モアハウス医師が沈黙を続けるかぎり、そのように考えてよいのかもしれない。

文書

この十五分間のぼんやりとした不安が、いまやはっきりした恐怖になりつつある。まず、ダブズに何か起こったにちがいないことは絶対確実だ。一緒に暮らすようになってはじめて、ぼくが呼んでも応えなかった。呼び鈴を何度鳴らしても応えないので、呼び鈴が壊れたにちがいないと思ったが、黄泉（よみ）の国の渡し守、カローンの舟に乗る魂をさえ目覚めさせるほどの激しさで机を叩いても無駄だった。昼前はずっとうだるように暑かったから、最初は息抜きに家の外に出ているのではないかと思ったが、用はないかと聞きもせず、これほど長く家を空けるのは、ダブズらしくない。しかしここ数分の異常な出来事で、ダブズがいないのは、ダブズにはどうすることもできない問題ではないかという疑いが強まった。この出来事に促され、惨事が差し迫っているような不気味な感じが、記録するという行為だけで和らぐことを願い、印象や推測をここに記すことにする。どれほど努力しようが、この古い家に関わる伝説を頭から振り払えない——幼稚な者が喜ぶ迷信深い莫迦げた話にすぎないのだから、ダブズがここにいたら、あれこれ思いをめぐらすようなことなどしなかっただろう。

かつてよく知っていた世界から閉め出されてこのかた、ダブズがぼくの六番目の感覚になっている。いまや、能力を奪われてからはじめて、ぼくの無能がどれほどのものかがはっきりとわかる。見えない目、聞こえない耳、声の出ない喉、不自由な足を、ダブズが補ってくれていたのだ。タイプライターのあるテーブルには、水の入ったグラスが置かれている。空になったときに水を注いでくれるダブズがいなければ、ぼくの苦境はタンタロスのようなものになるだろう。ぼくたちがここで暮らすようになってから、この家を訪れる者はほとんどおらず——饒舌(じょうぜつ)な田舎の人間と、見ることも聞くことも話すこともできない麻痺者のあいだには共通するものがほとんどない——誰かがあらわれるのは何日も先のことかもしれない。ぼくは一人きりで……連れ添いはさまざまな思いだけだが、ここ数分に受けた感じによって、心の平静を乱す思いをどうしても鎮められずにいる。不安な感じがするのも気に入らない。単なる村の噂をあられもない種々のイメージにかえて、きわめて特異な、ほとんど前例のないやりかたで、ぼくの感情に影響をおよぼすからだ。

これを書きはじめて数時間がたったように思えるが、この新しい用紙をセットしたばかりなので、ほんの数分でしかないことはわかっている。用紙をかえるという機械的な行為は、あっというまにおこなえることだが、これで新たに自分を抑えられるようになった。危険が差し迫っているという感じを、既に起こっていることを書き留めるあいだくらいは払いのけてくれるだろう。

最初は単なる震えのようなものにすぎなかった。重いトラックが縁石近くを走るときに、安アパートが揺れるようなものだ——が、この家は緩んだ骨組構造のものではない。おそらくぼくはそうしたものに極度に敏感で、想像力を逞しくしてしまったのだろうが、揺れはぼくの正面で起こったように思えた――ぼくの椅子は南東の翼に面している。この翼は道から離れていて、家の裏にある湿地帯に沿って伸びているのだ。気のせいかもしれないが、そのあとに続いたことは否定できない。大きな砲弾が爆発して、足もとの地面が揺れるのを感じたときのことや、台風の猛威を前にして船が籾殻のように揺れるのを見たときのことを思いだした。家がニフルヘイムの篩にかけられるドゥヴェルガリアの燃え殻のように揺れた。足もとの床板のすべてが苦しむように震えたのだ。タイプライターが揺れ、キーが震えあがってかたかた鳴っているのではないかと思えるほどだった。

　揺れはすぐに終わった。何もかもが以前のように穏やかになった。穏やかすぎるほどだ。ああいうことが起こりながら、すべてが以前のままであるのは、ありえないことのように思える。いや、同じではない――絶対確実に、ダブズに何かが起こった。この確信が、不自然な穏やかさとあいまって、着々と忍び寄る危険の予兆めいたものを強める。恐怖か。そうだ――こわがることなど何もないのだと、理性でもって自分にいい聞かせようとしても、恐怖をひしひしと感じる。批評家たちがぼくの詩を称讃したり非難したりするのは、彼らが生なましい想像力と呼ぶもののせいだ。いまのようなときには、「生なましすぎる」と叫ぶ批評家たちに心から同感できる。何もおかしくなっていないか、それとも……

煙だ。ごくかすかな硫黄臭がするだけだが、ぼくの鋭い鼻孔には間違いようのないものだ。実際のところ、ごくかすかなので、家のどこかから漂ってくるのか、湿地帯に向かって開け放っている隣の部屋の窓から漂ってくるのかもわからない。この印象は速やかにはっきりしたものになっている。いまでは外からのものではないとわかる。過去の取りとめもない光景、別の時代の暗澹たる光景が、双眼写真鏡を見るように眼前に閃く。燃えあがる工場……炎の壁に閉じこめられて怯えきった女たちのヒステリックな悲鳴……猛火に包まれる学校……階段が崩れ落ちてなすすべもない生徒たちの哀れな悲鳴……劇場の火災……パニックに陥って、くすぶる床を走って逃げ出そうとする人びとの狂乱した喧騒……そしてこれらすべての上に、黒ぐろとした有害な凶まがしい煙が濛々と上がって、安らかな空を汚している。部屋の空気がどんよりとうねるものになって……いまにも炎の熱い舌が動かない足を貪欲に舐めようとしているようだ……目が痛む……耳が疼く……ぼくは咳こみ、喉を詰まらせ、オキュペテの煙を肺から出そうとする……こういう煙は慄然たる大惨事にのみ結びつく……鼻を刺す悪臭芬々たる有害な煙が肉の焼ける不快きわまりない臭いに満ちて＊＊＊

ふたたびぼくはこの不吉な穏やかさに包まれている。頬にあたる歓迎すべき微風が、失っていた勇気を速やかに回復してくれている。明らかに家は燃えあがってはおらず、苦痛をもたらす煙は痕跡もなくなった。ブラッドハウンド犬のように嗅いでみたが、まったく感じ取れない。狂ってしまったのではないか、長いあいだ孤独だったことで精神の箍が外れてしまったのではないかと思いはじめている——が、現象はあまりにもはっきりしていたので、ただの幻覚だったとは思えない。正気であろうが狂っていようが、あれだけのものを現実じみたものとしてつくりだせるわけがない——そしてそのようなものだと考えると、論理的な結論は一つだけだと考えざるをえない。それが意味するものは、精神の安定をくつがえすほどのものだ。これを認めることは、ダブズが村人たちから聞き集めて、ぼくが敏感な指先で読めるように点字にしてくれた、迷信深い噂話——ぼくの唯物主義の心が本能的に愚かだと非難する実質のない噂話——が、まさしく真実であると認めることになってしまう。

耳鳴りがおさまってくれればよいのだが。まるで狂った幽霊が鼓膜を叩いているかのようだ。ついさっき経験した、息が詰まりそうな感じの反応にすぎないのだろう。この爽やかな空気を吸って、何回か深呼吸すれば……

何か、誰かが部屋にいる。絶対確実に感じられる存在が見えるかのように、ぼくがもはや一人きりではないのは確かだ。雑踏する通りを肘で押し分けて進んだときと同じような感じがする——ぼくの潜在意識の注意を捉えるほど、目という目がぼくをほかの人びとから分けて、まじまじと見つめているのをはっきり感じ取ったものだ。そのときと同じ感じだが、それが千倍にも強まっている。いったい誰が、何がいるというのか。ともかくぼくの恐怖は根拠のないものかもしれず、たぶんダブズが帰ってきただけのことなのだろう。

ちがう……ダブズではない。思っていたように、耳鳴りはおさまって、低い囁きがぼくの注意を捉えている……これが意味する圧倒的なものが、ぼくの困惑した脳に伝わったばかりだ……ぼくは耳が聞こえる。

囁いているのは一人ではなく、大勢の者だ＊＊＊獣めいた黒蠅の淫らな唸り……好色な蜂のサタンめいた唸り……淫蕩な爬虫類の歯擦音……人間の喉では歌えない囁き声の合唱。次第に大きくなっていく……部屋に凶まがしい詠唱が鳴り響く。調子も抑揚もなく、グロテスクなまでに荒あらしい……不浄な連禱を練習する魔物の合唱隊……泣き叫ぶ魂の音楽に合わせたメフィストーフェレスの失意の讃歌……異教の万魔殿の悍（おぞま）しいクレシェンド＊＊＊

ぼくを包みこむ声が椅子に近づいてくる。詠唱が不意に終わり、囁きが意味不明の音にかわっている。ぼくは耳をすまして、言葉を聞き取ろうとしている。近づいてくる……ますます近づいてくる。いまではは［は］っきり聞こえる——あまりにもはっきりと聞こえる。この地獄めいた＊＊＊を耳にせざるをえないくらいなら、永遠に耳が聞こえないほうがましだ＊＊＊

魂を苦しめるサートゥルナーリアの不遜な啓示＊＊＊圧倒的な放蕩三昧の残忍な考え＊＊＊カビーリの狂宴の冒瀆の賄賂＊＊＊想像もおよばぬ懲罰の悪意ある威嚇＊＊＊

寒い。季節外れなほど寒い。ぼくを苦しめる悪霊どもの存在に唆（そそのか）されたかのように、ついさっきまで心地よかった微風が、怒り狂ったかのように耳もとで吠えたてる——冷たい強風が湿地帯から吹きつけて、ぼくを骨まで凍えさせる。

ダブズがぼくを見捨てたとしても、ぼくは非難したりはしない。怯懦(きょうだ)や臆病な恐怖がよいとは思わないが、ほかのものがある＊＊＊ダブズが無事に立ち去って、その運命がひどいものになっていないことだけを願う。

最後の疑念が吹き払われた。いまでは印象を書き留める決意を貫いていることを嬉しく思う……誰かが理解したり……信じたりしてくれるのを期待しているのではない……霊的異常現象の新たなあらわれを虚しく待って、気が狂いそうになるほど緊張していることからの解放になるからだ。ぼくの見るところ、取るべき方法は三つしかない。この呪われた場所から逃げ出し、忘れようとして苦しみながら日々を過ごすこともできる——が、逃げることができない。タルタロスの苦しみさえもが楽園の四阿(あずまや)にいるようなものに思えるほどの、このうえもない悪意に漲(みなぎ)る諸力と忌わしい同盟を結ぶというやりかたもある——が、そんなことをするつもりはない。死ぬことにしても、ベリアルの使者たちと蛮的なやりとりをして魂を汚すくらいなら、八つ裂きにされたほうがましだ＊＊＊

しばらくタイプライターを打つのをやめて、指に息を吹きかけなければならなかった。部屋は墓場の悪臭芬々たる冷気に包まれて寒い……安らかな麻痺が迫りつつある……このだるさを払いのけなければならない。油断ならない執拗な誘いに屈するよりは死ぬという

決意を鈍らせている……ぼくは、新たに、最後まで抵抗することを、誓う……最期がそう遠くないのはわかっている＊＊＊

　そんなことが可能だとして、風がさらに冷たくなっている……死にながら生きているものどもの悪臭をはらむ風だ＊＊＊ああ、ぼくの視力を奪った慈悲深い神よ＊＊＊風が冷たいあまり、凍えるべきところに火傷ができる……火膨れをつくる熱風のようになっている＊＊＊

　見えない指がぼくを摑む……肉体の力を欠いた幽霊の指が、ぼくをタイプライターから離れさせようとする……氷のような指がぼくを悪徳の卑しむべき渦に入れようとする……悪魔の指が永遠の邪悪の巣に引きこもうとする……死の指がぼくの息を止め、ぼくの見えない目に、目が激痛とともに破裂しているにちがいないことを感じさせる＊＊＊凍りついた尖ったものが顳顬（こめかみ）に押しつけられる＊＊＊堅い骨張った塊、角に似ている＊＊＊遠い昔に亡くなったものが発する、北風のような息が、ぼくの熱くなった唇に口づけをして、凍える焔（ほのお）でぼくの熱い喉を焦がす＊＊＊

暗い＊＊＊盲目の一部である暗さではない＊＊＊罪に染まる夜の光を通さない闇だ＊＊＊煉獄の漆黒の闇＊＊＊

　わかった＊＊＊スペース・メア・クリストゥス（キリストこそ我が希望）＊＊＊もう終わりだ＊＊＊

*　　*　　*

死すべき人の魂は人間の想像を超越する力に抵抗せぬわけではない。不滅の霊は深淵を探って不滅から須臾(しゆゆ)の時をつくったものを征服せぬわけではない。終わりだと。然(さ)にあらず。至福のはじまりにすぎぬ……

二本の黒い壜

ウィルフリド・ブランチ・トールマン

ラマポ山脈のあの侘(わび)しい小さな村、ダアルベルゲンに残っている僅(わず)かばかりの者も、そのすべてがわたしの年老いた伯父、ヴァンデルフーフ牧師が本当に死んだと信じているわけではない。老いた墓掘りの呪いのために、天国と地獄のあいだで宙ぶらりんになっていると思っている者がいる。あの老魔術師がいなければ、伯父はいまも荒地の奥の湿っぽい小さな教会で説教をしていたかもしれない。

ダアルベルゲンで我が身に起こったことのために、わたしは村人たちの考えを分ち合えそうな気がする。伯父が死んだことに確信はないが、この世に生きていないことだけは確信している。老いた墓掘りが一度埋葬したのは間違いないが、伯父はいまやその墓にはいない。これを書いているいまも、伯父が背後にいて、遠い昔にダアルベルゲンで起こった不思議な出来事の真相を語るよう、それとなく促しているのがほとんど感じ取れそうだ。

わたしが呼び出しに応えてダアルベルゲンに到着したのは十月四日だった。伯父のかつての会衆の一人から手紙が届き、老人が亡くなって、わたしが現存する唯一の親戚として相続する、ささやかな財産があるはずだと記されていた。鉄道の支線をうんざりするほど乗り換えて、ようやく僻地の小さな村に着き、手紙を寄越したマルク・ハイネスの雑貨店に行ってみると、ハイネスがわたしを風通しの悪い奥の部屋に通して、ヴァンデルフーフ牧師の死にまつわる異様な話をはじめた。

「用心なさってくださいよ、ホフマンさん」ハイネスはそう切り出した。「老いた墓掘りのアベル・フォステルに会ったときにはね。あいつは悪魔と手を結んでるんですよ、絶対に。二週間前にサム・プリーオルが古い墓地を通りかかったとき、フォステルが死人にぶつぶついってるのを聞いたんですよ。そんなふうにしゃべるのはいいことじゃありませんや――サムは応える声がしたといっとるんです。虚ろでくぐもった、地中から発したような声だったと。ほかにも、スロット牧師の墓の前に立ってるのを見たという者もおりますな――教会の壁の右側にある墓ですよ。亡くなった牧師さまであるかのように、墓石に腕を巻きつけ、墓石の苔に話しかけてたそうです」

ハイネスがいうには、フォステルは十年くらい前にダアルベルゲンにやってきて、ヴァンデルフーフにすぐに雇われ、村人の大半が祈る湿っぽい石造りの教会で雑用をするようになった。フォステルがいるだけでどことなく不気味な感じがするので、ヴァンデルフーフ以外の誰もフォステルを気に入らなかった。村人たちが教会に来るときに、ドアのそばに立っていることがあるのだが、フォステルが阿るように頭をさげると、男たちは冷ややかに頭をさげ、女たちは触れるのも嫌だといわんばかりにスカートを押さえるのだった。平日は墓地の草を刈ったり、墓のまわりの花の手入れをしたりして、ときおり口ずさんだり、ひとりごとを呟いたりする姿が見かけられた。一七〇一年に教会の最初の牧師になったギリアム・スロットの墓に、格別の注意を向けていることに、村人で気づかぬ者はいなかった。

フォステルが村に根を生やしてまもなく、災難が降りくだるようになった。最初に起こったのは、男の多くが働く鉱山の閉鎖だった。鉄の鉱脈が尽きて、多くの者がもっとよい土地に移る一方、近辺に耕作地をもっている者は農業に携わり、岩の多い山腹でどうにか約しい生活を送った。そのあと教会で騒ぎがあった。ヨハンネス・ヴァンデルフーフ牧師が悪魔と契約を結び、悪魔の言葉を神の家で説いていると囁かれた。牧師の説教は不気味でグロテスクなものになっていた──ダアルベルゲンの無知な村人たちには理解できない、不吉なものをほのめかした。牧師は恐怖と迷信の時代を越えて、恐ろしい不可視の霊の領域へと会衆を連れこみ、会衆の空想を夜に出没する食屍鬼で満たしたのだ。一人またひとりと会衆がへっていき、長老や信徒の役員が説教の主題をかえるように虚しくヴァンデルフーフに訴えた。老牧師は常に応じると約束したが、強制力を振う高みの力に捕えられているようだった。

ヨハンネス・ヴァンデルフーフは大柄の人物でありながら、臆病な小心者であることが知られていたが、免職にされると脅されたときでさえ、不気味な説教を続けたので、日曜の朝に耳をかたむける会衆はほんの一握りになった。財政状態がよくないので、新しい牧師を呼べないことがわかり、まもなく村人の誰一人として、教会や隣接する牧師館に近づかなくなった。そのあたりのいたるところに、ヴァンデルフーフが結託しているらしい幽霊の恐怖があったからである。

マルク・ハイネスがいうには、出ていけと命じる勇気のある者がいなかったので、わたしの伯父は牧師館で暮らしつづけた。ふたたび牧師を目にした者はいないが、夜には牧師館に灯りが見え、ときおり教会で見かけられることもあった。ヴァンデルフーフは毎週日曜の朝に説教をおこない、耳をかたむける会衆がもはやいないことにも気づいていない。村では声を潜めてそう語られるようになった。牧師の身近にいるのは老いた墓掘りだけで、墓掘りは教会の地下で暮らして牧師の世話をし、村に残っている商業地区に毎週一回やってきて食料を買った。もはや出会う者に卑屈に頭をさげることもなく、それにかわって、悪魔めいた憎悪の表情を隠しきれないようだった。買物をするときに必要な場合を除いて、誰とも話をせず、不揃いな舗石に杖を突きながら、邪悪そうな目をちらちら左右に向けて通りを歩いた。高齢で腰が曲がり、萎(しな)びていたが、近くにいるとその存在がまざまざと感じられた。それほどまでに個性が強烈で、村人たちがいうには、それでヴァンデルフーフが悪魔を主人として受け入れるようになったのである。アベル・フォステルが村の不運の張本人であることを疑う者はダアルベルゲンに一人もいないが、フォステルに指を突きつけたり、恐怖に身を震わさずして近づける者もいなかった。その名前はヴァンデルフーフの名前と同様に、声高に口にされることは一度もなかった。荒地の奥の教会の問題が議論されるときは、いつも囁き声でなされた。そしてそうした議論がたまたま夜になされると、声を潜めてしゃべる者はちらちらと肩ごしに振り返り、形のないものや不気味なものが話を聞こうと、闇から忍び出ていないことを確かめるのだった。

教会墓地は教会が使われていたときと同様に、みずみずしく美しく手入れされ、墓の近くの花がかつてのように丹念に手入れされていた。老いた墓掘りが墓地で働いているのがときおり見かけられ、いまだに給金をもらって働いているかのようで、思いきって近づいた者たちがいうには、墓地のなかに潜む悪魔や霊と話しているようだったらしい。

ハイネスが話を続けていうには、太陽が山の背後に沈んで村全体が薄暮に包まれる前、教会の尖塔が午後に影を落とすところで、ある朝、フォステルが墓穴を掘っているのが目撃された。その後、何ヵ月も沈黙していた教会の鐘が、半時間も厳か(おごそ)に鳴りつづけた。そして日没時に、遠くから眺めていた者たちは、フォステルが牧師館から手押し車で柩(ひつぎ)を運び出し、簡単な儀式とともに柩を墓穴におろして、墓穴を埋め戻すのを見た。

翌朝、週一度のいつもの日取りよりも早く、墓掘りが村にやってきて、普段よりもはるかに上機嫌だった。話をしたがっているようで、ヴァンデルフーフが前日亡くなり、教会の壁近くのスロット牧師の墓のそばに遺体を葬ったと告げた。ときおり笑みを浮かべ、時期をわきまえずに、不可解なほどにやにやしながら揉み手をした。ヴァンデルフーフの死に倒錯した魔性の歓喜をおぼえているらしかった。村人たちはフォステルの存在に新たな不気味さが加わったことを意識して、できるだけ避けようとした。ヴァンデルフーフが死んだことで、いままでにも増して不安な思いになった。老いた墓掘りがいまや荒地の奥の教会から、ほしいままに村に呪いをかけられるからである。フォステルは誰にも理解できない言葉で何事か呟き、湿地帯を抜ける道を引き返していった。

マルク・ハイネスはちょうどその頃、ヴァンデルフーフ牧師がわたしを甥だといっていたのを耳にしたことを思いだした。そしてわたしの伯父の晩年の秘密を明らかにすることを、もしかして知っているのではないかと思い、わたしに手紙を送ったのだ。しかしわたしは伯父や伯父の過去については何も知らず、すごく大きな人なのに、肝っ玉が小さくて、意志も薄弱だったことを、母から聞かされただけだと答えるしかなかった。

ハイネスがすべてを話しおえると、わたしは坐っている椅子の前の脚をおろし、腕時計を見た。午後も遅くなっていた。

「教会まではどれくらい距離があるのかな」わたしはたずねた。「日が沈む前に行けるだろうか」

「夜にあんなとこに行っちゃいけませんよ。あそこにはね」老人は見るからに身を震わせて、椅子から半ば身を起こし、細い手を伸ばしてわたしを止めようとした。「そんなのは莫迦のすることです」きっぱりといった。

わたしはハイネスの恐怖を笑いとばし、何があろうと、この日の夕方には墓掘りに会って、できるだけ早くけりをつけるつもりだといった。無知な田舎者の迷信を真実として受け入れるつもりはなかった。いま聞かされたことはすべて、ダアルベルゲンの想像力豊かな村人たちが、一連の出来事を自分たちの不運に結びつけたものにすぎないと確信したからだ。わたしは何らの恐怖も感じなかった。

日が暮れる前に伯父の住居に行くつもりでいることを知ると、ハイネスはわたしを部屋から連れ出し、しぶしぶのように行き方を教えてくれたが、決心をかえるように何度も訴えかけた。そしてわたしが立ち去るときには、まるで二度とわたしに会えないかのような握手をした。

「あの老いた悪魔、フォステルには用心してくださいよ。くれぐれも摑まらんようにしてください」何度も警告した。「わしなら、何があろうと、暗くなってからあいつには近づきませんや。絶対にね」ハイネスが重おもしく首を振って店に戻り、わたしは村の外れに通じる道を進みはじめた。

歩きだして二分とたたない内に、ハイネスがいっていた荒地を目にした。水漆喰を塗られたフェンスが列なる道は、大きな湿地帯を抜けていくが、下生えの藪が生い茂り、ぬらぬらした滲出物を滴らせていた。死と腐敗の臭いが立ちこめて、太陽に照らされる午後でさえ、この不健全な場所からは一筋の蒸気も上がっていなかった。

荒地の向こう側で、指示されたとおり鋭く左に曲がって脇道に入った。近辺に家が数軒あるのに気づいた。家というよりは掘っ建て小屋のようなもので、持主の極度の貧しさを示していた。ここで脇道は、巨大な柳の垂れさがる枝の下を通るようになり、日差しがほぼ完全に遮られた。湿地帯の有害な悪臭がまだ鼻孔に残り、大気はじめっとして冷たかった。わたしは歩みを速め、できるだけ早くこの陰気なトンネルから出ようとした。

　まもなくまた光に包まれるようになった。太陽はいまや山頂の上で赤い球のようになって、ゆっくり沈もうとしており、わたしの前方のかなり離れたところに、夕日を浴びて赤く染まる教会がぽつんと建っていた。ハイネスがいっていた不気味さ、ダアルベルゲンの村人すべてを遠ざける恐怖が感じられた。さほど細くはない尖塔を備える、ずんぐりした石造りの教会そのものが、まわりの墓石がひれふして崇拝する偶像のように思えた。墓石はそれぞれ頂部が跪(ひざまず)く者の肩のように丸くなっていて、これらの墓石の只中に、薄汚い灰色の牧師館が幽霊のように浮かんでいた。

　わたしは少し歩調を緩めてあたりをよく眺めた。太陽がいまや速やかに山の背後に沈みつつあり、湿った空気が冷たくなった。わたしはコートの襟を立てて首を包み、そのまま歩きつづけた。また視線をあげたとき、何かに目が捉えられた。教会の壁の影のなかに白いものがあった——はっきりした形のないもののように思えた。目を凝らしながら近づくと、それは新しい木の十字架で、新しく盛られた塚の上に立てられていた。これを見つけたことで、新たな寒気がした。伯父の墓にちがいないとわかったが、近くにある他の墓とは違うような感じがした。死者の墓のようには見えなかった。墓が生きているといえるなら、どことなく生きているように思えた。さらに近づいていくと、すぐ近くに別の墓があるのがわかった。古い塚で、崩れかけている石が一つ置かれていた。わたしはハイネスの話を思いだし、スロット牧師の墓だと思った。

あたりのどこにも人の気配はなかった。薄暮のなか、牧師館のある低い丘を登り、ドアを叩いた。返事はなかった。牧師館をまわって、あちらこちらの窓から覗きこんでみた。誰もいないようだった。

低い山峰が列なることで、太陽が山の背後に隠れたとたん、夜の闇が急に垂れこめた。数フィート先も見えないほどだった。注意して手探りで進み、牧師館の角を曲がって立ち止り、どうしようかと思案した。

あたりは静まり返っていた。風のそよぎもなければ、夜に動物たちがうろつく普通の音さえなかった。束の間、不安の数かずを忘れ去ったが、あの墓場の陰気な穏やかさに直面したことで不安が甦った。大気に幽霊が犇(ひしめ)いて、ほとんど息もできないほど押し寄せてくるような気がした。もう百回目くらいになるだろうが、老いた墓掘りはどこにいるのかと思った。

闇のなかから不気味なデーモンでも出てくるのではないかと思い、その場に立ちつくしたとき、教会の鐘楼(しょうろう)の窓が二つ輝いているのに気づいた。フォステルがそこの地下で暮らしているとハイネスがいったことを思いだした。わたしは用心深く闇のなかを進み、教会の横手のドアが開いているのを見つけた。

内部は黴臭(かび)かった。触れるものすべてが、冷たくじっとり湿っていた。マッチを擦って調べはじめ、できるものなら、鐘楼に入る方法を見つけようと思った。突然、わたしの足が止まった。

わたしの頭上から、酔って喉にかかった濁声で、淫らにがなりたてられる歌が聞こえた。指を焼かれて、マッチが落ちた。二つの光の点が教会の奥の壁の闇から輝き、その下の一方に、隙間から光の漏れるドアの輪郭が見えた。はじまったときと同様に、歌が不意に止まり、またあたりは静まり返った。わたしは心臓が早鐘を打ち、血が顳顬を駆け抜けるのを感じた。恐怖のあまり竦みあがっていなければ、すぐに逃げ出していたことだろう。

またマッチを擦ることもせず、会衆席のなかを手探りで進み、ドアの前に立った。ひどく気分が落ちこんで、夢のなかにいるかのように手探りした。わたしの行為はほとんどしぶしぶながらのものだった。

ノブをまわしてみると、ドアが施錠されているのがわかった。しばらく叩きつづけたが、返事はなかった。沈黙は以前と同様の完璧なものだった。ドアの縁を手探りして、蝶番を見つけると、ピンを抜き取って、ドアをわたしのほうに倒れさせた。ほのかな光が急勾配の階段からこぼれていた。うんざりするウィスキイの臭いがした。いまや頭上の鐘楼で誰かがごそごそしているのが聞こえた。思いきって声をかけ、呻くような返事が聞こえたように思い、用心深く階段を上がっていった。

あの邪悪な場所で最初に目にしたのは、まさしく驚くべきものだった。小さな部屋には古い埃まみれの本や文書が散らばっていた――ほとんど信じられないほどの歳月を物語る尋常ならざるものばかりだった。天井まで届く棚にはガラス製の壜や壺が並び、恐ろしいもの――蛇や蜥蜴や蝙蝠――が入っていた。何もかもが埃や黴や蜘蛛の巣に覆われていた。部屋の中央、点された蠟燭が一本立つ机の背後には、ほとんど空になったウィスキイの壜とグラスがあって、痩せて骨張った皺だらけの顔が、血走った目で虚ろにわたしを見つめていた。すぐに墓掘りのアベル・フォステルだとわかった。わたしがゆっくりと、おそるおそる近づいても、フォステルは身動き一つせず、しゃべることもしなかった。

「フォステルさんだね」わたしはそうたずね、狭苦しい部屋に自分の声が響くのを聞き、不可解な恐怖をおぼえて身を震わせた。返事はなく、テーブルについている者は身動きもしなかった。正体をなくすほど酔いつぶれてはいないだろうと思い、テーブルをまわって揺り動かそうとした。

わたしが肩に腕をかけただけで、異様な老人は怯えきったかのように椅子からとびあがった。凝視しつづける虚ろな目をわたしに向けた。両腕を殻竿のように振りまわしながらあとずさりした。

「やめろ」フォステルが金切り声でいった。「わしにさわるな。消えろ――消えちまえ」

酔っているとともに、いいようもない恐怖に襲われているのだとわかった。わたしは宥めるような口調で、名前を告げて、ここにやってきた理由を話した。フォステルはぼんやり理解したようで、また椅子にぐったり坐りこんで、身動き一つしなくなった。

「あんたをあいつだと思ったんだ」フォステルがぼそぼそといった。「あいつが戻ってきたと思ったんだ。あいつは出てこようとしてんだよ――わしが閉じこめてからずっと」声が高まって悲鳴になり、フォステルは椅子を摑んだ。「もう出てるのかもしれん。出てるのかもしれん」

わたしは幽霊のようなものが階段を登ってくるのではないかと半ば期待して、あたりを見まわした。

「誰が出てくるんだね」わたしはたずねた。

「ヴァンデルフーフだ」フォステルが金切り声でいった。「墓に立てた十字架が夜のあいだに倒れちまう。毎朝土が緩んで、固めるのがむつかしくなってくんだ。出てこようとしてるのに、わしは何もできん」

わたしはフォステルを椅子に押し戻し、近くにある箱に腰をおろした。フォステルは恐ろしげに身を震わせ、口もとから涎（よだれ）を垂らしていた。ハイネスがこの墓掘りについて告げた恐ろしさが、ときおり感じられた。確かにこの老人には不気味なものがあった。いまは顔が胸にあたりそうなほど頭を垂れて、気持を落ちつかせているようで、何かぶつぶつ呟いていた。

わたしは無言で立ちあがり、窓を開けて、ウィスキイの臭いや古いものの黴臭さを外に出した。ちょうど昇ったばかりのぼんやりした月の光で、眼下にあるものがかろうじて見えた。鐘楼のわたしのいる位置から、ヴァンデルフーフ牧師の墓が見おろせ、わたしは目をしばたたいて見つめた。十字架が傾いていた。一時間前にまっすぐ立っていたことをおぼえていた。わたしはまた恐怖に囚われた。素早く振り返った。フォステルが椅子に坐ってわたしを見ていた。さっきよりも目に正気の色があった。

「すると、あんたはヴァンデルフーフの甥なんだな」フォステルが鼻声でいった。「なら、知っといたほうがええだろう。あいつはもうすぐわしを襲いにくる――そこの墓から脱け出ししだいな。あんたも知っといたほうがええだろうよ」

フォステルは恐怖を克服したようだった。いまにも起こると予想する恐ろしい運命を甘受しているようだった。また胸に頭を垂れ、鼻声で単調にしゃべった。

「ここに本や文書が散らばってるのが見えるだろう。ああ、これはスロット牧師のものだったんだ――スロット牧師はずいぶん前にここにおった。何もかも魔術――牧師がこの国に来る前に知った黒魔術――に関わるものばかりだ。そういうものに手を染めた者は、焼かれたり、油で煮られたりした。本当だぞ。けど、スロットはそういうことを承知で、誰にも知られないようにしとった。ああ、スロットは何世代も前にここで説教をして、ここに登ってきては本を調べ、壺にある死んだものを使っては、魔法の呪いをかけとったんだが、誰にも知られないようにしてた。ああ、誰も知らず、知っとったのは、スロット牧師とわしだけだった」

「あなたがですか」わたしは思わずテーブルに身を乗り出した。

「ああ、学び取ってからのことだがな」フォステルが狡猾そうな笑みを浮かべて答えた。「教会の墓掘りになったときに、ここでこれを見つけて、仕事のないときに読んだもんだ。すぐに何もかもがわかった」

老人が物憂げに話しつづけ、わたしは魅せられて耳をかたむけた。その話によれば、フォステルは悪魔学の難解な手順を学び取り、招喚によって、人間に呪いをかけられるようになった。悍しい教義の恐るべきオカルトの儀式を執りおこない、村やその住民に呪詛をくだした。欲望に狂い、教会を呪縛しようとしたが、神の力は強すぎた。ヨハンネス・ヴァンデルフーフが意志の弱い男であることを見出し、魔法をかけて、奇怪な謎めいた説教をさせるようにして、村人の単純な心を震えあがらせた。教会の奥の壁を飾る、キリストの荒野の試みの絵画の背後にある鐘楼の部屋から、ヴァンデルフーフが説教をしているあいだ、絵画の悪魔の目になっている穴から睨みつけたという。会衆は自分たちの只中で起こっている異様なものに怯えて、一人またひとりと去っていき、フォステルは教会とヴァンデルフーフを好きなようにできた。

「しかしヴァンデルフーフ牧師をどうしたんだね」老いた墓掘りが告白を中断したとき、わたしはかすれた声でたずねた。フォステルが酔いどれの満悦も露に、顔をのけぞらして耳障りな笑い声をあげた。

「魂を奪ってやった」ぞくっとするような口調でいった。「魂を奪って、壜のなかに入れてやった――小さな黒い壜にな。そして葬ってやったのよ。しかし魂がないから、天国にも地獄にも行けん。だから魂を取り戻しにくる。いまも墓から抜け出ようとしてる。土を掻いて登ってくるのが聞こえるぞ。それほど強い」

老いた墓掘りが話を続けるにつれ、酔いどれのたわごとを口にしているのではなく、真実を語っているのだという確信が強まった。あらゆる細目がハイネスの話に符合した。わたしは恐怖がつのりゆくのを感じた。老いた妖術師がデーモンじみた笑いをあげると、わたしは狭い階段を駆けおりて、呪われた場所を離れたいという衝動に駆られた。自分を落ちつかせるために、立ちあがってふたたび窓から外を見た。最後に目にしたときから、ヴァンデルフーフの墓の十字架がそれとわかるほど倒れかかっているのを知って、目が眼窩(がんか)からこぼれでそうになった。いまや四十五度の角度で傾いていた。

「ヴァンデルフーフの遺体を掘り出して、魂を戻すことはできないのか」わたしは急いで何か手を打たなければならないように思い、あえぎながらいった。老人が怯えて立ちあがった。

「駄目だ、駄目だ、駄目だ」フォステルが悲鳴をあげた。「殺されてしまう。わしは手順を忘れてしもうた。ヴァンデルフーフが出てきたら、魂がないまま生きることになる。二人とも殺されてしまうぞ」

「魂を収めた壜はどこだ」わたしはそういって、威嚇するようにフォステルに歩み寄った。何か空恐ろしいことが起ころうとしているのを、全力を尽して避けなければならないと思った。

「教えるもんか、若僧め」フォステルが吠えたてた。隅にあとずさりするフォステルの目に奇妙な光があるのを、わたしは見るというよりも感じ取った。「わしにさわるなよ。さわったら、後悔することになるぞ」

わたしは一歩踏み出し、フォステルの背後の低いストゥールに、黒い壜が二本あるのに気づいた。フォステルが低い歌うような声で特異な言葉を口にした。わたしの眼前にあるものすべてが灰色に染まりだし、わたしのなかにある何かが上に引っ張られ、喉から出ようとした。膝の力が抜けてきた。

わたしは体を前に傾け、片手で老いた墓掘りの喉を摑むとともに、空いた片手をストゥールの壜に伸ばした。しかし老人が後方に倒れ、足がストゥールにあたって、わたしは一本を摑んだだけで、もう一本は床に落ちた。青い焰が閃いて、硫黄臭が部屋に広がった。割れたガラスの破片が溜っているところから、白い蒸気が上がり、窓から出ていった。

「呪われよ、人でなし」遠くからのように思えるかすかな声が告げた。壜が割れたときにわたしが手をはなしたフォステルが、壁を背にして蹲り、以前よりも小さく萎びたように見えた。顔が緑がかった黒に変じていった。

「呪われよ」声がまた告げ、フォステルの口が発しているのではないかのように響いた。「もう終わりだ。あの壜にあったのはわしの魂だった。スロット牧師が二百年前に奪ったのだ」

フォステルの体がゆっくりと床に滑りおち、憎悪を浮かべてわたしを見る目が、急速に色を失っていった。肉体が白から黒、そして黄色に変じた。恐ろしくもフォステルの体が崩れていき、衣服が落ちて広がるのを、わたしは目にした。

わたしが手にしている壜が温かくなっていた。わたしはこわごわと壜を見た。かすかな燐光を放って輝いていた。恐怖のあまりこわばった手でテーブルに置いたが、目をそらすことができなかった。不気味な沈黙が続いたひととき、壜の輝きが明るくなって、そのあと土が滑る音がはっきりと聞こえた。わたしはあえぎを漏らし、窓から外を見た。月が空高くにあって、その光によって、ヴァンデルフーフの墓の十字架が完全に倒れているのが見えた。またしても砂利が滑る音がして、わたしはもはや自分を抑えきれず、よろめく足で階段をくだり、どうにか教会の外に出た。でこぼこの地面で何度か倒れこみながら、絶望的な恐怖に駆られて走った。小さな丘の麓(ふもと)に達し、柳の下のトンネルのようなところに来たとき、恐ろしい唸りが背後に聞こえた。振り返って教会の方を見た。壁が月の光を照り返し、その壁を背景にして、巨大な悍しい黒ぐろとした影が伯父の墓から上がってきて、身の毛もよだつほどもがきながら教会の方に向かっていった。

わたしは翌朝ハイネスの店で一団の村人たちに話をした。話をしているあいだ、村人たちがほとんど笑みを浮かべもしないことに気づいたが、教会までついてきてくれないかともちかけると、さまざまな口実をつけて断られた。彼らの信じやすさは限りがないようだが、危険を冒したくはないのだった。わたしは独りで行くといったが、気乗り薄であったことは認めておかなくてはならない。

わたしが店を離れたとき、白い顎鬚(あごひげ)を長く伸ばした老人が駆け足でやってきて、わたしの腕を摑んだ。

「わしが一緒に行きましょう」老人はそういった。「昔、爺さまがスロット牧師について話したことがありましてな。妙な人だったと聞いとりますが、ヴァンデルフーフはもっとひどかったんですよ」

わたしたちが着いたとき、ヴァンデルフーフ牧師の墓は開いていて、遺体はなかった。もちろん墓泥棒の仕業にちがいないとわたしたちはいいあったが……。鐘楼では、わたしが残していった壜がなくなっていたが、割れた壜の破片は床にあった。そしてかつてアベル・フォステルであった黄色い塵と衣服の山の上に、大きな足跡が残されていた。

鐘楼の部屋に散らばる本や文書をざっと見たあと、わたしたちはすべてを運び出し、不浄で邪悪なものとして燃やした。教会の地下室で見つけた踏鋤(ふみすき)を使い、ヨハンネス・ヴァンデルフーフの墓穴を埋めもどして、ふと思いつき、倒れた十字架を火のなかに投じた。

老婆たちがいうには、いまや満月の夜に、教会墓地を巨大な当惑した人影が歩きまわり、一本の壜を摑んで、どこか記憶にもない場所を探しているらしい。

最後の検査

アドルフ・デ・カストロ

I

クラランダンの話の内幕はおろか、新聞には伝わっていない内幕があるということさえ、知っている者はほとんどいない。パニックと脅威をともなっていたこと、そして州知事に密接に結びついていることで、大火の前にサン・フランシスコで大騒ぎになった事件である。ドールトン知事がクラランダンの親友であり、後にクラランダンの妹と結婚したことは、記憶に残っていることだろう。ドールトンも夫人も痛ましい事件を語ろうとはしないが、どういうわけか諸々の事実が限られた人びとに漏れている。こういうことがなく、また関係者にある種の曖昧さや非個人性を付与する歳月が流れていなければ、当時厳格に守られた秘密に探りを入れようとする者は、なおも調査をはじめる前に躊躇(ちゅうちょ)することだろう。

一八九＊年にアルフリド・クラランダン医師がサン・クェンティン刑務所の医療部長に任命されたことは、カリフォルニア全土で熱烈に歓迎された。サン・フランシスコがついに当代きっての生物学者である医師を擁する栄誉に浴し、分別ある病理学の指導者たちがクラランダン医師の手法を調べ、医師の助言や研究を活(い)かし、自分たちの問題に対処する方法を学ぶために、世界じゅうから大挙して訪れると思われた。カリフォルニアはほぼ一夜にして、世界規模の影響力と評判をもつ医学の中心になりそうだった。

ドールトン知事はニュースが意味するものをあまさず伝えさせたく、報道機関がこの新しい任用を威厳のある形で豊富に報道するようにさせた。クラランダン医師と古くからのゴウト・ヒル近くの新しい住居の写真、これまでの業績や数多くの栄誉の略歴、そして擢んでた医学上の発見に関する平易な紹介が、カリフォルニアの主要な日刊紙に掲載され、インドの膿血症、中国のペスト、さらにはほかの土地における同様の病の研究によって、まもなく医学界に革命的な意味をもつ抗毒素血清――発熱の素因を根底から叩き、さまざまな形態の熱病すべての完全な克服と根絶を確かなものにする、根本的な抗毒素血清――をもたらすであろう人物に、まもなく一般大衆は間接的に生じた誇りめいたものを抱くようになった。

任命の背後には、かつての友情、長い別離、劇的に再開された交友という、必ずしもロマンスとは無縁ではない長い歴史があった。ジェイムズ・ドールトンとクラランダンの家族は十年前にニューヨークで親しく付き合っていた――医師の一人きりの妹、ジョージーナが若き日のドールトンの恋人であったし、医師本人もハイ・スクールや大学でドールトンの最も親しい仲間で、ほとんど子分のようなものだったので、友人でもあり、友人以上の関係でもあった。アルフリドとジョージーナの父は、ウォール・ストリートの情け容赦のないタイプの略奪者で、ドールトンの父をよく知っていた。あまりにもよく知っていたので、記憶に残るあの証券取引所での午後の勝負で、ドールトンの父を丸裸にした。ドールトンの父はこの損失から立ち直る希望もなく、最愛の息子に保険金を与えようとして、すぐさま頭を撃ち抜いたが、ジェイムズ・ドールトンは父の仇を打とうとはしなかった。若きドールトンはすべてを勝負にすぎないと見た。そして娘とは結婚するつもりでいるし、息子である新進の若い科学者は長い交友と勉学の日々に感嘆して守ってやっていたので、そんな二人の父親に害をおよぼすつもりはさらさらなかった。そのようなことはせずに、法律の世界に転じて、ささやかながらも身を立てると、頃合を見て、「老クラランダン」にジョージーナを妻にしたいと申し出た。

老クラランダンはきっぱりと声高らかに拒絶し、ろくに金もない駆け出しの弁護士に娘がやれるものかといいはなった。かなり激しい言葉のやりとりがあった。最後にジェイムズは、ずいぶん前にいっておくべきだったことを皺の寄った略奪者に告げると、激昂したまま家と街をあとにした。そして一ト月の内にカリフォルニアで生活をはじめ、やがて数多くの政治家と戦い、選挙戦を勝ち抜いて、知事の地位に就いたのである。アルフリドとジョージーナとの別離は簡単にすませたので、クラランダン家の書斎での出来事のあと、いったい何があったのかを知る由もなかった。一日だけのことだったにせよ、老クラランダンが発作を起こして亡くなったことを伝えるニュースを見逃し、そのことによって人生の航路が一変した。続く十年間、ジョージーナには手紙も送らなかった。父親に対する献身的な愛情を知っているので、自分の富と地位が結婚の障害をすべて取り除くまで待つつもりだった。アルフリドにも連絡一つ取らなかった。アルフリドは愛情や英雄崇拝に直面しても、冷静に我関せずという態度を取って、常に天才の自惚れと運命の自覚を感じさせる男だった。ドールトンは当時でさえ稀れな志操堅固を貫いて、将来のことだけを考えて仕事に励み、地位を高めていった。なおも独身で、ジョージーナも待ってくれていると堅く信じて疑わなかった。

ドールトンはこの思いを裏切られなかった。ジョージーナはドールトンがどうして手紙も寄越さないのかと不思議に思っただろうが、夢に見たり期待したりするばかりで、ロマンスを見出すこともなかった。そして兄が立派な医者になったことで、いつしか新しい責任に忙殺されるようになった。アルフリドの成長ぶりは青春期における前途の有望さを裏切らず、痩身の若者は目が眩みそうな速度で科学の階梯を着実に黙々と駆けあがった。痩せぎすで禁欲的、鉄縁の鼻眼鏡をかけ、先細りの茶色の顎鬚を伸ばすアルフリド・クラランダン医師は、二十五歳で一廉の権威になり、三十歳で世界に名を知られていた。天才の無頓着さで世俗のことは意に介さず、もっぱら妹の世話と管理に頼り、妹がジェイムズのことを忘れられず、他の男たちには目もくれず、はっきりした結婚の話がもちあがらないことをひそかにありがたく思っていた。

ジョージーナは偉大な細菌学者の仕事と家事の切り盛りをして、兄が熱病の克服に近づいているのを誇りにしていた。兄の奇矯ぶりを辛抱強く我慢し、ときに熱狂が爆発すると宥めてやるとともに、兄が純然たる真実とその進歩にひたむきに専念し、それに劣るものをあからさまに蔑むことで、友人たちと仲違いをすると、仲を取りもってやったりもした。クラランダンはごく普通の人間にどうしようもなく苛つくことがあった。人類全体に貢献することに比較して、個人的な尽力を軽視してやまず、私生活や学問以外の関心事を理論科学の世界にもちこむ学者を痛烈に非難するからである。敵たちはクラランダンを退屈な男と呼んだが、クラランダンの崇拝者にしても、クラランダンが恍惚として仕事に打ちこむ熾烈さを前にしてためらい、純粋な知識の聖なる領域外にある野心や基準をもっていることを、ほとんど恥じるようになるのだった。

クラランダンの旅は広範囲にわたり、ジョージーナは短い旅にはたいてい同行した。しかしながら風変わりな熱病や半ば伝説じみた疫病を調べるために、クラランダンが不案内な遠隔地に単身長い旅をしたことが三度あった。地球の病の多くが発生したのは、謎めいた太古のアジアの未知の土地だと知っていたからである。いずれの場合も奇妙な土産をもちかえり、これらが自宅での奇行に加わったが、そのなかでとりわけ目を引くのが、ウツァンのどこかで知り合ったという、不要なまでに大勢のチベット人の召使いだった。当時ウツァンでは未知の伝染病が蔓延していたが、クラランダンはその只中で黒死病の病原菌を発見して分離したのである。これら召使いたちは普通のチベット人よりも背が高く、明らかに外世界ではほとんど調べられていない種族に属し、骸骨のように痩せているので、医師が彼らによって大学時代の骨格標本を象徴しているのではないかと思えるほどだった。クラランダンから与えられた、梵教の僧侶のゆったりとした黒い絹の僧服をまとっている姿は、きわめてグロテスクなものだった。にこりともせずに黙りこくり、動きがぎくしゃくしているので、彼らの幻想めいた雰囲気が強められ、ジョージーナは『ヴァテック』や『アラビアン・ナイト』の世界に入りこんだような、畏怖の念に満ちた奇妙な感じを受けた。

しかし最も奇妙なのは、クラランダンが長く滞在した北アフリカから連れ帰った、スラマと呼ばれる雑用係ないしは診療施設の助手だった。クラランダンは現地に滞在しているあいだ、謎めいたサハラのトゥアレグ族の奇妙な周期性の熱病を調べたが、考古学界の古い風評では、このトゥアレグ族は失われたアトランティスの原初の種族の子孫であるという。スラマは知性が高く、無尽蔵とも思えるほど博識の男で、チベットの召使いたちと同様に病的なまでに痩せこけ、浅黒い羊皮紙めいた皮膚が無毛の頭部や顔に張り詰めているので、頭蓋骨のあらゆる線がぞっとするほどくっきりとあらわれていた――光沢のない黒い目が、虚ろな黒い眼窩(がんか)しか見えないほど奥まっていることで、死神の顔めいた印象が強められるのだった。理想的な従者とは異なり、冷ややかな見かけをしているにもかかわらず、こみあげる感情を隠そうとはしなかった。陰湿な冷笑やほくそ笑みをたたえ、柔毛動物をずたずたにして、ゆっくり海に向かっていく大亀のような、喉にかかった低い笑い声をあげることもあった。人種はコーカソイドのようだが、それ以上詳しく分類することはできなかった。クラランダンの友人たちのなかには、スラマの言葉に訛(なま)りがないにもかかわらず、高い身分のヒンドゥ人のようだと思う者もいたが、ファラオのミイラを奇蹟的に復活させたら、この冷笑を浮かべる骸骨じみた男のようになるのではないかと、ジョージーナ——スラマを嫌っていた——が口にしたときには、多くの者がその意見に賛同した。

ドールトンは骨の折れる政争に没頭し、古い西部の特異な自給自足によって東部から孤立してしまい、かつての僚友が脚光を浴びて、名を高めていることも知らなかった。クラランダンの方も知事と同様に、自ら選んだ科学の世界からかけ離れたことは何も知らなかった。クラランダン家は独立心が旺盛で、潤沢な資産もあって、久しくマンハッタンの東一九丁目の古い邸宅で暮らしつづけていたので、邸宅の幽霊たちはスラマやチベット人の異様さを甚だ訝しく思っているにちがいなかった。やがて医学研究の拠点を移したいというクラランダン医師の希望により、急に大きな変化が起こり、一同は大陸を横断して、サン・フランシスコで世間との繋がりを断った生活を送るようになった。湾を見はるかすゴウト・ヒルに近い、古い陰気なバナスター邸を買い取り、まだ郊外にもなりきっていない地域に高い塀を張りめぐらした敷地内で、ヴィクトーリア時代中期の様式にゴールド・ラッシュの成金特有の飾りつけのなされた、フランス屋根の不規則に広がる古い屋敷に一風変わった所帯をもった。

クラランダン医師はニューヨークにいたときよりも満足したが、病理学の仮説を適用して試す機会がないことで、あいかわらずもどかしく思っていた。世間知らずのあまり、公職に就くために、自分の名声を影響力として使うことは考えもしなかったが、研究をまっとうして、発見したことを人類や科学全般に最大限に用いるための場を得るには、政府や慈善施設——刑務所や貧窮者収容施設や病院——の医療責任者の地位に就くしかないと悟るようになった。

そしてある日の午後、マーケット・ストリートで、ロイアル・ホテルから出てきたジェイムズ・ドールトンと、まったく偶然の再会をしたのである。ジョージーナが一緒にいて、すぐにドールトンだと知り、再会のドラマが高まった。おたがいに相手の立身栄達を知らなかったことで、これまでの経緯が長ながと話しこまれ、クラランダンは友人が重要な公職にあることを知って嬉しく思った。ドールトンとジョージーナは若い頃の愛情の名残以上のものを感じて、しきりに視線を投げかけあった。こうしてそのときその場で友愛が甦り、頻繁に電話をかけあって、打ち解けた関係になっていった。

ジェイムズ・ドールトンはかつての子分が公職を求めていることを知り、ハイ・スクールや大学での保護者としての役割を演じ、「小さいアルフ」に能力を発揮するのに必要な地位と場を与える方法を考えだそうとした。確かに幅広い任命権をもっていたが、議会の絶えざる攻撃や侵害を考慮して、細心の注意を払って実行せざるをえなかった。しかしながら思いがけない再会から三ヵ月とたたない内に、カリフォルニア州きっての医療施設の管理職が空席になった。知事はあらゆる要素を慎重に考慮して、きわめて高額の報酬も友人の業績と名声によって正当化されることに気づき、ついに行動に移れると思った。正式な手続きはごく僅かにすぎず、一八九*年十一月八日に、アルフリド・スカイラー・クラランダン医師がサン・クェンティンのカリフォルニア州刑務所の医療部長になったのである。

II

一ト月とたたない内に、クラランダン医師の崇拝者たちの希望は十分にかなえられた。広範囲にわたる変化によって、かつて夢にも見られることのなかった能率が刑務所の医療手順にもたらされた。クラランダンの部下たちは当然ながら嫉妬をおぼえないわけがなかったが、真に偉大な人物の指揮による魔法めいた結果を認めざるをえなかった。そして単なる好意的な評価が、時間と場所と人物の幸運な結びつきに対する衷心からの感謝の念に達してもよいときが訪れた。ある朝、ジョーンズ医師が重おもしい顔つきで新しい上司の前にあらわれ、クラランダンが見つけて分類したのと同一の病原菌をもつ、黒死病と認定せざるをえない症例を見つけたといったのである。

クラランダン医師は驚きもせず、書きものを続けた。

「知っているよ」クラランダンがいった。「その症例には昨日出会（でくわ）した。君が確認してくれて嬉しい。この熱病は伝染しないと思うが、患者を隔離してくれたまえ」

ジョーンズ医師は病の感染について自分なりの考えをもっていたので、この慎重なやりかたを嬉しく思い、すぐさま指示通りにした。そして戻ってみると、クラランダンが立ちあがり、この患者は自分独りで担当すると言明した。偉大な医師の手法や技術をつぶさに見たいという願いを断ち切られ、ジョーンズ医師は自分が患者を移した病室へと上司が進んでいくのを眺め、最初の嫉妬の疼(うず)きが崇拝の念になりかわって以来、いままでになく新体制を批判するようになった。

クラランダンは病室にやってくると、すぐに入りこみ、ベッドをちらっと見てから退いて、ジョーンズ医師があからさまな好奇心からどこまでやってくるかを確かめた。そして廊下に誰もいないことを知ると、ドアを閉ざし、患者を調べるために振り返った。患者はことのほか醜悪なタイプの囚人で、きわめて強い苦悶の発作に襲われているようだった。顔が恐ろしいほど歪み、苦悶による沈黙の絶望の内に、両膝をひどく引きあげていた。クラランダンは仔細に調べ、きつく閉じられた瞼(まぶた)を開き、脈を取って体温を計り、最後に錠剤を水に溶かして、患者の唇のあいだに流しこんだ。まもなく発作が和らぎ、体の力が抜けて、表情が普通のものに戻り、楽に呼吸するようになった。やがて医師が耳をそっとこすると、患者が目を開けた。目には生気があって、きょろきょろ動いたが、魂のあらわれとみなされる澄んだ輝きがなかった。クラランダンは自分の治療がもたらした安らぎを調べ、背後に万能の科学の力を感じて笑みを浮かべた。この症例についてはずいぶん前から知っていて、たちまち犠牲者を死から救ったのである。一時間もすれば、この患者は死んでいただろう――が、ジョーンズは何日も患者を診察してようやく症状を見きわめたにせよ、どうすればよいかを知らなかった。

しかしながら人間の病の克服は完全なものではありえない。クラランダンは不安がっている模範囚の看護士たちに、熱病が感染しないことを請け合って、患者を湯浴みさせ、アルコールで拭かせ、ベッドに横たわらせたが、翌朝になると、患者が亡くなったことを知らされた。患者は真夜中にこのうえもない苦悶に襲われて、看護士がパニックに陥りそうなほど悲鳴をあげ、顔を歪めて亡くなったのである。科学者としての感情がどのようなものであれ、クラランダンはこの知らせをいつものように恬淡（てんたん）と受け止め、消石灰をかけて埋めるように命じた。そして哲学者のように肩をすくめ、刑務所の普段の職務をこなした。

二日後、刑務所にまた発症者が出た。今度は三人が同時に発病して、黒死病の蔓延が進行している事実を隠しようがなかった。クラランダンは感染しないという持説に固執したので、威信を著（いちじる）しく失い、模範囚の看護士たちが患者の世話を拒否した。科学や人類のために自らを犠牲にする人びとの無私無心の献身などなかった。看護士をしている模範囚たちは、ほかでは得られない特権のためにのみ働いていたので、その代償が高くつきすぎるようになると、特権をあきらめるほうを選んだのである。

しかし医師はなおも状況を掌握していた。刑務所長と話し合い、友人の知事に緊急のメッセージを伝えると、危険な看護に携わる模範囚が特別な現金の支給と刑期の軽減を得られるようにした。そしてこのやりかたにより、かなり多くの志願者を得ることに成功した。クラランダンはいまや行動のために意志を固め、その冷静沈着さと決意を揺るがすものなど何もなかった。

いた。

新たな発病が報告されても、そっけなくうなづくだけで、疲れも知らぬように、悲しみと悪の漲(みなぎ)る巨大な石造りの建物じゅうの病床をまわった。翌週には四十人以上が発病し、街から看護婦を呼ばなければならなかった。この段階でクラランダンはほとんど家にも帰らず、宿直室の簡易ベッドで眠ることが多く、クラランダンならではの医学と人類への奉仕にその身を捧げていた。

やがてまもなく、サン・フランシスコを震撼させることになる、あの騒乱の最初のざわめきが起こった。ニュースが報道され、黒死病の脅威が湾から寄せる霧のように街に広まった。「センセーション最優先」の原則を叩きこまれた記者たちは、想像に歯止めをかけず、メキシコ人地区で地元の医師——おそらく真実や厚生よりも金を好む医師——が黒死病だと発表するや、ついにこの症例を記事に仕立てあげて得意がった。

それが最後の引金だった。忍び寄る死が間近に迫っていることに逆上して、サン・フランシスコの住民は気も狂わんばかりになって、歴史的な集団退去をはじめ、これがまもなくひっきりなしの無線報告でアメリカ全土に知れ渡った。フェリーや手漕ぎのボート、遊覧船や大型ボート、鉄道やケーブル・カー、自転車や馬車、引っ越し用トラックや荷車、そういったもののすべてがたちまち狂乱した使用に供された。サン・クェンティンに近いソーサリートウやタマルパイスの住民も避難した。オウクランド、バークリイ、アラミーダの居住施設は法外なまでに高騰した。テント村ができあがり、即席の村がミルブレイからサン・ホウゼイにいたる、南に向かう渋滞したハイウェイ沿いに列なった。多くの者がサクラメントウの友人宅に避難を求める一方、さまざまな原因で取り残されて恐怖に戦く者たちは、ほとんど死に絶えた街の窮状に堪えるしかなかった。

黒死病に対して「真の治療薬」や「予防薬」があると主張する偽医者を除き、商業活動は急速に停滞した。最初は酒場が「薬用酒」を提供したが、まもなく大衆は専門家めかした詐欺師のかもにされるのを好むことが明らかになった。異様なほど静まり返った通りでは、人びとは疫病の症状は出ていないかと他人の顔を覗きこみ、店主は誰もが新たな熱病の脅威であるように思って、常連であろうと入店を制限するようになった。弁護士や郡の事務官が一人またひとりと避難の衝動に屈するにつれ、司法の機能が崩壊しはじめた。医者も大勢が街から逃げ出し、その多くは州北の山や湖で休暇を取る必要があるのだと弁明した。学校や大学、劇場やカフェ、レストランや酒場は次第にドアを鎖すようになった。そして一週間の内に、サン・フランシスコはほとんど機能麻痺に陥って、電力や水道の供給は普段の半分程度、新聞は薄っぺらで、馬が引くケーブル・カーに維持される輸送手段はかつてのパロディじみたものだった。

これが最悪の状態だった。勇気や観察が人類のあいだで失われたわけではないため、このようなありさまが長く続くことはありえなかった。僅かな症例があって、腸チフスが不衛生な郊外のテント村で広まっているにもかかわらず、サン・クェンティンの外部に黒死病の蔓延など存在しないことは、いずれ否定できない明白な事実になるはずだった。社会の指導者や編集者が協議して行動を取り、問題を引き起こすのに力を尽した記者たちに協力を求め、今度は「センセーション最優先」の熱意をもっと建設的に使わせるようにした。社説や架空のインタヴュー記事が掲載され、クラランダン医師が病の蔓延を完全に食い止めており、刑務所の外部に広がることは決してありえないと報道された。何度も繰り返して報道することで、徐々にその効果があらわれ、街に戻る者たちの細流がやがては力強い奔流に膨れあがった。最初の健全な徴候の一つが、定評のある辛辣な新聞紙上で論争がはじまったことであり、さまざまな関係者がどう考えているにせよ、パニックの原因がどこにあるかを突き止めようとするものだった。街に帰ってきた医者たちは、好都合な休暇によって羨ましいほど元気づき、自分たちもクラランダンと同様に熱病を抑えるつもりだと大衆に確約するとともに、サン・クェンティンの内部で蔓延を食い止めることもしなかったといって、クラランダンを痛烈に非難し、クラランダンに対する攻撃をはじめた。

彼らが断言するには、クラランダンは必要以上に患者を死なせたのである。医学の初心者でさえ、熱病の感染を阻止する方法を知っているので、この名高い碩学（せきがく）がそうしなかったのなら、それは適切な処置を取って患者を救うというよりも、病の最終段階を調べるという科学的な理由を選んだからにほかならない。彼らがほのめかすには、この方針は刑務所に服役する殺人犯のあいだでは適切かもしれないが、生命がなおもかけがえのない尊ぶべきものであるサン・フランシスコでは、決してそうではないのである。彼らはこのように主張しつづけ、新聞各紙は喜んで彼らの書いたものを掲載した。クラランダン博士が加わるであろう熱病撲滅運動の熱烈さは、人びとのあいだの混乱を取り除き、自信を回復させるのに役立つと思えたからである。

しかしクラランダンは応えなかった。クラランダンは笑みを浮かべただけで、風変わりな助手のスラマは喉にかかった低い含み笑いを続けた。その頃クラランダンは自宅にいることが多く、記者たちはサン・クェンティンの刑務所長の部屋に押し寄せるかわりに、クラランダンが家のまわりに建てさせた塀の門扉に詰めかけるようになった。しかし結果は同じように捗ばかしくなかった。スラマが博士と外世界のあいだに通過不能の障壁を設けたからである――敷地内に入りこんだ記者たちさえ阻まれた。玄関ホールまで近づいた記者たちは、クラランダンの特異な容貌の側近を一瞥し、スラマや奇妙な骸骨じみたチベット人について「書きたてる」しかなかった。もちろん新たに掲載される記事のすべてに誇張がなされ、こうした宣伝活動の効果として、まさしく偉大な医師に対する敵意が生じた。大方の者は普通ではないものを憎み、無情や無能なら容赦できる者も、含み笑いをする助手や黒い僧服姿の八人のチベット人に顕著な、グロテスク趣味を非難してはばからなかった。

一月のはじめに、『オブザーヴァー』のとりわけ粘り強い若い記者が、クラランダン家の敷地の裏から八フィートの煉瓦塀を乗り越えて、表の私道からは木々に隠されているさまざまな屋外施設を調べはじめた。記者は呑みこみの早い鋭敏な頭脳で、すべて――薔薇の這う四阿、鳥小屋、猿からモルモットにいたるまであらゆる哺乳類がいそうな動物の檻、そして北西の隅にある窓に鉄棒のはまった堅固な木造の診療施設――を観察しながら、千フィート平方にわたる私有地内を身を屈めて調べた。素晴しい記事が書けそうだった。ジョージーナ・クランランダンの愛犬である大型のセイント・バーナード犬、ディックが吠えるようなことがなければ、無傷で逃げ出せていただろう。スラマがすぐに反応して、若い記者に文句もいわさず、いきなり襟を摑み、木々のなかを引きずって表の門に向かった。

あえぎながら説明し、声を震わせてクランダン博士に会いたいといっても無駄だった。スラマはくすくす笑うだけで、記者を引きずりつづけた。こざっぱりした身なりの記者は、にわかに恐怖をまざまざと感じ、この星の血と肉を具えた者であることを証明するだけだとしても、この異様な男がしゃべってくれればよいのにと思いはじめた。記者はひどく青ざめて、大きな黒い眼窩の奥にあるはずの目を見ないようにした。まもなく門を開く音が聞こえ、手荒に押し出されるのを感じた。次の瞬間、記者はクランダンが塀の周囲に掘らせた溝に落ちて、服が濡れて泥にまみれるというひどいありさまで我に返った。大きな門が閉じる音を聞くと、恐怖が怒りに転じ、記者は濡れた体を起こして、禁断の門に向かって拳を振りまわした。そして踵を返したとき、背後で小さな音がして、門の小窓からスラマの落ち窪んだ目が覗いているのを感じ、血も凍りつきそうな低い含み笑いを耳にした。

この若い記者は、おそらく必要以上に手荒な扱いを受けたと当然ながら感じ、これに責任がある家の者に怨みを晴らそうと決意した。こうして診療施設でおこなわれたという、クラランダン博士の架空のインタヴュー記事をでっちあげ、想像力によって整然と並ぶ診察台に横たわらせた、十二人におよぶ黒死病患者の苦悶を入念に描写した。水を求めてあえぐ、とりわけ哀れな患者について、迫真の描写がなされており、医師がきらめく水の入ったグラスを患者の手の届かないところに掲げ、病の進行によって、やりきれない思いがどのように作用するかを科学的に調べようとするありさまを伝えていた。このでっちあげのあとには、見かけは敬意を表しながらも、二重の悪意のある当てこすりが続いた。記事が告げるには、クラランダン医師は疑問の余地なく世界で最も偉大で一途（いちず）な科学者ではあるが、科学は個人の福祉の友人ではないにせよ、深遠な真実の何らかの論点について、研究家を満足させるためにのみ、深刻きわまりない病気を長引かせたがったり悪化させせたがったりする者はいないというものだった。そんなことをさせられるほど人生は長くはない。

　概していえば、記事は悪魔の仕業のように巧みなもので、クラランダン医師とその手法とされるものに対して、十人の読者の内九人を震えあがらせることに成功した。他の新聞はこれにヒントを得て、すぐさま模倣や敷衍（ふえん）をおこなって、権威を損なう幻想に終始する、一連の「偽の」インタヴュー記事を次つぎに掲載した。しかしながらいずれの場合も、医師はいちいち反論するようなことをしなかった。莫迦や嘘つきを相手に無駄にするような時間はなく、無思慮な烏合（うごう）の衆を蔑んでいるので、どう思われようが気にしなかった。ジェイムズ・ドールトンが電報で遺憾の意を伝え、助力を申し出たときも、クラランダンはほとんど不作法なほどそっけなく断った。吠えたてる犬のことなど気にかけもせず、口輪を嵌めるつもりもなかった。まったく人目に立たないようにして問題に干渉しようとする者に感謝するつもりもなかった。クラランダンは沈黙と蔑みを貫き、ごく平静に仕事を続けた。

しかし若い記者の火花が効果を発揮していた。サン・フランシスコがまた狂気に陥り、今度は恐怖とともに怒りが漲っていた。冷静な判断が失われた。第二の大移動は起こらなかったが、絶望から生まれた悪徳と無謀の支配が続き、ペストが流行した中世の類似する現象を思わせた。病を見つけて抑えこもうと奮闘している者に対して、憎悪が猛威を振い、軽率な大衆はクラランダンが知識に貢献したことも忘れはて、憤りの炎を燃えあがらせるばかりだった。疫病が微風によって吹き払われて、いつもの健全な街に戻っていながら、無知ゆえに、疫病よりもクラランダン本人を憎んでいるようだった。

やがて若い記者は自分が起こしたネローの大火に乗じて、まったく個人的な最高の仕上げをおこなった。死人のように青ざめた男から受けた侮辱的扱いを思いだし、クラランダン医師の自宅と環境を扱う記事を巧みにでっちあげ、とりわけスラマを際立たせて、その容貌は健全きわまりない者を怯えさせて何らかの熱病を起こさせるほどのものだと言明した。含み笑いをする瘦せこけた男が滑稽かつ恐ろしく見えるようにして、意図する後者におそらく最善を尽すことに成功した。ほんの束の間、あの男に身を接したことを思うだけで、常に恐怖がこみあげてくるからである。記者はスラマに関して流布している噂をすべて集め、評判になっている博識の邪悪な根底について詳しく語り、クララングダン医師がスラマを見つけたのは、秘密に包まれた古ぶるしいアフリカのなかでも、神を敬うことのない土地だと陰鬱にほのめかした。

ジョージーナは新聞記事を丹念に読みつづけ、兄に対するこのような攻撃に胸を痛めて傷ついたが、ジェイムズ・ドールトンがよく来訪してジョージーナを慰めた。ドールトンは心が温かくて誠実だった。愛する女を慰めたいだけではなく、若い頃に最も親しい友人だった、星の世界に顔を向ける天才にいつも感じる崇敬の念を、ある程度まで知らせたいからでもあった。

ドールトンはジョージーナに、偉大さに嫉妬の鋭い矛先が向けられるのはやむをえないことだといって、粗野な者たちに踏みつけられた素晴しい頭脳の長く悲しいリストを引用した。このように攻撃されるのは、アルフリドが揺るぎなく卓越していることの真の証だと指摘した。

「でも、傷つくわよ」ジョージーナがいった。「アルがどれほど無関心を装おうとしていても、本当は苦しんでいるのがわかっているから、なおさらそうなのよ」

ドールトンは育ちのよい者のあいだではまだ廃れていなかったやりかたで、ジョージーナの手に口づけをした。

「君とアルフを傷つけているのがわかっているから、わたしは千倍も傷ついているんだ。しかし気にするんじゃないよ、ジョージー。一緒に踏んばって、切り抜けよう」

このようにして、ジョージーナは若い頃の求婚者だった、意志の強い、顎の角ばった知事にますます頼り、不安に思っていることを打ち明けるようになった。新聞の攻撃と病の流行だけではなかった。ジョージーナが気に入らない家の問題があった。人間にも獣にも残酷なスラマに、いいようもない嫌悪を抱き、スラマがアルフリドに何らかの害をおよぼすつもりではないかと思わざるをえなかった。チベット人も気に入らず、スラマがチベット人と話せるのを異様なことだと思った。アルフリドはスラマがどういう人物なのかを話してはくれないが、一度ややためらいながら、普通では信じられないくらい高齢の人物で、さまざまな秘密に精通しており、自然の隠された神秘を見出そうとする科学者にとって、並外れた価値のある同僚になるほどの経験を積んでいるのだと説明したことがあった。

ドールトンはジョージーナの不安に動かされ、クラランダン家に足繁く訪れるようになったが、自分があらわれると、スラマがひどく憤慨するのを知った。痩せこけたスラマはドールトンを招じ入れるとき、幽霊のような眼窩から異様に目を輝かせるようになって、ドールトンが引きあげて門を閉めるときには、肌に粟が立つようなやりかたで単調に含み笑いをするのだった。一方、クラランダン医師といえば、毎日自家用の大型ボートで出かけるサン・クェンティンで仕事をするほかは、何も念頭にないようだった――大型ボートに同乗するのはスラマだけで、医師が本を読んだりメモを突き合わせたりするあいだ、スラマがボートを操縦した。ドールトンはこうした二人の不在を歓迎した。二人がいないおかげで、ジョージーナへの求婚を新たにはじめる機会が得られたからである。しかしながら長く居坐ってアルフリドに会うと、アルフリドの挨拶はお馴染みの控えめなものではあれ、常に親しみのこもるものだった。やがてジェイムズとジョージーナの婚約がはっきりしたものになり、二人はアルフリドに話す好機を待った。

何事にも全身全霊で打ちこみ、断固として誠実な態度を取る知事は、旧友のために組織的な宣伝を広めることをいとわなかった。新聞社も官界も知事の威光を感じており、知事は東洋の科学者の関心を引くことにさえ成功して、多くの科学者が疫病を研究するとともに、クラランダンが速やかに分離して完全なものにしつつある病原菌を調べるために、カリフォルニアにやってきた。しかしながらこれらの医師や生物学者は望む情報を得られなかったので、何人かは甚だ遺憾な印象を受けて引きあげた。かなりの者がクラランダンに敵対的な記事を書き、非科学的で名声を求める態度を非難して、個人的な利益を得るという科学者にあるまじき欲望によって研究方法を隠しているとほのめかした。

幸いにも他の科学者たちは寛大な判断をして、クラランダンとその仕事を熱く語った。彼らは患者を目にして、クラランダンが恐ろしい病をいかに素晴しい手腕で抑えこんでいるかを理解した。不完全な形で流布すれば百害あって一利なしなので、抗毒素に関するクラランダンの秘密主義は正当だと認められた。多くの者が以前に会ったことのあるクラランダン自身は、いままでにも増して深遠な印象を与えたので、ジェナー、リスター、コッホ、パストゥール、メチニコフをはじめ、生涯を病理学や人類に捧げた医師たちに譬(たと)えられた。ドールトンはクラランダンのことをよくいっている雑誌をすべて、クラランダンのために取っておき、クラランダンに直(じか)に手渡すのをジョージーナに会う口実にした。しかしながらクラランダンは蔑んだ笑みを浮かべるだけのことだった。そしてクラランダンが寛大にも雑誌をスラマに投げ渡すと、スラマは雑誌に目を通して不穏な含み笑いするのだが、そのありさまは医師が皮肉たっぷりに面白がっているのとよく似ていた。

ジェイムズ・ドールトンはジョージーナを妻にしたいと告げる明確な目的をもって、二月初旬の月曜の夕暮れ時にクラランダン邸を訪れた。ジョージーナが門を開けてドールトンを迎え入れ、二人で家に向かっている内、大型犬が駆け寄ってきて、じゃれて前脚を胸にあてたので、ドールトンは立ち止って軽く叩いてやった。ジョージーナのかわいがるセイント・バーナード犬のディックだった。ドールトンはジョージーナにとって大きな意味をもつ犬に好かれていることを嬉しく思った。

ディックは興奮して嬉しがり、力強く押して知事をほぼ反転させると、何度も吠えて、木々のなかを診療施設の方に走っていった。しかし姿を消すことはなく、すぐに立ち止って振り返り、ドールトンについてきてもらいたいかのように、小さく吠えたてた。ジョージーナは大きなペットの遊び心に付き合うのが好きなので、ジェイムズを促して、ディックが何をしたがっているのかを確かめることにした。そしてゆっくりとディックのいるところに近づいていくと、ディックがほっとしたように奥へ進みはじめ、高い煉瓦塀の上の星空を背景に、診療施設の屋根がくっきりと輪郭を描いているのが見えるようになった。

暗い窓のカーテンの縁から内部の光がこぼれ、アルフリドとスラマが仕事をしているのがわかった。突然、内部から子供の悲鳴のような、か細い押し殺した声が聞こえた——訴えるように、「ママ、ママ」と呼んでいて、ディックが吠えたてる一方、ジェイムズとジョージーナは見るからに色を失った。やがてジョージーナはクラランダンが常に実験用のオウムを飼っていることを思いだして笑みを浮かべ、ディックの頭を軽く叩き、自分たちをかついだことを赦してやるとともに、ディック自身がかつがれたことを慰めてやった。

ゆっくり家の方に向かっているとき、ドールトンが今晩アルフリドに婚約したことについて話すつもりだと告げると、ジョージーナは反対しなかった。兄が忠実な世話係にして話し相手である妹を失うのを喜ばないだろうと思いはしたが、兄の愛情が自分の幸福に障害をもたらすとは思わなかった。

その夜遅く、クラランダンが足取りも軽く、いつもほど陰鬱ではない顔つきで帰宅した。ドールトンはこの気楽な朗らかさを吉兆と見て、クラランダンに手を握られ、「やあ、ジミイ、今年の政治はどんな具合だ」と陽気にいわれると、勇気を奮い起こした。ちらっと目をやると、ジョージーナがひっそりと部屋から出ていき、二人の男は腰をおろしてあたりさわりのない話をした。若い頃の思い出をあれこれ口にしながら、ドールトンは少しずつ話を大事な方にもっていき、ついに重要な質問をはっきり口にした。

「アルフ、ジョージーナと結婚したいんだ。わたしたちの結婚を認めてくれるかな」

ドールトンは鋭い目を向け、旧友の顔が翳るのを見た。黒い目に一瞬光が閃いて消え、普段の穏やかさが戻った。このように科学か利己主義が作用したのだった。

「君は不可能なことを求めているぞ、ジェイムズ。ジョージーナは以前の派手で社交好きの女じゃない。真実と人類に奉仕する場を得て、それはここなんだ。人生をぼくの仕事――ぼくの仕事を可能にする家事――に捧げているんだから、この家から出ていったり、自分の気まぐれに耽るようなことなんかできるわけがない」

ドールトンはクラランダンが話しおえたとわかるまで待った。以前とかわらぬ狂信――人類対個人の狂信――があった。クラランダンは妹の人生をだいなしにしようとしている。ドールトンはそれに応えようとした。

「しかし、よく考えてみろ、アルフ。ジョージーナがとりわけ君の仕事に必要だから、ジョージーナを奴隷や殉教者にさせなきゃならないというつもりか。バランス感覚を使ってみたまえ。君の実験にかかわっているスラマか誰かの問題なら、違っているかもしれないが、ともかく君のいいかただと、ジョージーナは君の家政婦にすぎない存在になってしまうぞ。ジョージーナはわたしの妻になると約束して、わたしを愛しているといってくれているんだ。君にジョージーナの人生を断ち切る権利があるのか。いったい君はどんな権利があって……」

「それで十分だ、ジェイムズ」クラランダンの顔はこわばって蒼白だった。「ぼくが家族を支配する権利をもっているかどうかは、部外者には関係のないことだからな」

「部外者だと……わたしのことをよくも……」ドールトンはクランダンの無情な声にふたたび遮られ、喉が詰まりそうになった。

「ぼくの家族にとっては部外者だし、これからはぼくの家庭にとっても部外者だ。ドールトン、君の厚かましさも少々度が過ぎたようだな。じゃあ、おやすみ、知事」

そしてクランダンが手を差し出しもせずに部屋から出ていった。

ドールトンはどうすればよいかもよくわからず、しばらくためらっていたが、まもなくジョージーナがやってきた。その顔つきからも、兄と話をしたらしく、ドールトンは思わずジョージーナの両手を握り締めた。

「ああ、ジョージー、どうするんだ。残念ながら、アルフを選ぶか、わたしを選ぶかということだ。わたしの気持はわかっているだろう――わたしが君の父上と対決したときに、どんな思いがしたかも。今度はどう応えてくれるんだ」

ドールトンが口をつぐむと、ジョージーナがゆっくり答えた。

「ジェイムズ、あなた、わたくしがあなたを愛していることは信じてくださるわね」

ドールトンはうなづき、期待してジョージーナの手を握り締めた。

「それなら、わたくしを愛してくださるなら、しばらく待ってください。アルの不作法な態度は考えないようにして。かわいそうな人なんです。いまは何もかもお話しすることはできないけれど、どれほどわたくしが胸を痛めているかはわかってらっしゃるでしょう――アルの仕事の緊張や、批判や、あの恐ろしいスラマの凝視や含み笑いのせいで。アルはいまにもまいってしまいそうなのよ――家族以外の誰にもわからないような緊張を示しているの。わたくしにはわかるわ。ずっと目にしているんですもの。アルは変化していて――ゆっくりと重荷に屈していて――それを隠すために、ことさらぶっきらぼうにしているのよ。わたくしのいっていることはわかるでしょう」

ジョージーナが口をつぐむと、ドールトンはまたうなづいて、ジョージーナの片方の手を自分の胸にあてた。やがてジョージーナがいった。

「だから約束してください。我慢するって。わたくしはアルのそばにいなければなりません。そうしなければならないんです」

ドールトンはしばらく何もいわず、ほとんど崇敬の念を抱いているかのように頭をさげていた。この愛情深い女には、ドールトンが思っていた以上に、そして人間がもてる以上に、キリストの精神があった。そしてそのような愛と誠実さを前にしては何もいえなかった。

悲しい別れの言葉は簡潔なものだった。ジェイムズは青い目を潤ませていたので、通りに面する門が開けられたとき、痩せこけたスラマがほとんど見えなかった。しかし門が背後で閉ざされたとき、あまりにも馴染み深いものになっている、あの血も凍るような含み笑いが聞こえ、スラマがそこにいることを知った――ジョージーナはスラマを兄の悪霊と呼んでいた。ドールトンはしっかりした足取りで歩きながら、これからは目を光らせ、何か問題があるようなら、すぐに行動する決心をつけた。

III

一方、サン・フランシスコは、伝染病が誰もの口にのぼり、反クラランダンの世情で沸き返っていた。実際には刑務所の外部で発症した患者はきわめて少なく、衛生知識が欠如してあらゆる病を招いている、低級なメキシコ人地区にほぼ限定されていたが、政治家や大衆がクラランダンの敵たちのおこなう非難を確認するにはそれだけで十分だった。ドールトンがクラランダンを擁護する態度を断固としてかえないことを知ると、不平家や医学の独断論者や下っ端政治家たちは、その注意を州法の制定に向けた。クラランダンに反感をもつ者や知事の古くからの敵を抜け目なく結集し、新法制定の準備を着々と進め——拒否権を覆(くつがえ)す過半数を擁して——施設の人事に関する些細な任命権を、知事からさまざまな関係部局や委員会に移すことを目論んだのである。

これを推進するにあたって最も積極的に働きかけたのは、クラランダンの筆頭補佐のジョーンズ医師だった。最初から上司を嫉妬していたジョーンズ医師は、事態を自分の気に入るようにかえられる好機と見て、刑務所の理事会の議長との関係——実際のところ目下の地位はそのおかげであること――を運命に感謝した。新しい法律が可決されれば、クラランダンが免職されて、ジョーンズが任命されるのは確実だった。こうしてジョーンズは自らの利益を心に留め、懸命に画策したのである。ジョーンズはクラランダンと正反対の人物だった――天性の政治家にして、おべっか使いの日和見主義者で、おのれの立身栄達を第一に考え、科学への奉仕は二の次だった。経済的に貧しく、給料のよい地位を求めてやまず、自分が取って代わろうとしている富裕で自立した碩学とは正反対だった。こうして卑劣な狡猾さと執拗さで、目の上の瘤(こぶ)にあたる偉大な生物学者の足をすくうために奮闘しつづけ、ある日新しい法律が可決されたという知らせによって報われた。それ以来、知事は州の施設の任命権を失い、サン・クェンティンの医学部長の任命は刑務所の理事会の裁量に任されることになった。

　この新法の制定にかかわる騒ぎについて、クラランダンはまったく眼中になかった。職務と調査に没頭して、傍(かたわ)らにいる「卑劣なジョーンズ」の裏切りにも気づかず、刑務所長の執務室での噂も知らなかった。新聞は一度も読んだことがなく、ドールトンを家に来させないようにしたことで、外の世界との最後の繋がりを断ち切ってしまった。隠者の天真爛漫さでもって、自分の地位が不安定なものであるとは思いもしなかった。ドールトンの誠実さと、株式取引でドールトンの父を破滅させて死に追いやった老クラランダンとのやりとりで示した、最大の悪行をさえ赦すドールトンの度量の広さを思えば、州知事によって罷免(ひめん)される可能性はもちろん問題外だった。クラランダンは政治に無知なことから、罷免の問題を左右する権力が急に変化するとは予想もできなかった。そのためドールトンがサクラメントウに向かったときには、ただ笑みを浮かべただけで、サン・クェンティンでの自分の地位や自宅での妹の立場が乱されることはないと確信した。自分が求めるものを得ることに慣れていて、幸運がなおも続くと思いこんでいたのである。

三月の第一週、新法が施行された翌日かその翌日に、刑務所の理事会の議長がサン・クェンティンを訪れた。クラランダンは不在だったが、ジョーンズ医師が喜んでこの威厳ある訪問客――偶然にも伯父――を案内して、新聞やパニックによってあまりにも有名になった熱病の病棟も含め、刑務所の診療施設を見せてまわった。ジョーンズはこのときまでに、熱病は感染しないというクラランダンの信念に不本意ながら与(くみ)していたので、不安がることは何もないといって、にこやかな態度で伯父を安心させ、患者をよく調べるように元気づけた――そして以前は大柄で元気溌溂(はつらつ)としていながら、ぞっとするほど痩せこけた患者をよく見てほしいといって、クラランダンが適切な治療をしようとしないので、ゆっくりと苦痛に苛(さいな)まれながら死にかけているのだとほのめかした。

「つまりこういうことかね」議長がいった。「クラランダン博士は患者の生命を救えることがわかっているのに、必要なものを与えるのを拒んでいるのか」

「その通りです」ジョーンズ医師がそういったとき、ドアが開いて、クラランダン本人が入ってきた。クラランダンはジョーンズに冷ややかにうなづき、誰なのか知らない訪問客を不満そうに見た。

「ジョーンズ君、この患者が面会謝絶になっていることくらい知っているだろう。特別な許可がないかぎり、訪問客は認められないといっておいたはずだぞ」

しかし甥が紹介する前に、議長が口をはさんだ。

「失礼だが、クラランダン博士、あなたはこの患者を救うかもしれない薬を与えるのを拒んでいるのかね」

クラランダンが冷ややかに睨みつけ、声に険しさをこめていった。

「お門違いの質問ですね。ここで権限があるのはぼくであって、訪問は許可しません。どうかすぐにお引き取りください」

議長は劇的な効果をあげたい衝動に駆られ、必要以上に尊大かつ横柄にいった。

「とんだ思いちがいだな。ここで権限があるのは、わしであって、君ではない。君の前にいるこのわしは、刑務所の理事会の議長だ。さらにいわなければならんが、君のやりかたは囚人の福祉への脅威と考えられるので、辞職を求めなければならん。これからはジョーンズ医師が責任者になる。正式な辞令が出るまで留まりたいのであれば、ジョーンズ医師の命令に従いたまえ」

ウィルフリド・ジョーンズの大いなるひとときだった。人生でこのような絶頂を迎えたことはなく、われわれがこれを奪う必要はない。ともかく悪人というよりは狭量な男であって、さもしい人間特有のやりかたで私利を計っていただけである。クラランダンはじっと立ちつくして、狂人でも見るかのように議長を睨みつけたが、ジョーンズ医師の目に勝ち誇った色を見出すや、何か重要なことが起こっているのだと確信した。冷ややかながらも礼儀正しくいった。

「あなたはおっしゃるとおりの人物であるようですね。しかし幸いにもぼくの任命は州知事のおこなったことですから、罷免がおこなえるのは知事だけです」

議長と甥は当惑して見つめ合った。クラランダンの世間知らずがどれほどのものかを知らなかったのである。やがて議長が状況を掌握して説明をした。

「最近の報道が君を不当に扱っているのは知っている」議長はいった。「延期するつもりでいたが、この哀れな患者と君の傲慢な態度を見て、もはや選択の余地はない。実際のところ……」

しかしクラランダン医師が新たな剃刀のような鋭さを声にこめていった。

「実際のところ、いまはぼくが責任者ですから、即刻立ち去るよう願います」

議長が顔を真っ赤にして怒りを爆発させた。

「おい、誰にいっているのかわかっているのか。君をここから放り出させてやる……何と無礼なことを」

しかしそれだけいう時間しかなかった。ほっそりした科学者は侮辱されたことでにわかに憎しみを煮えたぎらせ、思いもよらない尋常ならざる力で両の拳を突き出した。力が尋常ならざるものだとしたら、正確さも並外れたものだった。リングのチャンピオンであれ、ここまで正確にパンチを繰り出せないだろう。二人とも——議長も甥も——まともに殴りつけられた。一人は顔面を殴られ、もう一人は顎の先端を殴られた。二人は倒木のように倒れこみ、意識を失って、床に微動もせずに横たわった。クラランダンは自分を取り戻すと、帽子とステッキを手にして、スラマのいる大型ボートに向かった。動きだしたボートに腰をおろしてようやく、自分を囚（とら）えていた凄まじい怒りを最後に言葉で発散した。顔の筋肉を痙攣（けいれん）させ、星や星の彼方の深淵から呪いが降りくだるように求めたので、スラマさえもが震えあがり、歴史書にも記録されていない古（いにしえ）の印を結んで、含み笑いすることも忘れはてた。

IV

ジョージーナが傷ついた兄を精一杯宥（なだ）めた。クラランダンは心身ともに消耗して帰宅し、書斎の長椅子に身を投げ出した。その薄暗い部屋で、忠実な妹はほとんど信じられない知らせを少しずつ耳にした。ジョージーナはすぐにやさしく慰め、兄が知らずにいたとはいえ、攻撃や迫害や罷免のすべてが、兄がどれほど偉大であるかを証すものであることをわからせた。クラランダンは妹の言葉に無関心を装おうとしたが、個人の尊厳だけがかかわっていたなら、うまくおこなえていただろう。しかし科学者としての機会が失われることは、穏やかに堪えられることではなく、何度も溜息をついて、刑務所であと三ヵ月研究を続けられるなら、探し求めて久しい病原菌が得られて、すべての熱病を過去のものにできるのだといった。

やがてジョージーナが別のやりかたで元気づけようとして、熱病の勢いが衰えることがなかったり、力を増して広まったりすれば、理事会がまた呼んでくれるだろうと告げた。しかしこれさえも徒労に終わり、クラランダンは苦にがしい皮肉まじりのほとんど無意味な言葉を列ねるばかりで、その口調はどれほど絶望と憤りに苛まれているかを赤裸々に示していた。

「衰えるのか。また流行するのか。ああ、衰えるだろうよ。少なくとも連中はそう思っている。何が起ころうが、好きなように考えるのさ。無知の目は何も見ないし、不器用な者は決して発見者にはならない。科学はそういう手合に顔を見せることはないんだ。そして連中は自分たちを医者だと呼んでいる。よりにもよって、愚かなジョーンズが責任者だなんて、お笑い種だ」

クラランダンは嘲って言葉を切ると、ヒステリックに笑いたてて、ジョージーナをぞっとさせた。

クラランダン邸でのそれからの日々はまさしく陰鬱なものだった。和らぐことのない純然たる憂鬱が、クラランダンの普段は疲れを知らない心を囚えていた。ジョージーナが食べさせようとしなければ、食事を取るのも拒んでいただろう。研究記録は開かれもせずに書斎のテーブルに置かれ、熱病のための血清を入れた小さな金色の注射器——自給式の容器が備わり、太い指輪が取り付けられ、ただ一度押すだけでよいようにされている、クラランダンがつくった創意に富んだ器具——は、小さな革のケースに収まったまま、研究記録のそばに投げ出されていた。精力、大望、研究や観察の熱意は、クラランダンの内部で消えてしまったようだった。そして何百もの培養菌が整然とガラス容器に並んで、注意を向けられるのを待っているというのに、診療施設のことをたずねもしなかった。

実験のために飼われているおびただしい動物が、たっぷり餌を与えられ、初春の日差しのなかで元気よく跳ねまわっていた。ジョージーナは薔薇の絡む四阿を抜けて檻の方に歩いていたとき、妙にしっくりしない幸福感をおぼえた。しかしそれがいかに儚いものであるかを知っていた。新しい仕事がはじまれば、ここにいる小さな動物はすべて、いたしかたなく科学の犠牲になるからである。これがわかっているので、兄が何もせずにいることにある種の償いの要素を見て、休養が必要だから、たっぷり体を休めるようにと励ました。八人のチベット人が無言で働いていて、誰もがいつものように非の打ちどころのないほど有能だった。ジョージーナは家の主人が休養していることで、家のことがおろそかにされないようにした。

クラランダンは部屋着をまとってスリッパをはき、研究や野心を投げ出して、ジョージーナから幼児のように扱われるのに満足していた。ジョージーナが母のように小うるさく世話を焼くと、ゆっくり悲しげな笑みを浮かべ、あれやこれやの命令や小言におとなしく従った。ある種の満ち足りてはいないほのかな幸福のようなものが、活気のないクラランダン邸を包みこみ、そのなかで不協和音を立てているのはスラマだけだった。スラマはまったく惨めなありさまで、ジョージーナの晴れやかな顔をむっつり恨みがましく見ることがよくあった。スラマの喜びは実験の騒ぎだけでしかなく、運命の定まった動物を摑み、鉤爪を押さえこんで診療施設に運びこんで、動物が目を大きく開き、目の縁を赤くして、泡を吹く口から膨れあがった舌をだらりと垂らし、次第に最終的な昏睡状態に落ちこんでいくのを、考え深げに眺めながら不快な含み笑いをするのだが、そうすることもできなくなったことを嘆いていた。

　いまやスラマといえば、檻のなかでくつろいでいる動物を見て絶望に駆られているようで、クラランダンのいるところにやってきては、何か指示はないかとたずねることが多くなった。クラランダンが感情をあらわすこともせず、仕事をはじめるつもりもないことを知ると、ぶつぶつ呟きながら、目に入るものをすべて睨みつけながら引きあげるのだった。猫のようなひっそりした足取りで地下の自分の部屋に戻るが、ここではスラマの声が、冒瀆的な異様さと不快なまでに儀式めいたものを思わせる、低い押し殺したリズムで高まることがあった。

　ジョージーナはこうしたことのすべてに神経を磨りへらしていたが、兄の打ちつづく無気力に最も胸を痛めていた。兄の無気力が長ながと続くことを不安に思うあまり、スラマを憤慨させていたジョージーナの快活さも、少しずつ失われていった。ジョージーナも医学の心得があるので、兄のありさまが精神病医の見地からきわめて不満足なものであることがわかった。以前に熱狂的な意気込みと働きすぎを心配したように、何の関心もなく無気力に陥っていることを心配するようになった。長引く憂鬱がかつての聡明な知識人を退屈な愚か者にかえようとしているのかと思った。

やがて五月も押し迫った頃、急な変化が起こった。ジョージーナはこれにかかわる最も些細なことの細部までよくおぼえている。前日にアルジェの消印のある小包がスラマに届き、ひどく不快な臭いがしたことや、スラマが地下室のドアを施錠して、朗々とした低い声でいつもよりも強く儀式の言葉を唱えた夜に、カリフォルニアではきわめて稀れな激しい雷雨が急に起こったといったことである。

よく晴れた日で、ジョージーナは食堂に飾るために庭で花を摘んでいた。家に戻って、書斎にいる兄をちらっと見ると、きちんと服を着てテーブルにつき、分厚い観察記録に目を通したり、力強くてきぱきとペンで書きこんだりしていた。クラランダンは動作が素早く元気があって、ページをめくったり、大きなテーブルの奥にある本に手を伸ばしたりする動きには、確かな快活さがあった。ジョージーナは嬉しく思い、安堵して、花を食堂にもっていったが、また書斎に行ってみると、兄の姿はなかった。

もちろん診療施設で仕事をしているはずなので、かつての精神状態と目的意識が甦ったと思って喜んだ。兄を待って昼食を遅らせても無駄だとわかり、独りで食事をして、兄が思いがけないときに戻ってくる場合に備え、兄の食事を冷めないようにしておいた。しかしクラランダンは戻ってこなかった。失った時間の埋め合わせをしているらしく、ジョージーナが薔薇の絡む四阿を抜けて散歩をしたときも、大きな木造の堅固な診療施設にいた。

ジョージーナは芳しい花のなかを歩いているとき、スラマが検査のために動物を捕えるのを見た。目にするだけでぞくっとするので、スラマに気づかなければよかったのにと思ったが、スラマのこととなると、不安のあまり、目や耳が鋭くなるのだった。スラマは庭にいるときに帽子をかぶらないので、頭にまったく毛がないことで、骸骨のような見かけが恐ろしく強調されていた。そしてスラマが塀沿いの檻から小さな猿を一匹取り出して、骨張った長い指を毛深い脇腹に残酷なまでに強く押しつけ、猿が怯えた苦悶の声をあげると、かすかな含み笑いが聞こえた。ジョージーナは目にしたものに吐き気を感じて立ちつくした。この恐ろしい男が兄を支配していることを知って、心の底から反感をおぼえ、兄とスラマが主人と従者の立場をほとんどかえてしまったことを苦にがしく思いだした。

クラランダンが家に戻らないまま夜になり、ジョージーナは兄がきわめて長い実験に没頭して、時間のことも忘れ去っているのだと結論づけた。突然の回復について兄と話しもせずに休みたくなかったが、結局、待っていても仕方ないと思い、気分を引きたてるようなメモを書いて、書斎のテーブルの椅子の前に置き、堅い決意でベッドに向かった。

まだ眠りこんでいないときに、玄関のドアが開いて閉まる音を聞きつけた。すると徹夜の作業ではなかったのだ。兄が休む前に食事をさせたく、ベッドから身を起こすと、ローブをまとい、書斎へとおりていったが、半ば開いたドアの向こうから声が聞こえて立ち止った。クラランダンとスラマがしゃべっていて、ジョージーナはスラマが立ち去るまで待つことにした。

しかしながらスラマが引きあげそうな気配もなく、事実、興奮したやりとり全体から、二人が議論に没頭して、長ながと続きそうなことが窺えた。ジョージーナは立ち聞きするつもりはなかったが、ときおり言葉が切れぎれに耳に入り、よくわからないながらも、まもなく不気味な暗流を意識して、ひどく恐ろしくなった。神経を張り詰めて甲高い兄の声が、心騒がされるほど執拗にジョージーナの注意を捉えた。

「しかしとにかく」クラランダンがしゃべっていた。「もう動物の数も十分ではないし、すぐにかなりの数を得るのが困難なことはわかっているだろう。少し用心すれば、人間の標本が得られるんだから、つまらないことに努力をかたむけるのは莫迦げているぞ」

ジョージーナは意味するところを知って胸がむかつき、廊下の手摺を摑んで体を支えた。スラマが千もの時代と千もの星の邪悪をたたえているような、あの低い虚ろな声で応えた。

「落ちつくのだ――そのように性急になって焦れるのは、子供みたいだぞ。あれこれせがみすぎだ。わたしのように生きていたら、一生がほんの一時間のように思えて、一日や一週間や一ト月のことで苛立ったりはしないだろうがな。おまえは急ぎすぎている。良識のあるペースでおこなえば、檻のなかには一週間分の標本があるではないか。度を過ぎないようにするなら、古いものからはじめてもよいのだぞ」

「急いでもよいだろう」返答が鋭く口にされた。「ぼくにはぼくのやりかたがある。そうせざるをえないとしても、あの素材は使いたくない。あのままで気に入っているからな。ともかくあなたは気をつけるべきだ——狡猾な犬どもがナイフをもっていることを知っているだろう」

スラマが低い含み笑いをした。

「そんなことは気にしなくてよい。畜生も食うからな。まあ、必要なときには、いつでも一人手に入れてやる。しかしペースを落とすのだ——少年が亡くなって、あと八人しかいないし、サン・クェンティンを失ったのだから、新しいものを十把一からげに手に入れることはできん。ツァンポからはじめるべきだな——あれは役に立たんし……」

しかしジョージーナが耳にしたのはそれだけだった。このやりとりによって掻き立てられたさまざまな考えの恐ろしさに立ち竦み、その場に蹲りそうになったので、足を引きずりながらようやく階段を登って自分の部屋に戻った。邪悪な恐ろしいスラマはいったい何をたくらんでいるのか。あの謎めいたやりとりの背後にはどんな恐ろしい状況があるのか。闇と脅威の千もの亡霊が目の前で踊っているようで、眠れるとは思えないままベッドに横たわった。一つの考えが他を圧してぞっとするほどはっきりと浮かびあがり、それが新たな力で脳裡に鮮明に描かれると、ほとんど悲鳴をあげそうになった。やがてジョージーナが思っていたよりも慈悲深い自然がついに介在した。ジョージーナは意識を失って目を閉ざし、朝まで目を覚ますこともなければ、立ち聞きした言葉がもたらした持続する悪夢に新たな悪夢が加わることもなかった。

朝の日差しとともに、緊張が和らいだ。疲れている夜に起こることは、歪んだ形で意識に伝わることがよくあるので、ジョージーナは医学にかかわるありふれた会話の断片に、自分の脳が異様な色づけをしたにちがいないとわかった。兄――心やさしいフランシス・スカイラー・クラランダンの一人息子――が科学の名のもとに残酷な犠牲の罪を犯していると考えるのは、自分たちに流れる血に対する不当な行為であり、ジョージーナは莫迦げた考えをアルフリドに冷やかされないよう、昨夜耳にしたことは忘れることにした。

朝食のテーブルにつくと、クラランダンが既に食べおえていることがわかり、この二日目の朝も、兄が活動するようになったお祝いを口にする機会がないことを残念に思った。石のように黙りこくるメキシコ人の料理人、マルガリータに給仕され、ひっそりと朝食を取ると、朝刊を読んでから、広い庭に面する居間の窓辺で針仕事をすることにした。外は静まり返っていて、最後の動物の檻が空になっているのを見ることができた。科学に力が尽され、かつてかわいい元気な小動物だったものたちの名残は、いまや石灰坑に葬られている。ジョージーナはこの虐殺を常に嘆いたが、すべては人類のためだとわかっているので、文句をいったりはしなかった。科学者の妹であることは、祖国の人間を守るために敵を殺す兵士の妹のようなものだ。ジョージーナはそう自分にいい聞かせたものだった。

昼食を終え、また窓辺の席について、編み物に没頭していたとき、庭から銃声が聞こえた。驚いて外を見ると、診療施設からそう遠くないところに、幽霊じみたスラマの姿が見え、手には回転拳銃があって、髑髏(どくろ)のような顔が歪んで妙な表情を浮かべ、あの含み笑いをしていた。

スラマの前には、黒い絹の僧服をまとい、チベットのナイフを摑んで蹲る男がいた。ジョージーナは萎びた顔を見て、召使いのツァンポだと知ると、昨夜耳にしたことを恐ろしくも思いだした。陽光が研ぎ澄まされた刃に閃いたとたん、急にスラマの拳銃がふたたび火を吹いた。今度は蒙古人種の手からナイフが飛び、ぶるぶる震えて困惑している犠牲者に、スラマが貪欲な目を向けた。

するとツァンポが傷ついていない手と落ちたナイフに素早く目をやって、ひっそりと近づいてくるスラマから敏捷にとびさがり、家に向かって走りだした。しかしながらスラマはツァンポよりも速く、ひととびで追いつくと、肩を摑んで押さえこんだ。一瞬、チベット人はもがこうとしたが、スラマが襟首を摑んで動物のようにかかえあげ、診療施設の方に運んでいった。ジョージーナはスラマが含み笑いをしながら、自国語で犠牲者を嘲るのを聞き、犠牲者の黄色い顔が恐怖のあまり歪んで震えるのを見た。突然、何が起こっているかが不本意ながらもわかり、このうえもない恐怖に襲われて、この二十四時間で二度目の失神をした。

意識が回復すると、午後遅くの金色の光が部屋を照らしていた。ジョージーナは落としたバスケットや散らばったものを取りあげながらも、不安のあまり茫然としていたが、やがて自分を圧倒したものが悲しくも現実だと確信した。最悪の恐怖が恐ろしい真実だったのだ。どうすればよいのかは、自分の経験ではまるでわからず、兄があらわれないことをぼんやり嬉しく思った。兄と話さなければならないが、いまは無理だった。いまは誰とも話せない。そしてあの鉄棒のはまった診療施設の窓の背後で、恐ろしい出来事が起こっていることを考えて身を震わせながら、ベッドに潜りこんで、苦悩に満ちた眠れない夜を過ごした。

ジョージーナは翌日憔悴して目覚めると、回復して以来はじめて兄を目にした。兄は家と診療施設のあいだを元気よく行き来して、仕事以外のことにはまったく注意を払わなかった。胸が騒ぐ話を切り出す機会もなく、クラランダンは妹の窶(やつ)れた顔やためらいがちの態度に気づいてもいなかった。

夕方になると、ジョージーナは兄が書斎にいて、兄にあってはきわめて異常なやりかたでひとりごとを呟いているのを聞きつけ、兄が無気力から脱したことで、緊張が頂点に達したのかもしれないと思った。部屋に入ると、取り立てて何もいわずに兄を落ちつかせようと、気持を和らげるブイヨンのカップを差し出した。最後に何を悩んでいるのかとやさしくたずね、気の毒なチベット人に対するスラマの扱いに、怯えたり激怒したりしているといってくれることを期待しながら、不安そうに返事を待った。

返事をした兄の声には苛立ちがあった。

「何を悩んでいるかだと。おいおい、ジョージーナ、悩まずにはいられないだろう。動物の檻を見て、同じことをたずねなきゃならないかと確かめるんだな。何もないんだぞ——空っぽだ。いまいましい標本が一つもないんだからな。試験管で培養していた一番大事な培養菌を使う機会もないままにだ。何日もの作業が無駄になった——計画全体が遅れてしまう、気が狂いそうだよ。まともな被験者をかき集められないなら、どうなるんだ」

　ジョージーナは兄の額を撫でた。

「しばらく体を休めるべきよ、アル兄さん」

　クラランダンが身を離した。

「体を休める。それはいいな。本当にいい。この五十年か、百年か、千年か知らないが、ぼくが宙を見すえて、無為に過ごして、体を休める以外の何をしていたというんだ。暗雲をようやく払いのけたと思ったら、材料がなくなっている――そのあげく、涎を垂らす麻痺状態に戻れといわれるとはな。何てことだ。こんなあいだも、ずるく立ち回る泥棒がたぶんぼくのデータを使って、ぼくの研究でぼくに先んじようとしているんだ。ぼくは首の差で負ける――適当な標本をもつどこかの莫迦が、そこそこの施設であろうと、もう一週間もすれば、ものの見事にぼくを出し抜いて、勝利を収めるんだ」

　クラランダンの声が不満そうに高まり、精神的緊張がこもっているのを、ジョージーナは気に入らなかった。ジョージーナはやさしく応えたが、精神病患者を宥めるようなやさしさではなかった。

「でも、兄さんは心配や緊張でまいっているんだから、死んでしまったら、お仕事もできないでしょう」

　クラランダンがほとんど冷笑に近い笑みを浮かべた。

「一週間や一ト月――ぼくに必要な時間――では、くたばりはしないし、ぼくやほかの誰かが最後にどうなろうがたいしたことじゃない。科学に力を尽さなくてはならないんだ――科学こそが人間の知識の厳粛な動因なんだからな。ぼくは自分が使う猿や鳥やモルモットのようなものだ――全体を動かすために使われる歯車の歯にすぎない。実験動物は殺さなければならなかった――ぼくだってそうだ。それがどうだというんだ。ぼくたちが力を尽す大義はそれ以上の価値があるんじゃないのか」

ジョージーナは溜息をついた。束の間、ともかくこの絶え間ない虐殺が価値あるものだったのかと思った。

「でも、ああいう犠牲が正当化されるほど、兄さんの発見が人類に恩恵をもたらすと、絶対確信をもっていいきれるの」

クラランダンの目が危険なほどきらめいた。

「人類だと。人類とは何なんだ。科学がすべてだよ。人類は愚か者の集まりだ。個人が集まったものにすぎない。人類とは説教師のためにつくられた言葉で、軽がるしく信じやすい者を意味するんだ。搾取を目的とする金持にとっては、ドルやセントで語られる。政治家にとっては、自分の利益になるように使われる集合的な力を意味する。人類とは何だ。無だ。粗野な幻想が長続きしないことを感謝しよう。成人が崇拝するのは真実だ――知識、科学、帳を引き裂いて影を追い払う光だ。知識は残酷な犠牲を強いるものだぞ。ぼくたち自身の儀式のなかに死がある。ぼくたちは、殺し、解剖し、破壊しなければならない――すべては発見のためだ。言語に絶する光の崇拝だよ。女神たる科学がそれを求める。殺すことによって、疑わしい毒を試すんだからな。ほかにやりかたがあるか。自分のことなんか考えない――知識がすべてだ。作用を知らせなければならない」

クラランダンの声が一時的に疲れたかのように小さくなって消え、ジョージーナはかすかに身を震わせた。

「でも、こわいわ、アル。そんなふうに考えてはいけないのよ」

クラランダンが嘲るように笑い、妹の心に妙な不快な連想を掻き立てた。

「こわいだと。ぼくのいっていることがこわいと思うのか。スラマの話を聞いてみるんだな。いっておくが、ほのめかしを聞いただけでも、恐ろしさのあまり死んでしまうようなことを、アトランティスの神官は知っていたんだぞ。ぼくたちの特別な祖先が発話もできない類人として、アジアでよろめきながら歩いていた、十万年前の知識だ。ホガール地域ではその一部が知られている――チベットの遙かな高地にはさまざまな噂があるんだ。ぼくは一度中国で、老人がヨグ＝ソトースに呼びかけているのを聞いたことがある……」

クラランダンが顔を青ざめ、人差指を伸ばして、宙に奇妙な印を描いた。ジョージーナは本当に驚いたが、クラランダンのしゃべりかたが以前ほど異様なものではなくなったので、少し気持を和らげた。

「ああ、恐ろしいかもしれないが、素晴しいことでもあるんだ。知識の追求のことだよ。確かに科学にくだらない感情はかかわっていない。自然は——不断に冷酷に——殺し、莫迦だけが闘争に震えあがるんじゃないのか。殺すことは必要なんだ。それが科学の栄光だ。ぼくたちはそれから学ぶことがあるし、感情に駆られて学習を犠牲にすることなんかできない。感情に駆られる者が種痘に対してどう吠えたてたんだ。種痘で子供が殺されるかもしれないと恐れたんだぞ。そうなら、どうなったかな。ほかにどうやって病の法則を見つけるんだ。君は科学者の妹として、感情のことをとやかくいうよりも、もっとよく知るべきだ。ぼくの仕事の邪魔をするかわりに、協力すべきなんだ」

「でも、アル」ジョージーナは抗議した。「兄さんのお仕事の邪魔をするつもりなんてこれっぽっちもないわ。いつもできるかぎり手伝おうとしているじゃない。わたくしは無知で、あまりよく手伝ってないんでしょうけど、少なくとも兄さんを誇らしく思っているし——わたくしだけじゃなく家族のためにもそうなんだけど——いつもやりやすいように努力しているつもりよ。そのことで、よく感謝してくれているじゃない」

クララングダンが鋭い目を向けた。

「ああ」クラランダンがすぐにそういって立ちあがり、部屋から出ていこうとした。「そうだな。君は最善と思うやりかたで手伝ってくれている。しかしもっと手伝えるかもしれないぞ」

ジョージーナはクラランダンが玄関のドアを開けて出ていくのを見て、あとを追って庭に出た。少し離れたところで、角灯が木々のあいだに輝いていて、そこに近づいていくと、スラマが地面に伸びている大きなものに屈みこんでいるのが見えた。先を進んでいるクラランダンが短く唸ったが、ジョージーナは何であるかを知ると、悲鳴をあげて走りだした。大型のセイント・バーナード犬のディックだった。目を赤くして、舌を出して、じっと横たわっていた。

「病気だわ、アル」ジョージーナは叫んだ。「何かしてやって、すぐに」

クラランダン医師が目を向けると、スラマがジョージーナにはわからない言語で何かいった。

「診療施設に連れていってくれ」クラランダンが命じた。「残念だが、ディックは熱病に冒されている」

スラマが前日の哀れなツァンポのように犬をかかえあげ、無言で木陰の散歩道に近い建物に運んだ。今回は含み笑いをせず、本当に心配しているような目つきでクラランダンを見た。ジョージーナにはスラマが医師にペットの助けを求めているように思えるほどだった。

しかしながらクラランダンはあとに続こうとはせず、しばらくその場に立ちつくしたあと、ゆっくり家の方にぶらぶら歩いていった。ジョージーナはそのような無情さに驚き、ディックのために熱く訴えつづけたが、まったく無駄だった。クラランダンは妹の訴えにまったく注意を払わず、まっすぐ書斎に行って、テーブルに伏せてあった古びた大冊を読みはじめた。ジョージーナが坐りこんだ兄の肩に手を置いても、顔を向けることも話しかけることもしなかった。クラランダンが読書を続けるだけなので、ジョージーナは肩ごしに興味深く見つめ、真鍮で表装がなされたこの大冊は不思議な文字で何が記されているのだろうかと思った。

ジョージーナは廊下の向こうの広びろとした居間に行き、闇のなかに独りで坐りこみ、十五分後に決心をつけた。何かがひどくおかしなことになっている——それが何で、どの程度のものかについては、考えをめぐらす勇気もなく、もっと強い力に助けてもらうべきだと思った。もちろんジェイムズでなければならない。ジェイムズは逞しくて有能で、思いやりと愛情からなすべきことがわかるはずだ。アルのことはよく知っているし、理解してもいる。

かなり遅くなっていたが、ジョージーナは行動に移る決心をつけていた。廊下の向こうでは、書斎からまだ光が漏れていて、ジョージーナは思い悩みながら戸口を見ると、帽子をかぶって家を離れた。陰鬱な屋敷と不気味な敷地の外に出ると、ジャクスン・ストリートまでは歩いてすぐに行け、幸運にも馬車を見つけて、ウェスタン・ユニオンの電報所に行った。サクラメントウにいるジェイムズ・ドールトンに宛てた電文を注意深く書き、みんなにとってとても重要なことなので、すぐにサン・フランシスコに来てほしいと頼んだ。

V

ドールトンはジョージーナからの急な電報に当惑した。アルフリドがドールトンを部外者だといいはなった二月の波瀾の夜以来、二人からは何の知らせもなく、ドールトンもアルフリドが略式解雇されてから、同情の言葉を伝えたいときでさえ、二人に連絡するのは極力控えていた。政治家たちの裏をかいて任命権を維持するための奮闘を続けたし、最近の仲違いにもかかわらず、なおも科学的能力の窮極の理想と思う人物が解雇されるのを見て、苦にがしくも気の毒に思ったのである。

それがいま、この明らかに怯えての呼び出しを前にして、何が起こっているのか想像もつかなかった。しかしジョージーナが逆上したり、無用の警告を発したりはしないとわかっているので、時間を無駄にすることなく、一時間の内に大陸横断道路を使ってサクラメントウを離れると、すぐにクラブに行って、ジョージーナにメッセンジャーを送り、街に戻ったから安心するようにと伝えさせた。

一方、クララングダンの屋敷では、クララングダンが黙りこくり、犬のありさまについてまったく何も語らないにもかかわらず、何らの動きもなかった。邪悪の影が遍在して濃くなりまさっているようだが、いまのところは小康状態だった。ジョージーナはドールトンの知らせを聞き、近くにいることを知って安堵し、必要になれば電話をすると伝えた。緊張が高まりゆくなか、それを相殺するかすかなものがあらわれているように思い、ひっそりとしなやかに動き、心騒がされる異様な外見をした、痩身のチベット人がいないせいだとわかった。チベット人が一人残らず消えていた。そして家のなかにただ一人残っている召使いのマルガリータによれば、チペット人たちは診療施設でクララングダンとスラマの手伝いをしているらしい。

翌朝――長く記憶される五月二十八日――は暗い荒れ模様の天気で、ジョージーナは危うい穏やかさが薄らいでいるのを感じた。兄を目にすることはなかったが、標本がないのを嘆いていたにもかかわらず、診療施設で何らかの作業に励んでいるのを知っていた。ジョージーナは気の毒なツァンポがどうしているのか、本当に重大な接種を受けたのだろうかと思ったが、ツァンポよりもディックに思いをめぐらしたことを記しておかなくてはならない。兄が妙に無情なほど無関心なので、忠実な犬にスラマが何かしてくれたのかどうかを知りたかった。ディックが発作を起こした夜に、スラマが心配そうにしていたことに、ジョージーナは強い印象を受け、忌み嫌うスラマにはじめてやさしい気持を抱いたようだ。いまや時間がたつにつれ、ジョージーナはディックのことをますます考えるようになり、家に横たわる恐怖全体の象徴的な要約のようなものをこのささやかな事実に見出して、ついには苦しめられる神経がもはや緊張に堪えられなくなった。

そのときまで、診療施設に近づいたり入ったりしないというアルフリドの尊大な願いを尊重していたが、この運命の午後が深まるにつれ、障壁を破るという決意が強まっていった。結局、決意も露(あらわ)な顔をして庭を進み、どうあっても犬がどんな様子なのかを確かめるか、兄が秘密にしているわけを突き止めるつもりで、禁断の建物の鍵の掛かっていない戸口に入りこんだ。

内側のドアはいつものように鍵が掛かっていた。ドアの向こうから、興奮した会話が聞こえた。ノックをしても返事がないので、ノブを摑んでできるだけ大きな音を立てたが、それでも口論はおさまらなかった。もちろんスラマと兄だった。そしてジョージーナがその場に立って注意を引こうとしていたとき、二人の会話が切れぎれに耳に入った。運命によって二度目の立ち聞きをすることになり、またしても耳にしたのは、精神の安定と神経の耐久力に極限まで負担をかけそうなものだった。アルフリドとスラマが語気を強めながら口論していて、二人のやりとりの内容といえば、荒誕きわまりない恐怖を生ぜしめ、深刻きわまりない不安を固めるものだった。ジョージーナは兄の声が熱っぽく張り詰め、危ういほど甲高くなっていくのを耳にして、ぞくっと身を震わせた。

「何ということだ――あなたともあろう人が、ぼくに敗北と節度を語るとはな。とにかく、これをはじめたのは誰なんだ。あなたの呪われた魔神や古の世界について、ぼくが何か知っていたとでもいうのか。ぼくがこれまでの人生で、星の彼方の忌わしい世界や這い寄る混沌のナイアーラトテップについて、思いをめぐらしたことがあったとでもいうのか。凶まがしいアトランティスの秘密とともに、あなたを愚かにも地下から引きずり出すまで、ぼくは普通の科学者だったんだぞ。あなたがけしかけたというのに、ぼくと袂(たもと)を分かちたがっているとはな。何もせずにぶらついて、外に出て材料を得ればいいものを、ペースを落とすようにいうとはな。ぼくがそういうものをどうしていいかも知らないことくらい、よくわかっているくせに。あなたは地球が造られる前から携わっていたにちがいないんだからな。忌わしい歩く死体のような、あなたがはじめたようなものだろう。それなのに、終えるつもりもなければ、終えることができないだなんて」

スラマの邪悪な含み笑いがした。

「おまえは狂っているぞ、クラランダン。だからこそ、わたしは三分でおまえを地獄に落とせるのに、おまえがわめき散らすのに耳をかたむけてやった。いいかげんにしろ。おまえはおまえの段階にある未熟者には十分な材料を得たのだぞ。ともかくわたしが得るもののすべてを手に入れただろう。おまえはいまや狂人にすぎない――取っておくこともできたのに、哀れな妹のペットをさえ犠牲にするとは、何と卑しい狂ったことか。いまのおまえはどんな生き物を見ても、あの黄金の注射器を使いたくなるのだからな。そうではないのか。ディックはメキシコ人の少年が行ったところ、ツァンポと七人のチベット人が行ったところ、あらゆる動物が行ったところに行かなければならなかった。何という弟子だ。おまえにはうんざりする――おまえは怖気づいてしまった。おまえは支配するためにはじめたのに、逆に支配されているではないか。わたしはおまえとは手を切るぞ、クラランダン。おまえには見どころがあると思ったが、そうではなかった。誰か別の者を試したほうがよい。残念だが、おまえは行かなければならない」

クラランダンの叫びたてた返答には恐怖と熱狂があった。

「用心しろよ……。あなたの力に対抗する力がある――ぼくは無駄に中国に行ったわけじゃない。アトランティスでは知られていなかったアルハザードの『アジフ』に記されていることがある。ぼくたちは危険なものに手を出したが、あなたはぼくの才覚を知り抜いていると考える必要はない。炎のネメシスのことはどうだ。ぼくはイエメンで、真紅の砂漠から生還した老人と話したことがある――老人は円柱都市イレムを目にして、ナグやイェブの地下聖堂で崇拝したんだ――イア、シュブ゠ニグラス」

クラランダンの金切り声にスラマの低い含み笑いが混じった。

「黙れ、愚か者。おまえのグロテスクなたわごとがわたしに何らかの力を振うとでも思っているのか。言葉や呪文――それらの背後にある実体を有する者に、言葉や呪文が何を意味するというのだ。わたしたちはいま物質の領域にいるのだから、物質の法則に従う。おまえには熱病があり、わたしには拳銃がある。おまえは標本を得られず、わたしはこの拳銃でおまえを食い止めるかぎり、熱病には罹らない」

ジョージーナに聞こえたのはそれだけだった。ジョージーナは目が眩む思いがして、よろよろと外に出ると、荒れ模様の外気を吸って一息入れた。危機がついに訪れ、兄を狂気と神秘の未知なる深淵から救うには、すぐに助けが必要なことがわかった。余力を奮い起こし、どうにか家に戻ると、書斎に行って急いでメモを書き、マルガリータを呼んで、ジェイムズ・ドールトンに届けるようにいった。

マルガリータが出かけると、どうにか残っている力で書斎を横切り、ほとんど人事不省のありさまで弱よわしく長椅子に身を沈めた。何年とも思えるあいだ横たわり、広びろとした陰気な部屋の下の隅から黄昏（たそがれ）が忍び寄ることだけを意識するなか、苦しめられて打ち拉（ひし）がれる脳に、幻影のような半ば形をなす華やかさで去来する、おびただしい朦朧（もうろう）とした恐怖の影に悩まされた。暮色が濃くなり、闇が垂れこめても、なおも苦しみが続いた。やがてしっかりした足音が廊下に響き、誰かが部屋に入ってきて、安全マッチを擦る音が聞こえた。シャンデリアの火口（ほくち）が一つまたひとつと燃えあがっていったとき、ジョージーナは心臓が止まりそうになったが、やがてやってきたのが兄だとわかった。兄がまだ生きているのを知って心の底から安堵し、深い震える吐息を長くついたあと、ついにありがたい忘却に沈みこんだ。

　クラランダンはその吐息を聞きつけ、驚いて長椅子の方に顔を向け、青ざめた妹が意識を失って横たわっているのを見て、いいようもないショックを受けた。妹の顔が死顔のように見えることに愕然として、すぐに傍らに膝をつき、妹の死が自分にとって何を意味するかを卒然と悟った。絶え間ない真実の探究を続ける内に診療をしなくなって久しく、医者の応急手当の直観を失ってしまい、不安と悲痛をつのらせながら、妹の名前を呼んで手をこすって温めることしかできなかった。やがて水を使えばよいと思い、水差しを求めて食堂に駆けていった。ぼんやりとした恐怖をたたえているような闇のなかでよろめき、探しているものを見つけるのに手間取ったが、ようやく震える手で掴むと、急いでジョージーナのもとに戻り、顔に冷たい水をかけた。ぞんざいなやりかただが、効果的だった。ジョージーナが身じろぎして、また溜息をつき、ようやく目を開けた。

「生きているんだ」クラランダンがそう叫び、頬を合わせると、ジョージーナが母のように兄の頭を撫でた。ジョージーナは失神したことを嬉しく思うほどだった。このおかげで、異様なアルフリドが追い払われ、兄が戻ってきたからである。ジョージーナはゆっくり身を起こし、兄を安心させようとした。

「大丈夫よ、アル。水をちょうだい。こんなふうに水を無駄にするのはいけないわ――腰まで濡れたじゃない。妹がうたたねをしていたら、いつもこんなふうにするつもりなの。わたくしが病気になるなんて考えなくていいわよ。わたくしはそんな莫迦な真似をする暇なんかないもの」

アルフリドの目を見ると、ジョージーナの冷静で良識のある言葉が功を奏したことを示していた。兄のパニックがたちまちおさまり、抜け目ない表情がぼんやりと顔にあらわれて、何か素晴しい可能性に思いあたったかのようだった。ジョージーナは兄の顔に狡猾さと打算が波のように束の間あらわれるのを見て、安心してよいものかどうか確信がもてなくなり、兄がしゃべりだす前に、よくわからないもののせいで身が震えた。医学に関する鋭い直観から、兄の束の間の正気が消えて、兄がまたしても科学研究の抑制のない熱狂者になったように思えた。ジョージーナがさりげなく元気だといったとき、兄が素早く目を細めたことには、どことなく病的なものがあった。兄はいったい何を考えているのか。実験の熱意はどれほど異常な程度まで押しやれるものなのか。ジョージーナの純粋な血と完全無欠の組織の状態に、いったいどんな特別な意味があるというのか。しかしながらこうした不安のどれ一つとして、ジョージーナを一瞬として悩ませることはなく、兄のしっかりした指で脈を取られているあいだ、ジョージーナはまったく疑いも抱かず、ごく自然にしていた。

「少し熱があるな、ジョージー」クラランダンが抑制された声ではっきりそういって、ジョージーナの目を医者として見つめた。

「莫迦なことをいわないで。わたくしなら大丈夫よ」ジョージーナはいった。「兄さんは発見したことをひけらかすために、熱病患者を待ちかまえているみたいよ。でも、自分の妹を治療することで、決定的な証明ができるなら、詩に謳(うた)われるようになるでしょうね」

クラランダンは疾(やま)しさからひどく驚いた。願っていることを気づかれたのかと思った。何か口をすべらせてしまったのか。妹をしげしげと見て、薄うす勘づいてもいないことを知った。ジョージーナがやさしく兄を見つめ、長椅子のそばに立った兄の手を軽く叩いた。クラランダンはヴェストのポケットから長方形の革の小型ケースを取り出し、小さな金色の注射器を手にすると、考え深げに弄(もてあそ)びはじめ、空のシリンダーにピストンを押したり引いたりした。

「どうなんだろうな」穏やかなもったいぶった口調でいった。「必要があれば、君は本当に喜んで科学に——そんなふうに——力を尽してくれるのかな。ぼくの仕事の絶対的な完成と完了を意味していることがわかれば、エフタの娘のように、医学の大義に身を捧げてくれるんだろうか」

ジョージーナは兄の目に奇妙な歴然たるきらめきを見て、最悪の恐怖が本当であることをついに知った。万難を排して兄をおとなしくさせ、マルガリータがジェイムズ・ドールトンをクラブで見つけていることを祈るしかなかった。

「疲れているみたいよ、アル兄さん」ジョージーナはやさしくいった。「兄さんには睡眠が必要だから、ちょっとモルヒネを打って、少し眠ったらいいじゃない」

クラランダンが賢しらに注意深く答えた。

「ああ、そうだな。ぼくは疲れきっているし、君もそうだ。二人ともぐっすり眠る必要がある。モルヒネはいいな——注射器に入れてくるから、待っていてくれ。二人ともモルヒネを打とう」

クラランダンがあいかわらず注射器を弄びながら、ひっそりと部屋から出ていった。ジョージーナは絶望のあまり当てもなくあたりに目をやり、助けが来た気配はないかと耳をすました。マルガリータが地下のキッチンにいるのを聞いたように思い、伝言がどうなったかを知ろうとして、ベルを鳴らすために立ちあがった。老いた召使いがすぐにあらわれ、何時間も前に伝言をクラブに届けたといった。ドールトン知事はいなかったが、あらわれしだい伝言を手渡すと受付係が約束したという。

マルガリータがよたよたと階段をおりていったが、クラランダンはまだあらわれなかった。

いったい何をしているのか。何をたくらんでいるのか。ジョージーナは玄関のドアが閉まる音を聞いていたので、診療施設に行ったにちがいないと思った。ぐらつく狂気の心で最初の意図を忘れてしまったのか。緊張が堪えられないほど高まると、ジョージーナは悲鳴をあげないように歯を食いしばった。

家と診療施設の両方で門のベルが鳴ったことで、ようやく緊張が破れた。スラマが診療施設から出て門の方に歩いていく、猫のような足音が聞こえた。そして不気味な従者と話すドールトンの馴染み深いしっかりした声が聞こえると、ジョージーナはほとんどヒステリックな安堵の吐息を漏らした。ドールトンが書斎の戸口にあらわれると、出迎えるために立ちあがり、ふらつきながら近づいていった。束の間、何の言葉も交されないまま、ドールトンが優雅な古めかしいやりかたでジョージーナの手に口づけをした。やがてジョージーナは口早に説明をはじめ、これまでに起こったことや、見聞きしたこと、恐れていることや疑っていることを、洗いざらい話した。

ドールトンは重おもしく耳をかたむけ、事情を理解していく内に、最初の当惑が次第に、驚き、同情、決意にかわっていった。軽率な受付係が預かった伝言は手渡されるのが少し遅れ、クラブの社交室でクラランダンについて興奮した議論がおこなわれているときにふさわしくも届けられた。クラブの会員のマクニール博士が持参した科学誌には、献身的な科学者を困らせるためにうまく書きあげられた論文が掲載されていて、ドールトンがあとで読むために貸してほしいといったときに、伝言がようやく手渡されたのだった。ドールトンはマクニール博士にアルフリドのことを詳しく話そうかと思っていたが、その考えを振り捨てて、すぐに帽子とステッキを求め、直ちにタクシーに乗ってクラランダン邸に向かった。

スラマはドールトンだと知って驚いたようだが、また診療施設の方に戻っていくときには、いつものように含み笑いをしていた。ドールトンはこの不吉な夜のスラマの歩き方と含み笑いをその後もよく思いだした。二度とスラマを目にすることがなかったからである。スラマの含み笑いが診療施設のなかに入ると、喉にかかった低い笑い声に、遠くの地平線を騒がす低い雷鳴が混じったように思えた。

ドールトンはジョージーナが話さなければならないことを聞きおえ、アルフリドが催眠効果のあるモルヒネをもっていまにも戻ってくることを知ると、医師と二人きりで話したほうがよいと判断した。部屋で休んで待っているようにジョージーナに告げると、暗い書斎を歩きまわり、書棚を詳しく調べながら、診療施設からの小道にクラランダンの神経質な足音はしないかと耳をすました。シャンデリアがあるにもかかわらず、広びろとした書斎の隅は薄暗く、ドールトンは友人の蔵書を目にするにつけ、どうにも気に入らなくなってきた。普通の医者や生物学者や文化人がもつ、バランスの取れた蔵書ではなかった。疑わしい曖昧な主題に関する書物が多すぎた。中世の暗澹たる考察や禁断の儀式、既知および未知の異質な言語による、尋常ならざる奇怪な神秘に関するものだった。

テーブルにある観察記録も不健全なものだった。筆跡は神経を張り詰めたもので、書かれている内容は安心させられるものではなかった。長い文章が読みにくいギリシア文字で記されており、ドールトンは言語学の記憶を甦らせて翻訳している内に、急にぎくりとして、大学でクセノパーネスやホメーロスの講読にもっと真面目に取り組んでおけばよかったと思った。何かよくないもの——ぞっとするほど凶まがしいもの——があり、知事はテーブルのそばの椅子にぐったり身を沈めると、医師の粗雑なギリシア語を仔細に調べた。する内に驚くほど近くで音がして、肩に強く手が置かれたことで、ドールトンはびくっとした。

「この侵入の理由は何かと聞いてもいいかな。用事があるなら、スラマにいえばいいだろうに」

クラランダンが椅子のそばに冷ややかに立ち、小さな金色の注射器を手にしていた。きわめて穏やかで落ちつきはらっているようなので、ドールトンは一瞬、ジョージーナが兄のありさまを誇張したにちがいないと思った。これらギリシア語の書きこみについて、錆びついた知識で絶対的な確信などもてるのか。知事は用心深く話をすることに決め、まことしやかな口実が上着のポケットに入っている幸運な偶然に感謝した。立ちあがって返答するとき、知事はきわめて冷静で自信にあふれていた。

「助手を煩(わずら)わせてもよかったんだが、この論文をすぐに見てもらったほうがいいと思ってね」

ドールトンはマクニール博士から借りた雑誌を取り出し、クラランダンに手渡した。

「五四二ページだ――『新たな血清で黒死病の克服』という見出しがあるだろう。フィラデルフィアのミラー博士が執筆している――博士は君のやりかたで、君に先んじていると思っているんだ。クラブでこの記事について議論され、マクニールは解説が説得力あるものだと思っている。わたしは素人として判断する立場にはないが、それはともかく、発表されて間もない内に記事を読む機会を逃さないほうがいいと思ってね。もちろん忙しいのなら、邪魔をするつもりはないが……」

クラランダンがすぐに口をはさんだ。

「妹に皮下注射をするつもりなんだ――妹は気分がよくないんでね。戻ってきたら、あの藪医者が何をいっているのか読ませてもらうよ。ミラーがどういう男なのかは――陰険で無能な男だと――わかっているから、たいして目にしていないのに、ぼくのやりかたを盗めるほどの頭があるとは思えないがね」

ドールトンはジョージーナに注射を受けさせてはならないという直観的な警告を感じた。これには何か不気味なものがあった。ジョージーナが話したことからも、アルフリドはモルヒネの錠剤を溶かすのに必要な時間を超えて、極端に長く準備をしていたにちがいない。ドールトンはできるだけ長くアルフリドを引き留めて、いろいろ微妙なやりかたでアルフリドの態度を測ることにした。

「ジョージーナの気分がすぐれないとは気の毒だな。注射してよくなると思うのかね。害をおよぼすことはないんだな」

クラランダンがびくっとしたことで、核心を突いたことがわかった。

「害をおよぼすだと」クラランダンが叫んだ。「莫迦なことはいうな。クラランダン家の者として、ジョージーナが科学に力を尽すために、最高の健康状態——望むかぎり最高の健康状態——でなければならないことくらいわかるだろう。ジョージーナは少なくともぼくの妹である事実を嬉しく思っているんだ。ぼくを助けるうえでどんな犠牲もいとわない。ぼくが真実と発見の祭司であるように、ジョージーナは女祭司なのさ」

クラランダンが目をぎらつかせ、いささか息を切らして口をつぐんだ。ドールトンはクラランダンの注意が束の間それたことを知った。

「しかしこのいまいましいおしゃべりが何をいっているのか、読ませてもらおうか」クラランダンがいった。「似非(えせ)医学のレトリックで本物の医者を丸めこめると思っているなら、ぼくが思っていたよりも単純な男ということになるな」

クラランダンが神経を高ぶらせて正しいページを開き、注射器を摑みながら、立って読みはじめた。ドールトンは本当の事実は何だろうかと思った。マクニールが請け合っていたが、著者は最高の病理学者で、記事にいかなる間違いがあろうと、それを執筆した頭脳は強力にして学識豊かで、このうえもなく高潔で誠実であるという。

ドールトンは記事を読むクラランダンを見守り、顎鬚(あごひげ)をたくわえた細い顔が青ざめていくのを見た。大きな目がぎらつき、ほっそりした長い指にきつく摑まれて、ページが音を立てた。髪が既に薄くなりだしている象牙色の高い額に汗を吹き出し、クラランダンが知事の離れた椅子にあえぎながら腰をおろし、論文をむさぼるように読みつづけた。そして苦しめられた獣のような荒あらしい悲鳴をあげ、急にテーブルに身を乗り出すと、腕を伸ばして前にある本や書類を払いのけ、風に吹き消される蠟燭の炎のように意識を失った。

ドールトンは失神した友人を助けようとしてとびだし、痩せぎすの体を抱き起こすと、椅子に坐らせてやった。長椅子の近くの床に水差しがあるのを見て、こわばった顔に水を少しかけてやり、大きな目がゆっくりと開いて報われた。いまや正気の目――深く悲しげで間違いなく正気の目――をしているので、ドールトンは探りを入れることを願うこともできなければ、探りを入れる勇気とてない、窮極の深みを備えた悲劇を前にして、畏怖の念をおぼえるしかなかった。

金色の注射器がまだほっそりした左手に摑まれていて、クラランダンが震える息を深く吸うと、ドールトンは指を広げて、自分の掌に落ちてきた輝く注射器をよく調べた。やがてクラランダンがしゃべった――ゆっくりと、このうえもない絶望のいいようもない悲しみをこめてしゃべった。

「ありがとう、ジミイ。ぼくはもう大丈夫だ。しかしやらなきゃならないことがたくさんある。君はついさっき、モルヒネを打っても、ジョージーナに害はないかとたずねたな。いまのぼくはそんなことはないといえる立場にある」

クラランダンが注射器の小さなねじを回し、ピストンに指をあてると同時に、左手で首の皮膚を露にした。そして素早く右手で膨れあがった皮膚に注射をしたので、ドールトンは驚いて声をあげた。

「おい、アル、何をしたんだ」

クラランダンが穏やかな笑みを浮かべた——過去数週間の皮肉のこもる嘲笑とはまったく異なる、ほとんど安らぎとあきらめの感じられる笑みだった。

「君が知事になった判断力をまだもっているなら、わかっているはずだぞ。ぼくの記録から、ほかにどうしようもないことがわかっているはずだ。コロンビア大学での君のギリシア語の成績をもってすれば、君が多くを見逃すはずがない。ぼくにいえるのは、すべてが正しいということだけだ。

「ジェイムズ、ぼくは非難を転嫁したくはないが、スラマがぼくを巻きこんだことだけはいっておかなくてはならない。ぼく自身よくわかっていないので、スラマが何者で、どういう人物なのかはいえないし、ぼくの知っていることは、正気の人間が知るべきではないことだが、言葉の最大限の意味で、スラマは人間とは考えられず、ぼくたちが生命について知るように、スラマが生きているのかどうかもよくわからないといっておくよ。

「ぼくがたわごとをしゃべっていると思っているんだろう。そうならいいんだが、この恐ろしい混乱のすべてが忌わしくも現実なんだ。ぼくは汚れのない心と目的をもって人生に乗り出した。世界から熱病を取り除きたかった。試したが、失敗した——失敗したことを告げられるほど正直でありたいと、そう神に願ったよ。ぼくが以前に科学の話をしたことを真に受けないでくれ、ジェイムズ——ぼくは抗毒素血清を見つけなかったし、見つける途上にもなかったんだ。

「そんなに驚かないでくれよ。君のような経験豊富な戦う政治家なら、化けの皮が剝がれるのはよく目にしているだろう。いっておくが、ぼくは熱病治療のスタート・ラインにもついていなかったんだ。しかし研究のためにいささか異様な土地に行き、不運にもさらに異様な人びとの話に耳をかたむけた。ジェイムズ、誰かに幸運を願うなら、地上の古ぶるしい隠された土地には近づかないようにいってくれ。古くからある孤立した土地は危険なんだ——そういう土地に伝わるさまざまなものは、健全な人間にいいものをもたらさない。ぼくは年老いた神官や神秘家と多く語りすぎて、まっとうなやりかたでは成しとげられないことを、暗澹たるやりかたで成しとげられることを願うようになったんだ。

「どういうことなのかを話すつもりはないよ。そんなことをしたら、ぼくを破滅させた神官たちと同じくらいひどい人間になってしまうからな。いわなきゃならないのは、ぼくが学び取ったあと、世界と世界が経てきたことを思って震えあがったことだけだ。世界は呪わしいほど古いんだよ、ジェイムズ。ぼくたち有機生命体やそれに結びつく地質学の時代の夜明け前に、歴史全体があって完結しているんだ。恐ろしい考えだよ——生物や種族や知恵や病を備えた、忘れ去られた進化の歴史全体があるんだからな。最初のアメーバが地質学の語る熱帯の海で蠢く前に、ありとあらゆるものが生きていて、死滅してしまったんだ。

「死滅したといったが、正確にはそうじゃない。そうなっていたほうがよかったんだが、そうじゃないんだ。一部の土地では伝承が保存されていて――どのようにしてかはとてもいえないが――特定の古ぶるしい生命体が、隠された土地で、永劫の歳月を閲して細ぼそと生きながらえているんだ。いくつかの宗派があった――いまや海底に没している土地の邪悪な神官たちの宗派だ。アトランティスが温床だった。あれは恐ろしい土地だったんだ。天が慈悲深いなら、深海からあの恐怖が引きあげられることはないだろう。

「しかし水没しなかった植民地があった。君がアフリカのトゥアレグの神官の誰かと親密になれば、その植民地について、あられもない話を聞かせてもらえるだろう――アジアの秘められた台地で、狂ったラマ僧や気のふれたヤク追いのあいだで囁かれる噂に結びつく話だ。ぼくはありふれた話や噂を耳にしている内に、とんでもない話を聞いたんだ。それが何なのかは、とても話せない――が、冒瀆的なまでに古ぶるしい時代から伝わっていて、ぼくに話をしてくれた者もよくは知らない特定の過程によって、ふたたび生きるようにできる――見た目は生きているようにできる――誰かか何かにかかわっているんだ。

「なあ、ジェイムズ、ぼくは熱病について告白したけど、ぼくが医者としてひどくはないことは知っているだろう。ぼくは医学を必死に学び、誰にも負けないほど知識を吸収した――ホガールの土地で神官さえできなかったことをしたから、少し吸収しすぎたといっていいかもしれないな。彼らはぼくに目隠しをして、長いあいだ封印されていた場所に連れていったんだ――そしてぼくはスラマとともに戻ってきた。

「落ちついてくれ、ジェイムズ。何がいいたいかはわかっている。どうしてスラマはあれほど博識なのか……どうして英語がしゃべれるのか……その点についていえば、どんな言語も……訛り(なま)もなしに話せるのか……どうしてぼくと一緒に来たのか。そういうことだろう。答えられないんだ。ぼくがいえるのは、スラマが脳や感覚以外のもので考えやイメージや印象を捉えることだけだよ。スラマはぼくとぼくの科学が必要だったんだ。ぼくにいろんなことを教えて、ぼくの目を開いてくれた。古ぶるしい原初の神々を崇拝することを教えて、君にはほのめかすこともできない、恐るべきゴールに通じる道を示したんだ。たずねないでくれ、ジェイムズ――君の正気と世界の正気のためなんだから。

「スラマには限界がない。星や自然の諸力と手を結んでいるんだ。ぼくがまだ狂っているとは思わないでくれ、ジェイムズ――誓っていうが、ぼくは狂ってなんかいない。ぼくはあまりにも多くのものを瞥見(べっけん)したから、疑うこともできないんだ。スラマはぼくに有史前の崇拝の形態である新たな歓喜を教えて、そのなかで最大のものが黒死病だったんだ。

「そうなんだよ、ジェイムズ。もうどういうことなのかがわかっているだろう。黒死病がチベットに発するもので、ぼくがチベットでこの病のことを知ったと思うのか。頭を使ってくれ。

ここにあるミラーの論文を見ろよ。ミラーが見つけた基本的な抗毒素は、ほかの者たちが異なった形態の病原菌のために改良する方法を学び取れば、半世紀の内にあらゆる熱病を撲滅するものなんだ。ミラーはぼくの青春の土台——ぼくが人生を捧げていたもの——を切り崩し、ぼくが科学の風に張っていた帆から風を奪って、ぼくを出し抜いたんだ。君はミラーの論文がぼくを転向させたと思うのか。ぼくにショックを与えて、狂気から脱け出させ、かつての青春の夢を思いださせたと思うのか。遅すぎる。もう手遅れなんだ。しかしほかの人たちを救えないほどじゃない。

「ぼくはいま取りとめもなくしゃべっているんだろうな。わかるだろう——皮下注射したせいだよ。黒死病についての事実をどうして察しなかったのかと、そうぼくはたずねた。しかしどうして君にわかるだろう。ミラーは血清で七人の患者を治療したといっている。診断の問題だよ、ジェイムズ。ミラーが黒死病だと思っているにすぎないんだ。ぼくはミラーの論文の行間が読める。ここ、五五一ページに、すべての鍵がある。もう一度読んでくれ。

「わからないのか。太平洋岸から来た熱病患者はミラーの血清に反応しないんだ。ミラーはこれに困惑した。ミラーの知っているどんな熱病とも違っているように思った。ああ、それらはぼくの患者だ。彼らが本当の黒死病の患者なんだ。そして黒死病を治療する抗毒素はこの世に存在しえないんだ。

「どうして知っているかって。黒死病が地球上のものではないからだよ。どこか別のところかスラマがその場所を知っている。スラマがもたらしたものなんだ、ジェイムズ——そしてスラマだけがその場所を知っている。スラマがもたらしたからだ。スラマがもたらして広めたんだよ。それが秘密なんだ、ジェイムズ。ぼくはそのためにだけ地位を求めたんだ——それだけのためにね。この金色の注射器とぼくの人差指にある指輪型の注射器に入れた熱病を広めるためにだ。科学だと。盲目だよ。ぼくはとにかく殺したかった。ぼくが指をちょっと押すだけで、黒死病が摂取される。ぼくは生きているものがのたうって苦しみ、悲鳴をあげて口に泡を吹くのを見たかった。注射器を押すだけで、死んでいくのを見ることができた。ぼくはたっぷり目にしないかぎり、生きることも考えることもできなかった。だから目に入るもののすべてに、呪われた中空の針を刺したんだ。動物、犯罪者、子供、召使いにね……そして次は……」

クラランダンの声が途切れ、椅子に坐ったまま体がかすかに崩れた。

「それ……それが……ぼくの人生だったんだよ、ジェイムズ。スラマがそうさせた——スラマが教えて、止められなくなるまで、ぼくにやらせつづけたんだ。そして——そしてスラマにとっても堪えられなくなった。スラマはぼくを止めようとした。おかしな話だ。スラマが誰かを止めようとするなんてね。しかしいまぼくは最後の標本を得ている。それがぼくの最後の検査だ。いい被験者だよ、ジェイムズ——ぼくは健康だ——このうえもなく健康だ。しかしひどい皮肉だな——狂気がなくなったいま、苦悶を目にしても面白くはないんだから。ありえないことだよ……ありえない……」

熱病の激しい震えが医師の体を襲い、ドールトンは恐怖のあまり茫然としながら、悲痛が感じられないことを嘆いた。アルフリドの話のどこまでが純然たるたわごとで、悪夢さながらの真実をどれほど語らずにおいたのか。しかしドールトンは、ともかくクラランダンが犯罪者というより犠牲者であり、何にも増して、幼い頃からの仲間でジョージーナの兄なのだと思った。昔のことが走馬灯のように脳裡に浮かんだ。「小さいアルフ」――フィリップス・エクシターの庭――コロンビア大学の中庭――アルフリドが殴られるのを防いでやって、トム・コートランドと喧嘩をしたこと……

ドールトンはクラランダンを長椅子に連れていき、何かできることはあるかとやさしくたずねた。何もなかった。アルフリドは囁くことしかできなかったが、これまでのことをすべて赦してくれと頼み、妹を頼むといった。

「君……君なら……妹を幸福にしてやれるはずだ」クラランダンがあえぎながらいった。「妹は幸福にならなきゃならない……神話に……殉教させてはならない……何か適当な話をつくってくれ、ジェイムズ。妹には……必要以上のことを……知られないようにしてくれ」

クラランダンの声がか細くなって、何をいっているのかわからなくなり、そしてクラランダンは意識を失った。ドールトンはベルを鳴らしたが、マルガリータが既に床に就いていたので、階段を登ってジョージーナの部屋に行った。ジョージーナは足もとこそしっかりしていたが、顔は真っ青だった。アルフリドの悲鳴にひどく胸を痛めたが、ジェイムズを信頼していた。ジェイムズが長椅子で意識を失っているアルフリドを見せ、何が聞こえようと部屋に戻って休んでいるようにいったときも、あいかわらずジェイムズを信頼していた。ドールトンは確実に訪れる譫妄状態の恐ろしい光景をジョージーナに見せたくなく、かつての繊細な少年のように穏やかに横たわっている兄に、最後のお別れのキスをさせてやった。こうしてジョージーナは、兄——長いあいだ母のように世話をしてきた、尋常ならざる、錯乱した、星を読む天才——から離れたが、ジョージーナが脳裡に焼きつけた兄の姿はきわめて慈悲深いものだった。

ドールトンは重苦しい光景を墓までもちこまなければならなかった。恐れていたように譫妄状態がはじまって、暗澹たる真夜中の刻限を通じて、狂った男の熱にうかされた苦悶を渾身の力で押さえこんだ。膨れあがって黒ずんだ唇から聞かされたことを、ドールトンは決して明かそうとはしない。それ以来人がかわったようになって、あのようなことを耳にした者が以前と同じ人間でいられるはずがないことを知っている。したがって世界にとってありがたくも、ドールトンは語る勇気もなく、特定のことがらに関してまったく何も知らないおかげで、数多くの啓示が謎めいたまま、自分にとって無意味であることを嬉しく思っている。

明け方近くに、クラランダンが急に健全な意識を取り戻し、はっきりした声でしゃべりだした。

「ジェイムズ、やらなきゃならないことをいってなかった——何もかもについてだ。ギリシア語の書きこみは塗りつぶして、ぼくの記録をミラー博士に送ってくれ。ファイルのなかにあるほかの記録も全部だ。ミラーはいまや最高の権威だ――論文がそれを証明している。君のクラブの友人が正しかった。

「しかし診療施設にあるものはすべて処分しなければならない。死んでいようが生きていようが、例外なしにだ。地獄の疫病のすべてが、棚に並ぶ瓶のなかにある。焼却してくれ――全部だ。一つでも見逃したら、スラマが黒死病を世界じゅうに広めてしまう。そしてスラマを焼いてくれ。あれ――あいつ――には天の健全な空気を吸わせてはならない。君もわかっているだろう――ぼくがいったことから……ああいう実体が地上にいてはならないわけが。殺人にはならない――スラマは人間じゃないからな……君が以前のように敬虔なら、ジェイムズ、促すまでもないだろうがな。古くからの言葉を思いだしてくれ――魔術を使うものを生かしおくべからず、だ。そういうことだよ。

「スラマを焼いてくれ、ジェイムズ。人間の苦しみを見て含み笑いをすることがないように。頼むから、焼いてくれ――炎のネメシスだ――そうするしかないんだ。眠っているスラマに近づいて、心臓に杭を打たないかぎり……スラマを殺してくれ――滅却してくれ――まっとうな宇宙から原初の穢(けが)れを取り除いてくれ――ぼくはその穢れを永劫の眠りから呼び起こしたんだ……」

クラランダンが肘をついて身を起こし、その声は最後のほうでは耳を劈(つんざ)かんばかりの金切り声になった。しかしながらその努力が負担にすぎて、急に深い穏やかな昏睡状態に陥った。ドールトンは恐ろしい病原菌が感染しないことを知っているので、熱病を恐れることなく、長椅子に横たわるクラランダンの腕と足を整えて、痛いたしい姿に軽いアフガン毛布を掛けてやった。ともかくこの恐ろしい話の多くが誇張や妄想なのかもしれない。マクニール博士が大きな危険を冒してうまく処理してくれるかもしれない。知事は眠らずにおくために、きびきびした足取りで部屋を歩きまわったが、そのようなやりかたでは体力に負担がかかるばかりだった。テーブルのそばの椅子で少し休もうと思ったが、眠らずにおこうと決めこんでいたにもかかわらず、すぐにぐっすり眠りこんでしまった。

ドールトンは目に強い光を受けて目覚め、束の間、夜が明けたのだと思った。しかし夜明けではなく、重い瞼(まぶた)をこすると、庭の診療施設が燃えあがっているのが見え、これまで見たこともないような紅蓮の炎に包まれて、材木が燃えあがり、唸り、はじけていた。まさしくクラランダンが願っていた「炎のネメシス」であって、ドールトンは何か可燃性のものが使われて、普通の松材や赤杉材以上に燃えあがっているにちがいないと思った。身を起こして、ジョージーナを呼びにいこうとしたが、自分と同様に猛火のせいで目覚めたジョージーナと廊下で出会った。

「診療施設が燃えているわ」ジョージーナが叫んだ。「アルの具合はどうなの」

「いないんだ――わたしが眠りこんだあいだにいなくなった」ドールトンはそういって、しっかりした腕をふらつきだしたジョージーナに伸ばした。

ドールトンはジョージーナをやさしく導いて部屋に連れていきながら、すぐにアルフリドを探すと約束したが、外の炎が窓を通して踊り場に異様な輝きを放っているなか、ジョージーナがゆっくり首を振った。

「死んだにちがいないわ、ジェイムズ——自分のしでかしたことを知って、正気を保ったまま生きていられないもの。わたくしはスラマと口論しているのを聞いて、恐ろしいことがおこなわれていたことを知っているのよ。アルはわたくしの兄よ。でも……これでいいんだわ」

声が囁きになった。

突然、開け放たれた窓から、低い慄然たる含み笑いが聞こえ、燃えあがる診療施設の炎が新たな形を取って、名状しがたい悪夢のキュクロープスめいた生物を思わせるまでになった。ジェイムズとジョージーナは逡巡して立ちつくし、踊り場の窓から息を呑んで見守った。やがて空に雷鳴が轟き、閃光が恐ろしい正確さで燃えあがる廃墟を直撃した。低い含み笑いが止まり、それにかわって、千匹もの食屍鬼や狼男が苦悶しているような、遠吠えするような狂乱した叫びがあがった。それが長く響いて消えたあと、炎がゆっくりと普通の形に戻った。

二人は身動き一つせずにいたが、炎の柱がくすぶる輝きになるまで待ちつづけた。かなり辺鄙なところなので、消防車もすぐにはやってこず、塀に阻まれて野次馬も近づけないことを嬉しく思った。起こったことは大衆が見るべきものではなかった——宇宙の内奥の秘密にかかわっているのだから。

淡い夜明けの光のなかで、ジェイムズはジョージーナにやさしく話しかけた。ジョージーナはジェイムズの胸に頭を預けて、すすり泣くことしかできなかった。

「君、アルフリドは償いをしたんだと思うよ。わたしが眠りこんでいたあいだに、アルフリドが火を付けたにちがいない。焼却しなければならないといっていたんだ——診療施設も、そのなかにあるものも、スラマもね。アルフリドが解き放った未知の恐怖から世界を救うには、そうするしかなかったんだよ。アルフリドはそれを知って、最善のことをしたんだ。

「偉大な男だったよ、ジョージー。それだけは忘れないようにしよう。人類を助けようとして仕事をはじめ、罪を犯してもなお偉大だったから、いつも誇らしく思わなければならない。いつかもっと話してあげるよ。アルフリドのしたことは、善悪のいずれであろうと、これまで誰もやらなかったことだ。ある種の帳を破った最初にして最後の男で、テュアナのアッポローニオスでさえ、アルフリドにはかなわない。しかしそのことは話さないようにしなくてはならない。わたしたちが知っていた『小さいアルフ』として——医学を究めて熱病を克服したがった少年として——記憶しなければならないんだ」

午後には消防夫たちがのんびりと廃墟を調べ、黒ずんだ肉の断片がこびりついた骸骨を二体見つけた——石灰坑が乱されなかったおかげで二体だけだった。一体は人間のもので、残る一体はいまもなお西海岸の生物学者のあいだで議論の的になっている。正確には類人猿のものでも蜥蜴（とかげ）のものでもなく、古生物学では解き明かしようのない進化の系列をほのめかしているのだった。黒焦げになった頭蓋骨は奇妙にもきわめて人間じみていて、スラマを思いださせたが、残りの骨は推測もままならなかった。うまく仕立てられた衣服だけが、そのような骨格を人間のように見せるだろう。

しかし人間の骨はクラランダンのものだった。誰もこれについては議論せず、世界は概ね当代きっての偉大な医師の早すぎる死を悼んでいる。細菌学者として生きつづけ、万能の熱病の血清を完成させたなら、ミラー博士の同じような抗毒素をかすませていただろう。事実、ミラーの最近の成功の多くは、火災の不運な犠牲者から遺贈された記録のおかげである。かつての対立や憎しみは消え去り、ウィルフリド・ジョーンズ医師さえもが、世を去った上司との関係を自慢していることが知られている。

ジェイムズ・ドールトンと妻のジョージーナは慎みや家族の悲痛だけでは説明のつかない沈黙を続けている。偉大な人物を称えて、特定の記録を公表したが、一般の評価や、ごく少数の犀利(さいり)な思想家が囁いているといわれる、ごく僅(わず)かな驚嘆すべきほのめかしを、肯定することも否定することもしない。さまざまな事実がごく僅かに緩やかに漏れ出たのである。ドールトンはおそらくマクニール博士に真実をほのめかしただろうし、善良な博士は秘密を息子には隠しこまなかったのだろう。

ドールトン夫妻は概してきわめて幸福な生活を送った。恐怖の暗雲が遠くに退き、強い相互の愛によって、二人にとっては世界が新鮮なものになったからである。しかし二人を妙に悩ませるものがあった――ささやかなもので、普通ならほとんど苦にもならないものである。二人ともある程度を越えた瘦せこけた者や低い声の者に堪えられず、ジョージーナは喉にかかった含み笑いを耳にすると青ざめてしまう。ドールトン上院議員はオカルティズムや旅や皮下注射や見慣れない文字に恐怖を感じるが、たいていの者はこれらを結びつけるのが困難だろう。医師の書斎の膨大な蔵書が念入りに焼却されたことで、上院議員をいまだに非難する者もいる。

しかしマクニールはわかっていたようだ。マクニールは単純な男で、アルフリド・クランダンの異様な蔵書の最後の一冊が灰燼(かいじん)に帰したときに、祈りを口にした。それら蔵書の内容を理解していないかぎり、祈りを口にしたりはしないだろう。

イグの呪い

ズィーリア・ビショップ

わたしは一九二五年に蛇の伝承を調査するためにオクラホマに行き、終生続くことになる蛇の恐怖を帯びて戻ってきた。見聞きしたものはすべて道理にかなった説明がつくので、莫迦げていることは認めるが、それでもなお蛇の恐怖に圧倒されてしまうのである。古譚が話だけのものであったなら、わたしもここまでひどく震えあがることはなかっただろう。インディアンの民族学者として研究することで、どのような突飛な伝説にも動じることがなくなっていたし、奇想天外な作り話ということになれば、素朴な白人が赤い肌のインディアンを彼らの得意な手で打ち負かせることを知ってもいる。しかしガスリーの精神病院でこの目で見たものを忘れることはできない。

その精神病院を訪問したのは、最古参の入植者の何人かから、とんでもないものがそこで見つかるだろうといわれたからだった。インディアンも白人も、わたしが確かめにきた蛇神の伝説を話してくれそうになかった。石油ブームでやってきた新参者は、もちろんこういったことは何も知らず、インディアンや古くからの開拓者は、わたしが蛇神のことをもちだすと、見るからに怯えるのだった。精神病院のことを口にしたのは六、七人にすぎず、彼らは用心深く囁き声で話した。しかしそうして囁き声で教えてくれた人たちは、ドクター・マクニールがきわめて恐ろしい形見を見せてくれるだろうし、わたしが知りたがっていることを何もかも話してくれるだろうといった。蛇の父である半人半蛇のイグがオクラホマ中央部で忌避され恐れられているわけや、荒寥（こうりょう）とした場所で絶え間なくトムトムが叩かれて、昼夜を問わず秋の日々を恐ろしいものにするインディアンの密儀に、古くからの開拓民が震えあがるわけも、ドクター・マクニールなら教えてくれるというのである。

　猟犬が臭跡を辿（たど）っていくように、わたしがガスリーに向かったのは、インディアンのあいだで蛇の信仰がどのように進展しているかについて、長年にわたってデータを集めていたからである。伝説や考古学の明確な潜在的要素から、わたしはかねがね大いなるクェツァールコアートル――メキシコ人の慈悲深い蛇神――にはさらに古くて謎めいた元型があると思っていて、ここ数ヵ月の内に、グアテマラからオクラホマ平原にわたる一連の調査によって、その思いをほぼ証明していた。しかしメキシコとの境界より北では、蛇の信仰は恐怖や秘密主義によって隠しこまれているので、肝心要のものが苛立たしいまでに満たされないのだった。

　いまや新しい豊富なデータの提供者があらわれようとしていると思えたので、わたしは性急さを隠そうともしないで、精神病院の院長を探した。ドクター・マクニールはいささか高齢の小柄な人物で、髭をきれいに剃りあげており、その話しぶりや物腰から、専門外の数多くの分野でかなりの業績をあげている学者であるとわかった。わたしが用件を切り出したときには、いかめしい顔をして疑わしそうだったが、インディアン保護官をしていた親切な老人に書いてもらった紹介状と信用証明書を丹念に読んでいる内に、表情が考え深げなものになった。

「すると、イグの伝説を研究なさっているわけですな」院長がもったいぶって考えこみながらいった。「ここオクラホマの民族学者の多くがイグをクェツァールコアートルに結びつけようとしているのは知っておりますが、その中間段階をうまく調べあげた人はいないようです。お見受けしたところ、お若いのに素晴しいお仕事をなさっているので、こちらで提供できるものはすべてご覧に入れましょう。

「ムーア少佐であれ誰であれ、ここに何があるかをはっきり話してはくれなかったでしょう。彼らは話すのを嫌がりますし、わたしとて同じですからね。甚(はなは)だ悲惨で恐ろしいことですが、それだけのことにすぎません。わたしは超自然的なものだと考えたくないのですよ。これにまつわる話がありますので、実際にご覧に入れてから、お話しすることにいたしましょう——まことに悲惨な話ですが、魔術によるものだとは思いません。信仰が一部の者におよぼす潜在力を示しているにすぎないのです。正直にいって、肉体だけに止(とど)まらない震えを感じることもあるのですが、日中には神経のせいにしてしまうのですよ。わたしももう若くはありませんからな。いやはや。

「要点を申しあげますと、ここに収容されている者は、あなたならイグの呪いの犠牲者とお呼びになるかもしれません——実際に生きている犠牲者です。看護婦には見せないようにしていますが、大半の者は知っております。古くからいる屈強な男二人にだけ、食事を運ばせたり部屋を掃除させたりしています――以前は三人いたのですが、スティーヴァンズという男が数年前に亡くなりました。早く新しいグループを訓練しなければいけませんね。あれは歳を取ることも、あまり変化することもないようですが、わたしどもはいつまでも生きられませんからな。近い将来の医療倫理しだいでは、哀れみ深い退院ということもあるかもしれませんが、これぱかりはどうとも申しあげられません。

「私道からいらっしゃったとき、東病棟の地上に出ている地下室の窓が、一つだけ磨ガラスになっているのをご覧になりましたか。そこに収容されているのですよ。これからわたしがご案内します。何もおっしゃらなくて結構です。ドアの覗き穴からご覧になって、光があまり強くないのを神に感謝なさればよろしいでしょう。そのあとお話しいたします――まとめあげることのできたものだけですがね」

わたしたちはひっそりと階段をおりて、ひとことも言葉を交さないまま、人気のない地下の廊下を歩いていった。ドクター・マクニールが灰色に塗られた鋼鉄のドアを鍵を使って開けたが、それは新たな廊下に通じる隔壁にすぎなかった。ようやく院長がB一一六と表示されたドアの前で立ち止り、院長には爪先立って使うしかない小さな観察用のパネルを開け、なかに何がいるにせよ、そいつを目覚めさせるためであるかのように、塗装された金属製のパネルを数回叩いた。

院長がパネルを開けたとき、かすかな悪臭が漏れ、院長が叩いたことで、蛇が発するような低い音が応えたようだった。やがて覗き穴を前にしている院長に促され、わたしはわけもなく怖気立ちながら、院長に代わって覗き穴から内部を見た。外の地面に近い、鉄格子の嵌(はま)ったガラス窓からは、微弱な青白い光しか射さず、悪臭を放つ小部屋を数秒覗きこんでようやく、藁(わら)に覆われた床をのたうったり這ったりしながら、ときおり虚ろな歯擦音を発するものを見ることができた。する内に黒ぐろとした輪郭が形を取りはじめ、のたうっているものが、床に腹這いになった人間の姿にどことなく似ているのがわかった。わたしはドアの把手(とって)を握り締めて体を支え、意識を失いそうになるのをこらえた。

動いているものはほぼ人間ほどの大きさで、何も身につけていなかった。毛は一本もなく、ぼんやりした薄い光のなかで、黄褐色に見える背中が鱗(うろこ)めいたものに覆われているように思えた。肩のまわりは斑紋らしきものがあって茶色がかっており、頭は甚だ奇妙なことに平べったくなっていた。そいつが顔をあげて、わたしに歯擦音を発したとき、丸くて小さな黒い目が忌わしいほど類人猿に似ているのが見えたが、長く調べることには堪えられなかった。恐ろしいほどの執拗さで見すえるので、わたしはあえぎを漏らしてパネルを閉め、異様な生物がぼんやりした薄明のなかで、誰にも見られることなく藁の上をのたうつにまかせた。わたしは少しよろめいたにちがいなく、院長がやさしくわたしの腕を摑んでドアから離れさせた。わたしは口ごもりながら、何度も同じことをたずねた。「し、しかし、あれはいったい何なんです」

院長室で向かいあう安楽椅子にぐったり坐りこむと、ドクター・マクニールが話をしてくれた。午後遅くの金と真紅に染まる空が黄昏(たそがれ)の菫(すみれ)色にかわってもなお、わたしは恐ろしさに圧倒されて、身じろぎもせずに坐っていた。電話のベルや呼び出しのベルが鳴るたびに怒りをおぼえ、看護婦やインターンがときおりドアをノックして、院長を束の間呼び出すと、毒づきたくなるほどだった。夜になって、院長が灯りをすべて点けてくれたのを嬉しく思った。わたしは科学者だが、魔女の話が炉辺で囁かれるときに少年が感じるような、息も継げない恐怖に我を忘れ、調査の熱意も半ば失っていた。

中央平原の部族の蛇神であるイグ——おそらくもっと南方のクェツァールコアートルやククルカンの祖型であるらしい蛇神——は、きわめて専横で気まぐれな性質をもつ、半人半蛇の奇妙な悪魔だったようだ。必ずしも邪悪ではなく、イグやその子供である蛇に適切な敬意を表する者には常にかなりの好意を寄せたが、秋には極度に餓えるので、しかるべき儀式でもって追い払わなければならなかった。だからこそ、インディアンのポーニー族やウィチタ族やカドウ族の土地では、八月から十月にかけて、連日絶え間なくトムトムが叩かれて、呪医がアステカ族やマヤ族のものに奇妙なほどよく似たガラガラや呼び子で異様な音を立てるのだった。

イグの主要な特性は子供たちに対する激しい愛着である——この愛着があまりにも強いため、インディアンは自分たちの土地にはびこるガラガラ蛇から身を守ることすらはばかる。ひそかに囁かれる慄然たる話によれば、イグを嘲ったり、イグの蠢(うごめ)く子供たちに害をおよぼしたりした者に、イグは復讐をなすが、そのやりかたたるや、犠牲者をひどく苦しめたあげく、斑紋のある蛇にかえることだったたという。

院長はさらに話を続け、かつてインディアン特別保護区では、イグのことはさほど秘密にはされていなかったと告げた。平原の部族は荒地を放浪する部族やプエブロ族ほど用心深くはなく、最初のインディアン保護官に伝説や秋の儀式のことをあけっぴろげに話し、こうして伝承の多くが近隣の白人の開拓地に広まった。強烈な恐怖が訪れたのは、一八八九年に土地所有熱が高まったときのことで、尋常ならざる事件が噂され、恐ろしくも実質のある証拠らしきものによって噂が確証された。インディアンから新しくやってきた白人たちはイグとうまくやっていく方法を知らないと告げられてから、定住者はインディアンの考えを額面通りに受け止めるようになった。いまやオクラホマ中央部に古くから住みつく者は、白人であれインディアンであれ、蛇神のことは頑として口にせず、ごく曖昧にほのめかすだけになっている。しかしともかく真に本物であると証明された恐ろしい事件は、魔術にかかわるものというより、哀れむべき悲劇にすぎない。院長はわざわざ力をこめて、そう付け加えた。まったく世俗的で残酷な事件だった——喧しく取り沙汰された最後の段階にいたるまでそうなのである。

ドクター・マクニールがこの特殊な話を語る前に息を継ぎ、咳払いをしたとき、固唾を飲んで耳をすましているわたしは、劇場のカーテンが上がるときのような、ぞくぞくする感じをおぼえた。事件がはじまったのは、ウォーカー・デイヴィスと女房のオードリイが新しく開かれた公有地に定住するため、一八八九年の春にアーカンソーを離れたときのことで、終幕はウィチタ族の土地——現在はカドウ郡になっているウィチタ河の北——で訪れた。いまはそこにビンガーという小さな村があって、鉄道も通っているが、それ以外の点ではオクラホマの他の土地と同様にほとんど変化していない。石油生産地域とは距離があるので、あいかわらず農場や牧場が存在する土地になっている——最近では生産性が高い。

ウォーカーとオードリイは帆布で覆った馬車に、二頭の騾馬、「ウルフ」という年老いて役に立たない犬、家財道具を積みこんで、オザーク山地のフランクリン郡からやってきた。典型的な山の住民で、まだ若く、たいていの者よりも覇気に満ち、仕事に励めばアーカンソーにいたときより報いがあるという、新天地での生活を楽しみにしていた。二人とも、骨が見えるほど痩せこけていた。亭主は長身で、髪は砂色、目は灰色で、女房は背が低くて、やや浅黒く、くせのない真っ黒な髪はインディアンの血を僅かに引いていることをほのめかしていた。

概して二人にはほとんど目立ったところもなく、唯一つのことがなかったなら、二人の人生はその頃新開地に押し寄せた、他の何千人もの開拓民とさしてかわらなかっただろう。その一つのこととは、ウォーカーがほとんど引付けを起こすほどの蛇嫌いだということで、生まれつきのものだという者もいれば、幼い頃にインディアンの老婆がこわがらせようとして告げた、死にまつわる不吉な予言のせいだという者もいた。原因が何であれ、その効果たるや実に顕著なものだった。普段は度胸のある男なのに、蛇のことが口にされるだけで顔面蒼白になって気あるのだった。

を失い、ごく小さな蛇を目にしただけで、ショック状態に陥って、痙攣の発作を起こすことも

デイヴィス夫婦はその年早く出発し、新天地で春の耕作ができることを願っていた。旅はゆっくり進んだ。アーカンソーの道は悪く、インディアン特別保護区にはうねる丘陵や赤い砂地の荒野が広がって、道らしきものもなかったからである。地形が平坦になるにつれ、生まれ故郷の山地との違いに、おそらく思っていた以上に意気消沈したが、インディアン保護事務所の保護官たちが気さくで、定住しているインディアンの多くも友好的で礼儀正しいことを知った。ときたま同じような開拓民に出会うと、粗野な冗談をいいあったり、快活に張り合ったりした。

季節がら、蛇をさほど目にすることもなく、ウォーカーは特異な気質による弱みに苦しめられることはなかった。旅の初期の段階でも、インディアンの蛇の伝説に悩まされることはなかった。南東から移住させられたインディアンは、西部のインディアンのあられもない信仰を分ちもっていなかったからである。運命とはそのようなものだが、クリーク族の土地のオウクマルギイで、デイヴィス夫婦にはじめてイグの信仰についてほのめかしたのは、インディアンではなく白人の男だった。これが妙に興味深い効果をおよぼし、ウォーカーはそれ以後この信仰についてあれこれたずねるようになった。

イグの信仰に取り憑かれたようになったウォーカーは、まもなくひどく怯えるようになった。夜に野営をするつど、異常なまでの用心をして、植物を見つけしだい取り除き、石の多い場所

をできるかぎり避けた。生育不良の灌木の藪や平石じみた大きな岩の割れ目には、ことごとく有害な蛇が潜んでいるような気がするとともに、居住地の者や移住の旅をしている者ではないらしい人間を目にすると、近づいてそうでないことがわかるまで、蛇の神ではないかと思うのだった。幸いにして、この段階ではウォーカーをさらに震えあがらせるような出会いはなかった。

キカプー族の土地に近づくにつれ、岩の近くで野営するのを避けるのが困難になってきた。ついにはもはや不可能になり、哀れなウォーカーは子供の頃におぼえた素朴な蛇よけの呪文をあれこれ口にするという、幼稚な手段を取るまでになった。二、三度、蛇を実際に目にしたことがあって、そのつど平静さを保とうとする努力も甲斐がなかった。

旅をはじめて二十二日目の夜、凄まじい風のせいで、騾馬のためにも、できるかぎり風をしのげる場所で野営せざるをえなくなり、カナディアン河のかつての支流の干上がった河床に面するかなり高い崖があったので、オードリイがそれを利用するようにと亭主を説きつけた。ウォーカーはあたりの岩の様子が気に入らなかったが、今度ばかりは文句もいえず、足場が悪くて馬車では近づけない風よけの斜面へと、むっつりと動物を引き連れていった。

オードリイは馬車の近くの岩場を調べていたとき、老いぼれた犬がしきりとあたりを嗅ぎまわっているのに気づいた。ライフルを手にして犬のあとを追い、まもなく亭主よりも先に見つけたことを幸運の星に感謝した。二つの巨岩のあいだの隙間に、とても亭主には見せられないものが、心地よさそうに巣ごもりしていたからだ。見た目には一匹が長い体を巻いているようだが、おそらく三、四匹はいるらしく、生まれたばかりのガラガラ蛇にほかならなかった。

ウォーカーにショックを与えないように、オードリイはためらわずに行動に移り、ライフルの銃身をしっかり摑むと、身をくねらせるものに台尻を何度も叩きつけた。強い嫌悪感をおぼえたが、真の恐怖にまで高まることはなかった。最後にやりおえたことを見届けると、近くにあった赤い砂や乾燥した枯れ草で間に合わせの棍棒を拭った。ウォーカーが騾馬を繋いで引き返してくる前に、巣を隠さなければならないと思った。シェパードとコヨーテを祖先にもつ老いぼれ犬のウルフが見あたらず、オードリイは主人を呼びにいったのではないかと不安に思った。

そのとき足音がして、不安が現実のものになった。次の瞬間、ウォーカーがすべてを目にした。気を失うようなことがあったら抱き留めようと思い、オードリイは進み出たが、ウォーカーは体をふらつかせただけだった。そして血の気の失せた顔に浮かんでいた純然たる恐怖が、不安と恐怖の入り乱れたようなものにかわり、声を震わせて女房をなじりはじめた。

「おいおい、オード、どうしてこんなことをしでかしちまったんだよ。蛇の悪魔のイグにまつわる話を聞いてなかったのか。おれにいってくれたら、このまま進めたんだ。邪神の仔を傷つけただけで、どんな目に会うのか知らないのか。秋のあいだ、インジャンが太鼓を叩いて踊りつづけるのは、何のためだと思ってんだ。この土地は呪いがかかってんだぞ。嘘じゃやねえ——

おれたちがここに来てから話した連中は、みんながみんな同じことをいってたじゃねえか。イグがここを支配して、いつも秋には餌食を得るためにあらわれて、蛇にかえてしまうんだぞ。なあ、オード、カナジャン河の向こうのインジャンは、誰も絶対に蛇だけは殺さねえんだ。

「おまえがしでかしたこと、イグの仔を叩き殺したことは、イグにお見通しなんだぞ。インジャンの呪医の誰かに銭を払って、まじないをかけてもらわなきゃ、おまえはその内イグに摑まっちまう。天に神さまがいるのと同じように、おまえが摑まるのは確実なんだぞ、オード――イグが夜にやってきて、おまえを這いまわる斑模様の蛇にかえちまうんだ」

そのあとの旅のあいだ、ウォーカーは怯えきって非難と予言の言葉を口にしつづけた。二人はニューキャースルの近くでカナディアン河を渡り、それまで遠くから目にしていた本物の平原のインディアンにはじめて出会った――外衣をまとうウィチタ族の一行で、酋長はウォーカーの差し出したウィスキイの囚になって口数も多くなり、同じウィスキイの一クォート瓶と引き換えに、イグから身を守る長ながとした呪文を哀れなウォーカーに教えた。その週の終わりには、デイヴィス夫婦はウィチタ族の土地にある目的地に到着して、取り急ぎ自分たちの土地の境界線を確かめると、小屋を建てるよりも先に春の耕作をおこなった。

あたりは平坦で、荒涼として風が強く、自然に生育している植物は乏しかったが、開墾すれば肥沃な土地になりそうだった。ところどころに露出している花崗岩が、赤い砂岩が粉ごなになってできた土に変化を与え、そこかしこには大きな平たい岩が人工の床のように地表に伸びていた。蛇も蛇の巣穴もほとんどないように思えたので、オードリイはどうにかウォーカーを説得して、露出した滑らかな巨岩の上に、一部屋きりの小屋を建てさせることにした。そのような床にかなり大きな暖炉を備えれば、じめじめした季節もしのげるかもしれない——が、このあたりではさほど湿っぽくならないことがすぐに明らかになった。ウィチタ山脈に向かって何マイルも進んだところにある、一番近くの森林地帯で、丸太が馬車に積みこまれた。

一番近くの隣人でさえ一マイル以上も離れたところにいたが、ウォーカーは何人かの入植者の力を借りて、大きな暖炉のある小屋と粗末な納屋を建てた。そのお返しに、手伝ってくれた者たちが同じような住居を建てるのに力を貸したので、新しい隣人たちのあいだに多くの友情の絆が結ばれた。三十マイル以上も北東にある鉄道沿いのエル・レノより近くには、町と呼べるようなものもないので、このあたりに腰を落ちつけた者たちは、住むところこそ大きく隔ってはいたが、何週間もたたない内に結束力を高めていた。牧場に住みつくようになった僅かばかりのインディアンは、概ね害のない存在だったが、政府が禁じているにもかかわらず、酒をどうにか手に入れて酔っぱらうと、いささか喧嘩っ早くなった。

デイヴィス夫婦は隣人たちのなかでも、自分たちと同じようにアーカンソーからやってきた、ジョーとサリイのカムプタン夫婦が、誰よりも気が合って信頼できることを知った。サリイはまだ存命で、いまではカムプタン婆さんとして知られ、当時サリイに抱かれていた幼児だった息子のクライドは、オクラホマの有力者の一人になっている。おたがいの小屋が二マイルしか離れていないこともあって、サリイとオードリイはよく訪ね合い、春や秋の長い午後には、故郷のアーカンソーの思い出話や、新しい土地の噂話に花を咲かせたものだった。

サリイはウォーカーが蛇をこわがることに同情していたとはいえ、亭主が絶えずイグの呪いについて予言や祈りを口にすることで、亭主と同様に神経を高ぶらせていたオードリイに対して、それを治してやるというより、悪化させてしまったのだろう。サリイは身の毛もよだつ蛇の話をことのほかよく知っていて、傑作と自認する話でもって、オードリイに恐ろしいほど強い印象を与えた――スコット郡にいた男がガラガラ蛇の群に嚙まれ、体じゅうが毒で恐ろしく膨れあがり、ついには音を立ててはじけてしまったという話だった。いうまでもなく、オードリイはこの逸話を亭主には伝えず、カムプタン夫婦にはくれぐれもこの話を広めないでくれと頼みこんだ。ジョーとサリイはあっぱれにも、このうえもない忠実さでこの嘆願に留意した。

ウォーカーは早ばやとトウモロコシの植えつけをして、真夏にはひまな時間を使って、このあたりの土着の牧草をたっぷり刈り取った。ジョー・カムプタンの助けを借りて、良質の水がそこそこ出る泉を掘ったが、あとで掘り抜き井戸を造ることにした。蛇に怯えるようなことはほとんどなく、自分の土地が這いまわる訪問者にとって居心地の悪いものになるよう、できるかぎりのことをした。ときおり馬に乗って、ウィチタ族の主要な集落を構成する、草葺き屋根の円錐形の小屋が群がるところに行って、蛇神やその怒りを免れる方法について、老人や呪医と長いあいだ話しこんだ。いつもウィスキイと引き換えに呪文を教えてもらったが、こうして得た次のような情報は安心できるものではなかった。

イグは大いなる神であった。悪い超自然の力であった。何も忘れなかった。秋にはイグの仔らが餓えて獰猛になり、イグも餓えて獰猛になった。トウモロコシの収穫期が訪れると、すべての部族がイグに対して呪術的儀式をおこなった。イグにトウモロコシを少し与え、呼び子、ガラガラ、トムトムの音に合わせ、正装して踊った。イグを追い払うためにトムトムを叩きつづけ、イグが蛇の親であるように、人間の親であるティラワの助けを求めた。デイヴィスの女房がイグの仔を殺したのはよくない。トウモロコシを収穫する時期になれば、デイヴィスは呪文を何度も唱えなければならない。イグはイグなり。イグは大いなる神である。

トウモロコシの収穫期が訪れた頃には、ウォーカーのせいで女房は気の毒なほどびくつくようになっていた。ウォーカーの祈りや借り物の呪文が気にさわるようになり、インディアンの秋の儀式がはじまると、常にトムトムの響きが遠くから風に運ばれてきて、不気味さを付け加えた。広大な赤い平原にくぐもったトムトムの音が絶えず響くのは、いかさま苛立たしいことだった。どうして止むことがないのか。昼も夜も、毎週毎週、音を運ぶ赤い砂まじりの風のように執拗に、不断に疲れも知らずに伝わってくるのだった。オードリイは亭主以上にトムトムの音を厭わしく思った。亭主の方は、この苛立たしい音に、その埋め合わせをする保護の要素があると見ていたからである。ウォーカーは邪悪に対する触知できない強力な防壁を感じながら、トウモロコシの収穫をおこない、小屋と納屋に来たるべき冬の備えをした。

その年の秋は異常なまでに暖かく、ウォーカーが丹念に造った石の暖炉は、素朴な料理をつくる以外に使われることがなかった。暖かな砂煙の不自然さに、居住者全員を悩ませるものがあったが、とりわけオードリイとウォーカーの心をひどく痛めつけた。蛇の呪いにつきまとわれているという考えと、遠くから聞こえるインディアンのトムトムの果てしない不気味な響きとが、凶まがしくも結びついて、これに少しでも異様なものが加わると、まったく堪えがたいものになるのだった。

このような緊張したありさまであるにもかかわらず、収穫が終わってからは、そこかしこの小屋で祝いの集まりが数回開かれて、人間の農業そのものと同じくらい古い、収穫の奇妙な儀式を当世風のものとして生かしつづけた。ミズーリ南部の出身で、ウォーカーのところから三マイルほど南に小屋があるラフィエット・スミスは、ヴァイオリンがかなり達者で、祝いに集まった者たちはスミスの奏でる調べによって、遠くのトムトムの単調な響きを忘れることができた。やがてハロウィーンが近づくと、定住者たちは別の陽気な集まりを計画した――誰か知っている者がいたとして、今度のものは農業よりもなお起源が古く、原始の先アーリア人の恐ろしい魔女のサバトが、秘密の森の深夜の闇に紛れて往古より生きながらえて、現代の滑稽な陽気な見かけの下で、なおもそこはかとない恐怖をほのめかしているのである。ハロウィーンは木曜日にあたり、隣人たちはデイヴィスの小屋ではじめてお祭り騒ぎをすることになった。

その十月三十一日に、それまで続いていた暖かさが途切れた。朝には空がどんよりして、正午を迎えた頃には、絶え間なく吹く風が、むっとする暖かなものから身を切るような冷たいものにかわっていた。人びとは誰も寒さに備えていなかったので、ことさら身を震わせ、ウォーカー・デイヴィスの老犬ウルフは、とぼとぼと小屋のなかに入って、暖炉のそばに身を横たえた。しかし遠くではなおもトムトムが叩きつづけられ、白人の住民も自分たちの祝いをやめるつもりはなかった。早くも午後四時に馬車が何台もウォーカーの小屋に到着しはじめ、夕方には記憶に残るバーベキューのあとで、ラフィエット・スミスのヴァイオリンの調べがかなりの数の出席者を元気づけ、広いながらも人の犇(ひしめ)く一部屋きりの小屋で、何とも滑稽な踊りがおこなわれた。若い者たちがこういう集まりに特有の莫迦話に興じている一方、老いぼれたウルフは――いままで聞いたことのなかった――ラフィエットのきしるヴァイオリンのとりわけ不気味な調べを耳にすると、背筋がぞくっとするような悲しげな遠吠えをした。しかしこの老犬は、もはや旺盛な好奇心もなく、もっぱら夢のなかで暮らしていたので、歓楽が続いているあいだもたいてい眠りこんでいた。トムとジェニイのリグビイ夫婦がズィークというコリーを連れてきていたが、二匹の犬が親しくなることはなかった。ズィークはどこか妙に不安そうな素振りを見せ、夜のあいだずっとあたりを好奇心たっぷりに嗅ぎまわっていた。

　オードリイとウォーカーのダンスは見ものだったらしく、カムプタン婆さんはいまもなおその夜の二人のダンスを好んで思いだす。デイヴィス夫婦はさしあたって不安を忘れているようで、ウォーカーは髭を剃って、驚くほどめかしこんでいた。十時になった頃には、誰もが快い疲れをおぼえるようになり、客たちは握手をして、楽しい時を過ごさせてもらったといって、ざっくばらんにデイヴィス夫婦を安心させて、家族ごとに引きあげはじめた。トムとジェニイは馬車に向かうとき、あとに随うズィークの悲しげな遠吠えを、家に帰りたくないからだろうと思ったが、オードリイは遠くのトムトムの響きに苛立っているにちがいないといった。小屋のなかで陽気に過ごしたあとでは、遠くのトムトムの響きはいかさま不気味に聞こえたからである。

その夜は底冷えがして、ウォーカーははじめて暖炉に大きな薪(まき)をくべ、灰を寄せて朝までくすぶるようにした。老いぼれたウルフが脚を引きずって赤い輝きに近づき、いつものように深い眠りに陥った。オードリイとウォーカーも疲れきって、呪文や呪いについて考えることもできず、粗い松材のベッドに崩れるように横たわり、炉棚の安い目覚まし時計が三分と時を刻まぬ内に眠りこんだ。そして遙か遠くからは、あの慄然たるトムトムのリズミカルな響きが、なおも冷たい夜風に乗って運ばれていた。

ドクター・マクニールがここで一息入れ、眼鏡を外した。まわりの世界をぼやけさせて、記憶をはっきりさせるためであるかのようだった。

「すぐにわかるでしょうがね」ドクター・マクニールがいった。「客たちが引きあげたあとで起こったことをまとめあげるには、かなりの苦労をしたのですよ。しかし——はじめて——試してみることができたときには、たっぷり時間がありましてね」しばらく沈黙が続いたあと、院長が話を再開した。

オードリイはイグの恐ろしい夢を見た。以前に目にした安っぽい版画に描かれたサタンの姿をしているように思えた。事実、悪夢の恐怖に圧倒されて急に目を覚ますと、ウォーカーが既に目を覚まして、ベッドで半身を起こしていた。何かにじっと耳をすましているようで、オードリイがどうして目を覚ましたのかとたずねると、囁き声で静かにしろといった。

「よく聞け、オード」ウォーカーが息を潜めていった。「何かが歌ったり、唸ったり、ごそごそ音を立てたりしてるのが聞こえねえか。秋のコオロギだとでも思うのか」

確かにウォーカーのいうような音が、小屋のなかにはっきりと聞こえた。オードリイは何の音かを聞き取ろうとして、記憶の縁のすぐ外に出ながらも留まっている、恐ろしくも馴染み深い要素があるような印象を受けた。そして雲に覆われた半月の浮かぶ黒ぐろとした平原を、遠くからトムトムの単調な響きが絶え間なく渡ってくるなか、何にも増して恐ろしい考えが頭にのぼった。

「ウォーカー……もしかして……イグの呪いじゃないの」

オードリイはウォーカーが震えているのを感じ取った。

「莫迦いうな。イグがこんなふうにやってくることはねえ。近くでまじまじ見ねえかぎり、人間みたいな姿をしてるんだぞ。グレイ・イーグル酋長はそういってるんだ。寒い外から害虫が入りこんだんだろう——コオロギじゃねえが、そういうものさ。こっちに来たり戸棚を荒したりする前に、踏みつぶしたほうがいいな」

　ウォーカーが立ちあがり、手の届くところに掛けてある角灯を手探りして見つけ、そのそばの壁に釘付けしてあるブリキのマッチ箱をまさぐった。オードリイはベッドで上体を起こし、マッチの炎が角灯に移されるのを見守った。そして部屋全体が目に入りだしたとき、粗末な垂木が揺れそうなほどの恐怖の悲鳴を、二人は同時にあげた。新しく生まれた光に照らされて、床がわりの平たい岩の上で、茶色の斑紋のあるガラガラ蛇が一塊に絡み合って蠢き、ずるずると炎に近づいており、角灯をもって竦みあがっている者に、いましも悍しい頭部を威嚇するように向けていたからである。

　オードリイが目にしたのは一瞬にすぎなかった。ありとあらゆる大きさで、どうやら数種類におよぶ蛇が数えきれないほどいて、オードリイが見たときでさえ、ウォーカーに襲いかかろうとするかのように、二、三匹が鎌首をもたげていた。オードリイは失神しなかった――ウォーカーが床に崩れこんで角灯の火が消え、オードリイは闇に呑みこまれた。ウォーカーは二度目の悲鳴をあげなかった――恐怖のあまり麻痺してしまい、人間にあらざる者の弓から放たれた音無しの矢に射抜かれたかのように倒れこんだのだった。オードリイには、全世界が信じられないほどぐるぐるまわり、脱け出したばかりの悪夢と混じり合っているような気がした。

　意志も現実感も失ってしまい、身動き一つできなかった。力なくベッドに倒れこみ、すぐに目が覚めることを願った。しばらくのあいだ、何が起こっているのかもよくわからなかった。

やがて徐々に、実際には目を覚ましているのではないかという思いが兆しはじめ、パニックと悲痛の入り乱れたものがつのりゆくまま激しく身を震わせ、それまで怯えるあまりものもいえなかったにもかかわらず、長いあいだ絶叫をあげつづけた。

ウォーカーが死んでしまい、オードリイは助けてやることもできなかった。ウォーカーは幼い頃に魔女めいた老婆に予言されたとおり、蛇のせいで死んでしまった。老いぼれたウルフも主人を助けることはできなかった――おそらく老衰の麻痺から目覚めることもなかったのだろう。そしていまや這うものどもが刻一刻と闇のなかをのたくって、オードリイに近づいているにちがいなく、おそらくいましもぬらぬらした体をベッドの柱に巻きつけて上り、粗いウールの毛布の上をじりじりと進んでいるのだろう。オードリイは思わずシーツのなかに潜りこんで身を震わせた。

イグの呪いにちがいない。イグが恐ろしい仔らをハロウィーンの夜に放ち、彼らがまずウォーカーの命を奪ったのだ。どうしてそんなことが――ウォーカーには何の罪もないのに。どうしてオードリイにまっすぐ向かってこなかったのか――オードリイがあの小さなガラガラ蛇を独りで殺したのではなかったか。そしてオードリイはインディアンに告げられた呪いのありさまを考えた。殺されるのではなかった――斑紋のある蛇にかえられるだけだった。何ということか。すると、床を這っていたもののようになってしまうのだ――仲間に引きこむためにイグが放ったものどものようになってしまうのだ。オードリイはウォーカーから教わった呪文を口にしようとしたが、ただ一つの音さえ口にできないことを知った。

目覚まし時計の耳障りな音が、遠くのトムトムの狂おしい響きをしのいでいた。蛇たちは長い時間をかけていた――オードリイの神経をいたぶるために、わざと遅らせているのか。ときおりベッドクロスに油断のならない着実な圧迫を受けたように思ったが、そのつど張り詰めた神経の無意識の引きつりであることがわかった。闇のなかで時計が時を刻みつづける内に、オードリイの考えにゆっくりと変化が起こりはじめた。

蛇がこんなに長く時間をかけるはずがない。結局イグの使者ではなく、ただのガラガラ蛇にすぎず、岩の下に巣を造っていたのが、炎の温もりに引き寄せられたのだ。オードリイを狙っているのではないのだろう――おそらく哀れなウォーカーだけで満足したのだろう。蛇はいまどこにいるのか。行ってしまったのか。暖炉のそばでとぐろを巻いているのか。まだ犠牲者の俯せになった死体の上を這っているのか。時計が時を刻み、遠くのトムトムの響きが続いた。

亭主の死体が漆黒の闇のなかに横たわっていることを思ったとたん、純然たる恐怖の戦慄がオードリイの身内を駆け抜けた。スコット郡の男にまつわるサリイ・カムプタンの話が脳裡に甦った。その男もガラガラ蛇の群に嚙まれたのだが、どうなったのだったか。毒が肉を腐らせ、死体全体が膨れあがって、最後には膨張したものが恐ろしくも破裂してしまったのだ――恐ろしくも忌わしいはじける音を立てて。それが岩の床の上でウォーカーの死体に起ころうとしているのか。オードリイは口にもできないほど恐ろしいものに、本能的に耳をすましはじめていることに気づいた。

時計が音を立て、夜風に運ばれてくる遠くのトムトムの響きとともに、嘲るように正確に時を刻んでいた。時報を打ってくれる時計なら、この身の毛のよだつ夜があとどれだけ続くのかがわかるのにと思った。失神せずにいる神経の強さを毒づき、ともかく夜明けがどんな安堵をもたらしてくれるのだろうかと思った。たぶん隣人が通りかかってくれるだろう——誰かが来てくれるにちがいない——そのときまだ正気でいられるのだろうか。いまでも正気を保っているのか。

怖気立ちながら耳をすましていたオードリイは、ふとあることに気づき、意志の力を奮い起こして確かめなければならなくなった。そして確かにそうだとわかると、喜ぶべきなのか恐れるべきなのかもわからなかった。インディアンの遠くのトムトムの響きが止んでいた。あの響きにはいつも苛立たしい思いがした——が、ウォーカーはあの響きを、宇宙の外から到来したいいようもない邪悪に対する備えと見ていたのではなかったか。グレイ・イーグル酋長やウィチタ族の呪医と話したあとで、ウォーカーが囁き声で何度も口にしていたのは何だったのか。

オードリイはこの新たな突然の沈黙を嬉しく思いはしなかった。どこか不気味なものがあった。時計が時を刻む大きな音も、この新たな静寂のなかでは異様に感じられた。ようやく意識して動けるようになると、頭からかぶっていたベッドカヴァーを払いのけ、闇のなかで窓の方に目を凝らした。月が沈んだあとで空が晴れたにちがいなく、星空を背景に矩形(くけい)の窓がはっきりと見えた。

そして突然、あのいいようもない慄然たる音がした——裂け目のできた皮膚がはじけ、毒が闇のなかに放たれる、腐った悪臭を放つ鈍い音だった。ああ……サリイの話……あの不快きわまりない臭いと、この神経にこたえるたまらない沈黙。もう堪えられなかった。沈黙の縛めが切れて、夜の闇にオードリイの純然たる恐怖の悲鳴が抑えきれないまま響き渡った。

オードリイはショックを受けても意識を失わなかった。失神していれば、どれほどよかったことか。悲鳴が響き渡るなか、オードリイはなおも前方の星の散らばる矩形の窓を目にし、あの恐ろしい時計が運命の時を刻む音を耳にしていた。別の音が聞こえるのではないか。矩形の窓はまだ矩形のままなのか。オードリイはもはや自分の五官も信じられず、事実と幻覚の区別もつけられなかった。

違う——窓は完全な矩形ではなかった。何かが下端に入りこんでいた。部屋に聞こえるのは時計の音だけではなかった。間違いなく、自分のものでもウルフのものでもない、深い息づかいが聞こえた。ウルフはぐっすり眠りこんでいて、目覚めるときの苦しそうなあえぎは聞きまちがえようがない。と、そのとき、オードリイは星の散らばる闇を背景に、人間じみた何かの凶まがしい真っ黒なシルエットを見た——巨大な頭と肩の波打つ塊がじわじわと近づいてきた。

「ああ、ああ、来ないで。行ってよ。近づかないで、蛇の悪魔。行ってよ、イグ。殺すつもりはなかったのよ——ウォーカーがこわがるのが心配だったのよ。やめて、イグ。お願い。わざとあなたの仔を傷つけようとしたんじゃないのよ……近づかないで……あたしを斑の蛇にかえたりしないで」

しかしぼんやりした形の頭と肩は、ベッドの方にひっそりとふらふら近づいてくるばかりだった。

オードリイの頭のなかですべてのものがはじけとび、たちまちオードリイは縮みあがる子供から、怒りさかまく狂女に変貌した。斧がどこにあるかは知っていた――角灯の近くの壁に掛かっている。手を伸ばせば楽に届くところで、闇のなかでも見つけられた。オードリイはそれと意識する前に斧を摑み取って、ベッドの上を這っていた――じりじりと近づいてくる化け物じみた頭と肩に向かって這い進んだ。光があったなら、オードリイの顔に浮かぶ表情たるや、見るに堪えないものだったろう。

「これでも喰らえ。どうだい、ほら、どうだい」

いまやオードリイは甲高い声で笑っていて、窓の外の星空がほのかに白みだして夜明けが近づいているのを知ると、笑い声がさらに高まった。

ドクター・マクニールが額の汗を拭き、また眼鏡をかけた。わたしは話が再開されるのを待ち、院長が沈黙を続けるので口を開いた。

「オードリイは生きのびたんですか。誰かに見つけられたんですか。この事件は説明がついたんですか」

院長が咳払いをした。

「ええ、生きていましたよ。ある意味ではね。説明もつきました。魔術はかかわっていないといったでしょう——残酷で悲惨な恐ろしい事件だったというだけのことです」

見つけたのは、サリイ・カムプタンだった。サリイは翌日の午後にパーティのことを話そうと、デイヴィス家の小屋に馬でやってきて、煙突から煙が出ていないことを知った。奇妙なことだった。また暖かくなっていたが、オードリイはいつもその時間に何かを料理している。騾馬が納屋でひもじそうに鳴いていて、ドアのそばのいつもの場所で日なたぼっこをする老犬ウルフの姿もなかった。

サリイはあたりの様子の何もかもが気に入らず、かなりびくついてためらいながら馬からおりると、ドアをノックした。返事はなく、しばらく待ってから、丸木を組んだ粗雑なドアを開けようとした。掛金は掛かっていないようで、ゆっくりドアを押し開けて入った。そして屋内を目にするや、あえぎながら、よろよろとあとずさりして、ドアの脇柱にすがりついて体を支えた。

ドアを開けたときにひどい悪臭が押し寄せてきたが、サリイが肝をつぶしたのはそのためではなかった。目にしたもののせいだった。薄暗い小屋のなかで恐ろしいことが起こっており、床に残る三つの慄然たるものが、見る者を震えあがらせ困惑させた。

燃えつきた暖炉の近くに大きな犬がいた——疥癬(かいせん)と老齢によってむきだしになった皮膚が紫

色になって腐り、死体全体がガラガラ蛇の毒の作用で裂けていた。間違いなく蛇の大群に嚙まれたにちがいない。

ドアの右側には、斧でめった打ちにされた男のものらしい死体があった――寝間着姿で、片手には叩きつぶされた角灯を摑んでいた。蛇に嚙まれた跡はまったくなかった。その死体のそばに、血まみれの斧が無造作に投げ出されていた。

そして床でのたうっているのは、かつて女であった厭わしい虚ろな目をしたもので、いまや口もきけない狂った生き物でしかなかった。この生き物にできるのは、しゅうしゅう息を発することだけだった。

院長もわたしもこの頃には額の冷汗を拭いていた。院長がデスクにあったポケット瓶から何かを注いで少し飲んだあと、わたしに別のグラスを手渡した。わたしは声を震わせて、愚かな質問をすることしかできなかった。

「すると、ウォーカーは失神しただけだったんですね――悲鳴で意識を回復して、そのあとは斧で……」

「そうです」ドクター・マクニールの声は低かった。「しかし蛇のために死んだも同然ですよ。恐怖が二つのやりかたで作用したのですからね――失神したばかりか、女房の頭にあられもない話を詰めこんだために、女房が蛇の魔物を見たと思って斧を振りまわしたのです」

わたしはしばし考えた。

「では、オードリイは……イグの呪いがオードリイに降りかかったように思えるのは妙じゃありませんか。しゅうしゅう音を立てる蛇の印象がよほど強く心に焼きついたとは思いますが」

「そうなのですよ。最初は正気に返ることもありましたが、次第に稀れになっていきましてね。髪が根もとから真っ白になって、しばらくすると脱けはじめましたよ。皮膚が斑になって、死んだときには……」

わたしは愕然として口をはさんだ。

「何ですって。オードリイは死んだんですか。それならあれは何だったんです——地下にいたあれは」

ドクター・マクニールが重おもしい口調でいった。

「あれは九ヵ月後にオードリイが生んだものですよ。三人いましたがね——二人はもっとひどかった。生き残っているのはあれだけなのです」

電気処刑器

アドルフ・デ・カストロ

法による処刑の危険に直面したこともないというのに、わたしは電気椅子のことが話題にのぼると、いささか奇妙な恐怖を感じる。実際のところ、電気椅子について口にされると、公判で死罪に問われている者よりも、わなわなと身を震わせてしまうようだ。それというのも、電気椅子から四十年前の事件——わたしを未知の黒ぐろとした深淵に近づけたきわめて異様な事件——を連想するからである。

一八八九年にわたしは会計検査官および調査官として、サン・フランシスコのトラスカラ鉱山社と関係があり、この会社はメキシコのサン・マテオ山脈にあるいくつかの銀と銅のささやかな鉱区で操業をしていた。第三鉱区にはかねてから問題があって、アーサー・フェルダンという、無愛想でうさん臭い副監督がいたのだが、八月六日に会社から届いた電報には、フェルダンが在庫元帳、有価証券、私文書の一切合切を持ち逃げして、事務および財務状況全般に由由しい混乱が生じていると記されていた。

この事態は会社に大打撃を与え、午後遅くにマクーム社長がわたしを社長室に呼びつけ、いかなる犠牲を払っても書類を取り返せと命じた。重大な問題点がいくつかあることは社長も承知していた。わたしはフェルダンに会ったことがないし、顔のはっきりわからない写真があるだけだった。さらに、わたしは翌週の木曜日——わずか九日先——に結婚式を控えていたので、いつ終わるとも知れない人狩りのためにメキシコに急行させられることには、当然ながら乗り気ではなかった。しかしながらどうあっても必要なことなので、マクーム社長はわたしを直ちに派遣するのも已むなしと判断し、わたしも自分の立場というものを考えて、おとなしく従えばそれだけの報いはあるはずだと決めこんだ。

その夜に出発し、社長の専用車両でメキシコ・シティまで行ったあと、鉱山までは狭軌鉄道を利用しなければならないとのことだった。現地に到着しだい、第三鉱区の監督であるジャクスンが委細漏らさず説明して、可能なかぎり手がかりを与えてくれるので、そのあと本格的に調査がはじまることになる——場合によっては、山歩きをしたり、海岸までくだったり、メキシコ・シティの小路を虱潰しに調べたりすることになる。わたしはできるだけ早くこの任務を——必ずや首尾よく——果たすという、断固たる決意を胸に秘め、書類ともども犯人を連行して早々に戻ることや、そうすればほとんど勝利の儀式ともなる結婚式のことを思いうかべて、憤懣やるかたない思いを和らげた。

家族や婚約者や主だった友人たちに事情を知らせ、あわただしく旅の準備をすませると、午後八時に南太平洋鉄道の駅でマクーム社長に会って、指示書と小切手帳を受け取り、八時十五分発の東行き大陸横断列車に連結された、社長の専用車両に乗りこんで出発した。その後の旅は平穏無事なものであることが運命づけられているようで、ぐっすり眠りこんでからは、ありがたくも手配された専用車両の快適さを満喫しながら、指示書を丹念に読んだり、フェルダンを捕えて書類を取り戻す計画を立てたりした。トラスカラ地方のことは――おそらく行方をくらました男よりも――よく知っていたので、フェルダンが既に鉄道を利用していないかぎり、わたしの調査にはかなりの強みがあった。

　指示書によれば、フェルダンはしばらく前からジャクスン監督の悩みの種であったらしく、人目をはばかるように振舞ったり、妙な時間に会社の研究室で何とも知れない作業をしたりしていたという。メキシコ人の職長や何人かの日雇い労働者と結託して鉱石を盗んだ疑いが強いが、現地人の鉱夫たちは解雇されながらも、狡猾な職員に関しては、断固たる処置を取るための正当な根拠となるだけの証拠がなかった。事実、うさん臭いところがあるにもかかわらず、フェルダンの振舞には罪悪感よりも反抗心があるように思えたという。フェルダンは何かというとすぐに突っかかり、自分が会社を食いものにしているのではなく、会社が自分を食いものにしているかのようにしゃべっていた。ジャクスンの報告書によると、同僚のあからさまな監視にさらされて、次第に苛立ちをつのらせていったらしく、それがいまや事務所にあった大事な書類を洗いざらいかっさらって逃げ出したのだ。いまどこにいるかについては推測もままならないが、ジャクスンの最後の電報では、マリンチェ連峰の荒れた山腹ではないかとされていた。神話に謳（うた）われる高峰は屍（しかばね）のような輪郭を描いており、盗みを働いた現地人はこの近辺の者だったという。

翌日の午前二時にエル・パソに到着すると、専用車両が大陸横断列車から切り離され、電報によって特別に手配された、南方のメキシコ・シティに向かう機関車に連結された。わたしは夜明けまでうつらうつら過ごし、その日は終日メキシコのチウアウアの荒涼とした平坦な土地を進んだものだから、退屈でたまらなかった。乗務員からメキシコ・シティには金曜の正午に到着するといわれていたが、まもなく遅延に次ぐ遅延が起こり、貴重な時間を無駄にしているのがわかった。単線なので、側線で他の列車の通過を待つことが度重なったうえ、ときおり発熱軸箱といったものに問題が生じて、予定をさらに遅らせたのである。

トレオンには六時間遅れで到着し、遅れを取り戻すために速度をあげることに車掌が同意したときには、金曜の午後八時近くになっていた——この頃には予定よりも十二時間の遅れが出ていた。わたしは神経が苛立ち、やりきれない思いで車両を歩きまわることしかできなかった。最後には速度をあげたことが裏目に出てしまい、半時間とたたない内に、発熱軸箱の問題が専用車両で発生したため、頭にくるほど待たされたあげく、速度を四分の一に落として、さまざまな店のある次の駅——クェレタロという工場町——で分解調整することになった。これにはもはや我慢もできず、子供のように地団駄踏みたい心境だった。実際のところ、カタツムリのようにのろのろ進む列車を少しでも速く進めようとでもいうように、座席の肘掛けをぐいぐい押していることに気づくことがあった。

クェレタロに到着したときには午後十時近くになっていて、専用車両が側線に入れられ、十人ほどの現地の作業員がいじりまわしているあいだ、わたしは駅のプラットフォームで苛立たしい一時間を過ごした。そのあげく、台車に新しい部品が必要だが、メキシコ・シティに行かなければ手に入らないので、ここではどうしようもないといわれたのである。何もかもがわたしの前進を阻んでいるようで、わたしはフェルダンがますます遠ざかっていくように思って歯を食いしばった——おそらくもういまごろは、港のあるベラ・クルスか鉄道の便のよいメキシコ・シティに易やすと達しているだろう。それなのに、わたしはといえば、新たな遅延に阻まれて、なすすべもないのだった。もちろんジャクスンが周辺の町すべての警察に通報していたが、この国の警察の有能さがどの程度のものかは、悲しくなるほどよく知っていた。

やがてまもなく、わたしに取れる最善の策が、アグアス・カリエンテスを出発して、クェレタロに五分間停車する、メキシコ・シティ行きの通常の急行列車に乗ることだとわかった。時間通りに運行しているなら、午前一時にやってきて、メキシコ・シティには土曜の午前五時に到着する。切符を買ったときにわかったことだが、この夜行列車は二人掛けの座席が並ぶアメリカ式の長い車両ではなく、仕切り客室のあるヨーロッパ式の車両を使用していた。このタイプの車両は、ヨーロッパが敷設権をもっていたため、メキシコに鉄道が敷設された初期によく使われ、一八八九年でもメキシコ中央鉄道は短距離の路線ではまだかなりの数の車両を走らせていた。いつもなら他人と顔を突き合わせたくないので、アメリカ式の車両を好むが、このときばかりは外国の車両を嬉しく思った。夜も更けているので、仕切り客室を独り占めにできる見こみがあったし、疲れて神経過敏になっている状態では、孤独がありがたいものだったからだ——仕切り客室いっぱいに広がって、柔らかい肘掛けと背もたれのある、心地よい詰物のされた座席も歓迎すべきものだった。わたしは一等の切符を買い、側線に入れられた専用車両からスーツケースを取ってきて、マクーム社長とジャクスンの二人に事情を知らせる電報を打つと、駅に腰をおろして、張り詰めた神経を鎮めながら、急行列車が到着するのをじりじりと待った。

驚いたことに、列車は半時間遅れただけで到着したが、たとえそうであっても、深夜の駅で唯一人待ちつづけていたわたしは、ほとんど忍耐が尽きはてようとしていた。客室に案内してくれた車掌から、遅れを取り戻すので首都には定刻に着くと告げられると、静かな三時間半の旅を期待して、進行方向に向いた座席にゆったりと腰をおろした。頭上にあるオイル・ランプの光は薄暗くて心地よく、不安に苛(さいな)まれて神経を張り詰めていながらも、必要な睡眠を少し取っておこうかと思った。列車が動きはじめたとき、乗っているのがわたしだけのようなので、そのことを心から嬉しく思った。頭に思い浮かぶのは調査のことばかりで、次第に速度をあげていく列車のリズムに合わせて、いつしか舟を漕ぐようになっていた。

やがて突然、一人きりではないのを感じ取った。斜め向かいの隅に、並外れて体の大きな男が粗末ななりで、顔が見えないほど前屈みになっていた。薄暗い照明のせいで、以前には見えなかったのだろう。男の傍らの座席には、傷だらけで膨れあがった、大きなスーツケースがあって、男は眠りこんでいながらも、体に不釣合なほっそりした手でしっかりと掴んでいた。急なカーヴか踏切に差しかかって、甲高い汽笛が鳴り響いたとき、眠っていた男がびくっと体を動かし、油断なく半ば目覚めたようで、頭をあげて端整な顔を見せた。顎鬚があって、明らかにアングロ＝サクスンとわかる顔立ちで、黒い目がきらめいていた。わたしを見ると、はっきり目を覚ましたが、やや敵意のあるきつい眼差しだったので驚いた。どうやら客室をずっと独り占めできると願っていて、わたしがいるのを腹立たしく思ったのだろう。わたしにしても、薄暗い客車に見知らぬ男がいるのを知ってがっかりしたのだから、無理もないところだ。しかしながらこの場は上品に収めるしかないので、わたしはこの客室に入りこんだことで、謝罪の言葉を口にしはじめた。同じアメリカ人であるようだし、少し丁寧な言葉を交せば、二人とも気が楽になるだろう。そのあとは旅のあいだおたがいに安らかに過ごせる。

驚いたことに、男はわたしの礼儀正しい挨拶にひとことも応えなかった。まじまじと、まるで値踏みでもするようにわたしを見つめつづけ、困惑したわたしが葉巻を勧めると、片手をあげて苛立たしそうに横に振った。別の手はなおもくたびれた大きなスーツケースをしっかり掴んだままで、全身からそこはかとなく悪意めいたものを発散しているようだった。しばらくすると、不意に顔を窓の方に向けたが、外の真っ黒な闇のなかに見えるものなどなかった。奇妙なことに、何かをじっと見つめているようで、本当に何か見えるものがあるかのようだった。

わたしはそれ以上はかまわず、男に好きなように振舞わせることにして、座席にもたれかかると、中折れ帽の鍔をさげ、目を閉じて、半ば当てにしていた睡眠を何とか取ろうとした。

長いあいだ眠ることも、ぐっすり眠ることもできないまま、何か外部からの力に反応したかのように目が開いた。決意をこめて目をふたたび閉じて、また眠ろうとしたが、まったく無駄だった。何らかの力が働いて、わたしを眠らせまいとしているように思えるほどだった。それで頭をもたげ、薄暗い客室を見まわし、何かおかしいことはないかと調べてみた。何事もないようだったが、斜め向かいの隅にいる男が一心にわたしを見つめているのに気づいた――以前の無愛想な態度が変化したことをほのめかすような、愛想のよさや親しげなところは毫もなく、まじまじと見つめているのだった。今度はわたしも話しかけようとはせず、眠っていたときと同じ姿勢で座席にもたれかかり、また眠りこんだふうを装って、目を半ば閉じながら、目深におろした帽子の鍔の下から興味深く男を見つめつづけた。

列車が夜をついて走りつづけるなか、わたしを見つめる男の表情に、徐々に微妙な変化が起こりはじめるのが見えた。どうやらわたしが眠りこんだことに満足したらしく、その顔に妙にさまざまな感情が入り乱れて浮かんだのだが、安心していられるような性質のものではなかった。憎悪、不安、勝利感、熱狂が、口もとの皺や目のあたりにあらわれては消えるなか、男の眼差しは実に驚くべき貪欲さと残忍さをたたえてぎらつくようになった。突然、わたしの脳裡に閃くものがあった。この男は狂っており、それも危険なまでに狂っているのだ。

事態の何たるかを察したとき、わたしが心底震えあがったことを隠すつもりはない。体じゅうに冷汗をかきながら、くつろいで眠っているふりをしようと懸命の努力をした。当時のわたしにとって、人生は魅力にあふれたものであり、殺意をもった狂人——おそらく武器を所持して、確実に途方もない力をもつ狂人——を相手にすることなど、意気阻喪する恐ろしいことだった。どんな戦いをしても、わたしの不利の甚だしいことは目に見えていた。男はまさしく巨人であり、明らかに運動選手なみの体調を誇っているのにひきかえ、わたしはいささかひ弱な体格で、そのときは心痛に苛まれ、睡眠不足に陥り、神経を張り詰めていることで、ほぼ憔悴しきっていたからである。間違いなくわたしには都合の悪いときであり、男の目に狂気の怒りを認めるや、恐ろしい死が間近いことをまざまざと感じ取った。過去のさまざまな出来事が、これを最後とするかのように、意識に上ってきた——溺れる者が最後の瞬間に人生のすべてを思いだすといわれるように。

もちろん上着のポケットには回転拳銃があったが、そのポケットに手を入れて拳銃を取り出そうとする動作など、たちまち見抜かれるだろう。さらに拳銃を手にしたところで、狂人にどれほどの効果があるかはわかったものではない。たとえ一、二発撃ったとしても、相手はまだ十分な力を残して、わたしから拳銃を奪い取り、わたしをいいようにあしらうだろう。あるいは武器を携行しているなら、わたしから拳銃を奪うこともせずに、撃ったり刺したりするかもしれない。相手が正気の人間なら、拳銃を向けることで怯えさせることもできようが、狂った者は結果など気にもせず、超人的な力を発揮して、侮りがたい脅威となるのである。フロイト以前の当時であっても、自制心のない者が危険な力をもっていることは、わたしも常識として知っていた。隅にいる男はまさに殺意のある行動に移ろうとしているのであって、ぎらつく目と引きつる顔を見るにつけ、そのことに一瞬として疑問をもちえなかった。

と、突然、男の息づかいが興奮したあえぎにかわり、胸が大きく上下しはじめた。決定的な対決のときが迫っており、わたしはやっきになって、どうすれば一番よいかを考えようとした。眠っているふりをしたまま、気づかれないように右手をそろそろと拳銃のあるポケットに近づけていき、そうしながらも狂人を仔細に見つめて、わたしの動きに勘づいた気配はないかと窺った。不幸にも気づかれてしまった——それが狂人の顔にあらわれる暇もなかった。大男にしては信じられないほどの敏捷な動きで、いきなりわたしに襲いかかってきた。伝説の巨大な人食い鬼のように、大きな体をあげて前に乗り出し、力強い片方の手でわたしを押さえこみながら、もう一方の手でわたしが拳銃を摑もうとするのを防いだ。わたしのポケットから拳銃を摑み取り、自分のポケットに収めると、おのれの肉体によってわたしを好きなようにできるのをよく心得て、蔑むようにわたしから手をはなした。そしてすっくと立ちあがり——頭が客室の天井に触れそうだった——わたしをまじまじと見つめたが、目にこもっていた激怒がすぐに消えて、哀れみまじりの嘲笑と不気味な抜け目なさを窺わせるものになった。

わたしが身動き一つせずにいると、男はまた向かい合う座席に腰をおろし、ぞっとするような笑みを浮かべながら、膨れあがった大きなスーツケースを開けて、妙な見かけのものを取り出した――しなやかそうな鋼線をキャッチャー・ミットのように織りあげた、かなり大きな籠のようなものだったが、その形はむしろ潜水服のヘルメットに似ていた。一番上にコードが繋がり、スーツケースのなかまで伸びていた。男はこの装置を膝に載せ、見るからに愛情たっぷりな仕草で撫でまわし、またわたしに目を向けると、顎鬚に覆われた唇を猫のような仕草で舐めた。そしてはじめてしゃべった――粗末なコーデュロイの衣服やだらしない恰好とはそぐわない、やさしさと教養をたたえた、低い穏やかな声だった。

「君は幸運な人だ。誰よりも先にこれを使われるのだからな。驚嘆すべき発明の初の成果として、歴史に名を残すことになる。社会に途方もない結果が引き起こされるだろう――いうなれば、わたしは傑出することになる。いつもそうなのだが、それを知る者はいない。君にはわからせてやる。知性のある実験材料だからな。猫や小型の驢馬では成功した――驢馬でさえうまくいったのだから……」

　男が息を継ぎ、頭全体を激しく振ったので、それに合わせて顎鬚に覆われた箇所が揺れた。視界を遮るものでもあって、それを振り払おうとしたかのようで、この動作がおさまったときには、表情がはっきりしたというか、すっきりしたものになって、穏やかな平静さをたたえた顔には、あの狡猾さがかすかに窺えるだけだった。わたしはこの変化を即座に見てとるや、男の心を無害なものに振り向けられるかどうかを確かめるため、思いきって話しかけてみた。

「素晴しい精密な機械をおもちのようですね。どうやって発明なさったのか、教えていただけませんか」

　男がうなづいた。

「論理的な考察によるものだよ。わたしは時代の要請を考慮に入れ、それに従って行動したまでだ。わたしほど強い精神力をもっていれば――わたしのように精神を集中できれば――ほかの者でも同じことができたかもしれない。わたしには確信――自在に振える意志の力――があったただけのことだ。誰もまだわかっていないが、クェツァールコアートルがふたたびあらわれる前に、どうあっても地上から人類を一掃しなければならず、それも優雅なやりかたで成さねばならないことを、わたしは知ったのだ。いかなる形のものにせよ、虐殺はわたしの好むものではないし、絞首刑は野蛮で粗野なものだ。君も知っているだろうが、昨年ニューヨークの州議会では、死刑判決を受けた者に電気椅子による処刑をおこなうことが可決された――が、連中の考えている装置たるや、スティーヴンスンのロケット号やダヴァンポートの最初の電気機関車のように原始的なものでしかない。わたしはもっと優れたやりかたを知っていたから、そういってやったが、連中には聞く耳もなかった。何たる莫迦者どもか。人間と死と電気について、何も知らない者のように、このわたしをあしらうとはな――幼い頃より学徒であったわたしをだぞ。科学技術者であり技師であり、冒険軍人であるわたしをだ……」

　男が座席にもたれかかって、目を細めた。

「二十年以上も前に、わたしはマクシミリアンの軍隊にいたのだ。マクシミリアンがメキシコ皇帝になって、わたしは貴族に叙せられるところだった。それなのに、あの忌わしい混血のメキシコ人にマクシミリアンが殺され、わたしは帰国しなければならなかった。しかしわたしは戻った——何度も何度もメキシコに戻った。いまはニューヨークのロチェスターに住んでいるが……」

男は目に狡猾そうな色を浮かべ、身を乗り出して、体格とは不釣合な繊細な手でわたしの膝に触れた。

「わたしはメキシコに戻り、誰よりも深く分け入ったのだ。混血のメキシコ人は大嫌いだが、生粋（きっすい）のメキシコ人は好きだ。不思議かね。よく聞けよ、君——君もメキシコがスペインのものだと思っているわけではないだろう。わたしの知っている部族の者たちを、君も知っていればな。山岳地帯には……山のなかには……アナウアク……テノクテニトラン……古ぶるしきものども……」

男の声が抑揚をつけて吠えたてるようなものになった。

「イア、ウイツィロポチトリ……ナウアトラカトル。七、七、七つの部族とは……ソチミルカ、チャルカ、テパネカ、アコルウア、トラウイカ、トラスカルテカ、アステカだ。イア、イア、わたしはチコモストクの七つの洞窟に行ったが、そのことを誰が知ろう。こうして君に話しているのは、君が誰にも告げられないからだ……」

興奮が鎮まり、普通の口調に戻った。

「山岳地帯で語られていることを知れば、君はたまげるだろう。ウイツィロポチトリが戻ってくるのだ……そのことについて疑問の余地はない。メキシコ・シティの南部にいる日雇い労働者でも知っていることだ。しかしわたしはこれについては何もするつもりはなかった。さっきもいったように、何度も帰国して、わが電気処刑器で社会に貢献するつもりだったが、あの呪わしいオールバニイの州議会が別のやりかたを採用した。何たるお笑い種か。悪い冗談だ。袖付き安楽椅子を用意して、暖炉のそばに坐らせるようなものだ。ホーソーンの小説ではないのだぞ……」

男が上品な笑いを陰鬱に真似たような含み笑いをした。

「ああ、連中の呪わしい椅子に真っ先に坐り、二つのちっぽけな蓄電池の電流を感じたいものだ。そんなものでは、蛙の脚だってぴくつくものか。連中はそれで殺人犯を殺せると思っているのだからな——当然の報いだ。万事この調子だからな。しかし、君、ごく僅かな者だけを殺すのは、まったくの無駄——いうなれば無意味な不合理というもの——にすぎない。誰もが殺していているではないか——アイデアを殺し、発明を盗み、しげしげ眺めてわたしの発明まで盗むのだからな……」

男が喉を詰まらせて言葉を切ったので、わたしは宥めるように声をかけた。

「あなたの発明したものはもっと優れているはずですから、いずれ使用されるようになりますよ」

　どうやらわたしの機転も十分なものではなかったらしく、男が新たな苛立ちをつのらせた。

「優れているはずだと。上品ぶった穏やかで控えめな言葉だな。呪わしい連中を気づかってのことか――しかし君にもすぐにわかる。あの電気椅子に優れた点があるなら、それはわたしの発明から盗んだものだからだ。ネサウアルピリの霊が聖なる山でわたしにそう告げた。連中はわたしに散々目を光らせ……」

　男がまた喉を詰まらせたあと、ふたたび頭と顔の表情を震わすような仕草をした。そうすることで、一時的に気持が落ちつくようだった。

「わたしの発明に必要なのはテストだ。それがこれだ――ここにある。鋼線帽、すなわち頭を包みこむ鋼線の網は、しなやかで自在に曲げられるので、誰の頭にでも簡単に装着できる。首輪で締めるが、窒息することはない。電極が額と小脳の基部に触れる――それだけのことだ。脳を破壊されて、いったい何ができるというのだ。それなのにオールバニイの阿呆どもは、オーク材の彫刻入りの安楽椅子を使い、頭から足まで全身に電流を通さなければならないと思っているのだ。莫迦にもほどがある――頭を撃ち抜けば、体に発砲する必要がないことも知らない。わたしは戦場で人が死ぬのを見てきた――わたしの方がよく知っている。それに連中の高電圧回路や発電機ときたら、愚かきわまりないものだ。どうしてわたしが蓄電池で成しとげたことが、連中にはわからなかったのか。連中は耳を貸そうともしなかった……誰もわかっていない……秘密を知っているのはわたしだけだ……だからこそ、わたしとクェツァールコアートルとウイツィロポチトリが世界を支配することになるのだ――わたしがそうさせてやればの話だがな……しかし被験者が必要だ……被験者がね……最初の被験者に誰を選んだのかはわかっているな」

わたしは男の気持を鎮めるために、まず冗談めかして話しかけ、すぐに好意的な真剣な申し出をした。頭の閃きと適切な言葉をもってすれば、まだ身の安全を保てるかもしれなかった。

「それなら、わたしがやってきたサン・フランシスコには、政治家のなかにうってつけの被験者が大勢いますよ。彼らにはあなたの処置が必要だし、あなたが装置をもちこむのをお手伝いしましょう。いえ、実際の話、間違いなくお手伝いできると思いますよ。サクラメントウでは少しは顔もききますし、わたしがメキシコでの仕事を終えてから、わたしと一緒に帰国なさるなら、発明について発表する機会をつくってさしあげますとも」

男が落ちつきはらって礼儀正しくいった。

「いや、わたしは帰国できないのだ。あのオールバニイの犯罪者どもがわたしの発明を退け、スパイを使ってわたしを見張らせ、わたしの発明を盗ませたときに、アメリカには戻るまいと誓ったからな。しかしアメリカ人の被験者が必要だ。混血のメキシコ人は呪われていて、被験者にするのは安易にすぎる。純血のインディオ――羽毛のある蛇の真の子ら――は、あいふさわしい人身御供になる場合を除き、神聖犯しがたい……人身御供になる者も、儀式にのっとって屠られる必要がある。わたしは帰国することなくアメリカ人を手に入れなければならない――わたしが選ぶ最初の被験者は、このうえもない名誉を与えられることになるだろう。それが誰だかわかっているな」

わたしはやっきになって時間稼ぎをした。

「それが問題なら、メキシコ・シティに到着しだい、とびきりのヤンキーを十人くらい見つけてさしあげますよ。大勢の男がいる鉱区を知っていますからね。姿を消して何日たっても、誰も気にしない男たちです……」

しかし男が真の威厳のこもる新たな権威を振って口をはさんだ。

「もうやめろ――つまらん話は聞きあきた。立ちあがって、男らしく背筋を伸ばせ。わたしが選んだ被験者は君だ。名誉を与えられたことを、あの世でわたしに感謝するのだな。生贄の犠牲者が永遠の栄光を授けられたことを神官に感謝するように。これは新しい原理なのだ――このような電池を夢に見た者などいないし、世界じゅうで千年にわたって実験が続けられようと、二度と発明されないかもしれない。原子が見かけどおりのものではないことを知っているか。世の中にいるのは、こんなことすら知らない莫迦ばかりだ。わたしが世界を存続させれば、いまから百年後くらいには、どこかの愚か者が推測するだろうがな」

命令に従ってわたしが立ちあがると、男がスーツケースからコードを少し引き出して、わたしのすぐそばに立った。鋼線帽を両手で掲げてわたしの方に近づけ、日焼けした鬚面に紛れもない狂喜を浮かべた。一瞬、輝かしい古代ギリシアの秘儀伝授者や密儀神官のように見えた。

「さあ、若者よ、神酒（みき）を飲め。宇宙の美酒（うまざけ）……星の世界の霊酒（ネクタル）だ……リノス……イアックス……イアルメノス……ザグレウス……ディオニューソス……アテュス……ヒュラス……アポローンより生まれてアルゴスの猟犬に屠られる者よ……プサマテーの種子よ……太陽の子よ……エーウォエ、エーウォエ」

男がまた詠唱を口にしていたが、今度は遠い過去に思いをはせて、大学での古典の記憶を甦らせているようだった。わたしは立ちあがっていることで、客室の呼び鈴の紐が頭上の近くにあることに気づき、儀式めいた雰囲気に応じるふうを装って、手を伸ばせないだろうかと思った。試してみるだけの価値はあるので、男の詠唱に応じて「エーウォエ」と叫びながら、儀式めいた仕草で両腕を前に出してあげ、気づかれない内に紐が引けることを願った。しかし無駄だった。男がわたしの目的を見抜き、わたしの拳銃が入っている上着の右ポケットに片手をあてた。言葉を交す必要もなく、わたしたちはしばし彫像のように立ちつくした。そして男が物静かな声で、「ぐずぐずするな」といった。

逃れる術（すべ）はないかと、わたしはまたしてもやっきになって頭をめぐらした。メキシコの列車ではドアも窓も締め切りにはなっていないが、わたしが掛金を上げてとびだそうとしても、たやすく阻まれることだろう。それに、列車は速度をあげているので、たとえとびだせたところで、失敗とかわらぬ致命的なものになりかねない。なすべきことは唯一つ、時間を稼ぐことだけだった。終着駅に達するまでの三時間半の内、既にかなりの時間が過ぎているし、メキシコ・シティに到着すれば、駅にいる警官や警備員がすぐに助けてくれるだろう。

　駆け引きによって時間稼ぎをする機会は二度あるはずだった。鋼線帽をかぶるのを遅らせられるなら、かなりの時間が稼げる。もちろん男の発明したものが本当に危険なものだとは思っていなかったが、狂人のことを知らないわけではなく、実験が失敗したら何が起こるかは察しがついた。落胆したあげく、狂った論理で失敗をわたしのせいにして、その結果は殺意の漲る激怒の真っ赤な混沌となるはずだ。したがって実験はできるだけ長く遅らせなければならない。しかし第二の機会が存在する。うまく計画を立てれば、失敗した理由を説明づけてやり、男の注意を捉えて、多少なりとも原因を突き止めるように仕向けられるかもしれない。わたしは男がどれほどだまされやすいのかと思い、実験が失敗したときに、わたしが予言者や秘儀参入者、あるいは神として印象づけられるように、あらかじめ失敗することを予言しておくのはどうだろうかと考えた。メキシコの神話は少し齧っているので、試してみるだけの価値はあったが、まずほかの手段で時間稼ぎをしてから、予言を突然の啓示のようにもちだすつもりだった。わたしを予言者や神だと思わせられれば、はたしてわたしは助かるのか。わたしはクェツァールコアートルやウイツィロポチトリに「なりすまして」ごまかせるのか。とにかくメキシコ・シティに到着する五時までは、何としてでも時間稼ぎをしなければならなかった。

　しかしわたしが「時間稼ぎ」の口実としてもちだしたのは、遺言をつくるという昔ながらの策略だった。狂人がぐずぐずするなとまたいったとき、わたしは家族のことや結婚する予定であることを話し、気持を伝えて財産を処分する手紙を書かせてくれと頼んだ。紙を何枚かくれて、書きあげたものを郵送することに同意してくれるなら、安らかに喜んで死ぬこともできると告げた。男はしばらく考えこんだあと、わたしに有利な裁定をくだし、スーツケースから帳面を取り出して、厳かに手渡したので、わたしはふたたび座席に腰をおろした。わたしは鉛筆を取り出し、書きはじめるや、うまく芯を折って、男に鉛筆を探させて、少しは時間稼ぎをした。男は自分の鉛筆を手渡すと、わたしの折れた鉛筆を手にして、上着に覆われた腰のベルトに差していた角柄の大きなナイフで削りはじめた。二本目の鉛筆の芯を折っても、時間稼ぎはできそうになかった。

そのとき何を書いたのかは、いまとなってはほとんど思いだせない。大半はたわごとで、何を書けばよいかも考えられないまま、記憶にある文芸作品の断片をあれやこれやと書き留めたのだった。文字としての体裁を損なうことなく、できるだけ読みにくい筆跡で記した。男が実験をはじめる前に、わたしが書いたものを見たがるのはわかっていたし、まったくのたわごとだと知れば、何をしでかすかは察しがついたからである。試練は恐ろしいものであって、列車の遅さが苛立たしいばかりだった。以前には車輪が全速力でレールを走る小気味好い音に口笛を吹いたものだが、いまはそのテンポが葬送行進曲のテンポのように遅くなっているように思えた――わたし自身の葬送行進曲なのだと、陰鬱に思った。

わたしの策略がうまくいったのは、横六インチ縦九インチの用紙で四枚書きあげたところまでで、狂人が懐中時計を取り出して、あと五分で書きあげろといった。次にどうすればよいのか。あわてて遺言を書きおえる体裁を繕っていると、新たな考えが閃いた。飾り書きで署名をして、書きあげたものを手渡すと、男は無造作に上着の左ポケットに収めた。わたしは影響力のあるサクラメントウの友人たちのことを男に思いださせ、男の発明に強い興味を示すだろうといった。

「紹介状を書いたほうがよくはありませんか」わたしはいった。「わたしの署名を付けて、あなたの処刑器のスケッチと説明をしておけば、喜んで耳をかたむけてくれるでしょうよ。あなたを有名にしてくれますとも——彼らがよく知って信頼する、わたしのような者から紹介されれば、あなたの処刑器がカリフォルニア州で採用されることに疑問の余地はありません」

わたしがこのやりかたを取ったのは、発明家として挫折したことを思いださせ、狂気におけるアステカの信仰にかかわる面をしばらく忘れさせるのを願ってのことだった。男がまたこの狂気をさらけだせば、「啓示」と「予言」をもちだそうと思った。この目論見はうまくいき、男は満足そうに目をきらめかしたが、早くしろとそっけなくいった。そしてスーツケースのなかに手を入れ、妙な見かけのものを取り出した。ガラス製の小さな容器とコイルが集まったものので、鋼線帽のコードが接続されていた。男が熱のこもった口調でまくしたてたものは、専門的にすぎてわたしにはよくわからなかったが、理路整然とした説明のようだった。わたしは男が告げることを書き留めるふりをしながら、あの奇妙な装置は本当に電池なのだろうかと思った。鋼線帽を装着されたら、かすかなショックでもあるのだろうか。男は本物の電気技師であるかのように確信をもってしゃべっていた。発明品を詳しく説明するのが性に合っているらしく、以前ほど苛立ってはいないことがわかった。男が説明を終える前に、希望にあふれた夜明けの光が窓を赤く染め、わたしはようやく狂人から逃れられる可能性を感じた。

しかし男も夜明けを目にして、ふたたび目をぎらつかせるようになった。列車が五時にメキシコ・シティに到着するのを知っていて、何か心を奪う考えで決心をくつがえさないかぎり、力づくで速やかな行動に移りそうだった。男が電池をスーツケースのそばに置いて、決意も新たに立ちあがったとき、わたしは必要なスケッチに取りかかっていないことを思いださせ、電池と一緒に描けるように、鋼線帽をもってくれと頼んだ。男がこれに応じて、また坐ったが、早くしろと何度も叱りつけた。わたしは情報を得るためにすぐに手を止めて、犠牲者は処刑のときにどんなふうにされるのか、犠牲者がもがくのをどう克服するのかとたずねた。

「それはだな」男がいった。「犯罪者を柱にしっかり縛りつけるのだ。どれほど頭を振ろうと問題はない。鋼線帽は頭にぴったり嵌(はま)っているし、電流が流れるとさらに締まるからな。スイッチはゆっくりまわしていく——ほら、これを見ろ。可変抵抗器まで使って、万事怠(おこた)りなくしているのだ」

夜明けの光に包まれる外の景色に耕作地があらわれ、次第に家屋の数が増していくことで、ようやく首都に近づいていることがわかったとき、時間稼ぎの新たな考えが閃いた。

「しかしですね」わたしはいった。「電池のそばに置かれているのと同様に、鋼線帽を人間の頭に装着しているところもスケッチしておかなければなりませんよ。スケッチできるように、ほんのしばらくかぶっていただけませんか。新聞社も役人と同じように知りたがるでしょうし、彼らは完全主義者ですからね」

偶然のこととはいえ、これは思っていたよりもうまくいき、わたしが新聞社といったとたん、男の目がまたきらめいた。

「新聞社か。そうか、君はあの忌わしい連中にさえ、わたしの話に耳をかたむけさせられるのか。連中はわたしを笑い、ひとことも記事にしてくれなかった。さあ、急いで仕上げろ。一秒も無駄にはできんからな」

男が鋼線帽を頭に装着して、わたしが鉛筆を走らせるのを熱い目で見守っていた。苛ついて両手をぴくぴく動かしながら坐り、鋼線帽をかぶった姿は、グロテスクなほど滑稽だった。

「よし、呪わしい連中に図を掲載させるのだ。君が莫迦げた誤りをおかしていたら、わたしが手直しする――何としてでも正確なものにしなきゃならんからな。あとで警察が君を見つけてくれるだろう――それで効果のほどがわかるというものだ。連合通信社が記事を流してくれるだろう――君が書いた紹介状がものをいう……不滅の名声がわたしのものとなるのだ……急げ。急いで仕上げろ。何をぐずぐずしているのだ」

列車が目的地近くの路盤のよくないところに差しかかり、ときおりひどく揺れることがあった。わたしはこの揺れに乗じて、また鉛筆の芯を折ったが、もちろん狂人が削ったわたしの鉛筆をすぐに手渡されただけだった。最初に思いついた策略もこれまでで、わたしはすぐに鋼線帽をかぶることになるはずだと思った。到着時間までまだ優に十五分はあるので、狂人の注意を信仰面にそらして、聖なる予言を口にすべきときだった。

わたしはナウア＝アステカ族の神話の断片をかき集め、急に鉛筆と紙を投げ捨てると、詠唱を口にしはじめた。

「イア、イア。汝、全なるもの、トロクェナウアクェよ、我らを生かしめるもの、イパルネモアンよ。聞こえる、聞こえるぞ。見える、見えるぞ。蛇をかかえる鷹に彌栄（いやさか）。託宣なるぞ。ウイツィロポチトリよ、わが心に汝の雷が響く」

わたしが抑揚をつけてこう告げるや、狂人が妙な鋼線帽ごしに信じられないといった目つきで見つめ、整った顔に驚きと困惑が浮かんだが、すぐに畏怖の念になりかわった。一瞬、頭が空っぽになったような顔つきをしたが、すぐに新たな表情が浮かんだ。そして両手を高だかとあげて、夢でも見ているかのように唱えはじめた。

「ミクトランテウクトリ、大いなる主よ、奇瑞（きずい）あり。汝の黒き洞窟より奇瑞あり。イア、トナティウー＝メツトリ。クトゥルートゥル。命じられよ。我は従わん」

この応答のたわごとのなかに、わたしの記憶の奇妙な断片に引っかかる言葉が一つあった。

奇妙だというのは、メキシコ神話に関する本にはまったくあらわれないのに、わが社のトラスカラ鉱区の作業員がこわごわと囁いているのを一度ならず耳にしたことがあったからだ。ことのほか古い密儀にかかわるものらしく、独特の囁き声での応答をときたま耳にしたことがあったし、大学の権威にはまったく知られていなかった。この狂人は言葉のふしぶしから窺えるように、山岳地帯の鉱夫やインディオとかなりのあいだ一緒に過ごしたことがあるにちがいない。こうした記録に残らない伝承は、読書だけでは得られないからである。狂人がこの二重に不可解なたわごとに重きを置いていることを知ると、わたしは狂人の最も無防備なところを突くべく、現地人が使っていた不可解な応答を口にした。

「イア＝ルルイエ。イア＝ルルイエ」わたしは叫んだ。「クトゥルートゥル・フタグウン。ニグラトル＝イグ。ヨグ＝ソトートゥル……」

しかし最後まで口にすることはできなかった。おそらく予想もしていなかった正確な応答を耳にして、狂人は法悦に身を震わせ、床に跪く姿勢を取って、鋼線帽をかぶった頭を左右に振りながら何度も上下させた。顔を左右に向けるたびに、敬意はますます深遠なものになって、泡を吹く口から単調な声が高まり、「殺せ、殺せ、殺せ」といっているのが聞こえた。わたしはやりすぎてしまったことを知った。応答の文句を口にしたばかりに、つのりゆく狂気を解き放ってしまい、このままでは列車が駅に着く前に殺されそうだった。

狂人が頭を大きく振るようになるにつれ、当然ながら鋼線帽と電池を繋ぐコードが引っ張られていった。いまや何もかもを忘れはてる恍惚の狂喜の内に、頭を大きくまわしはじめたので、コードが首に巻きついて、座席にある電池が引っ張られだした。避けがたいことが起こって、電池が床に落ちて壊れたとき、狂人はどうするのだろうかと思った。

する内に突然の惨事が起こった。狂人が恍惚とした熱狂状態で頭を振るや、電池が座席の縁から引っ張られて、ついに床に落ちたのだが、完全に壊れたわけではないようだった。わたしが一瞬の内に目にしたのは、可変抵抗器が床にあたって、たちまちスイッチが全開になったことだった。そして驚くべきは実際に電流が流れたことである。発明品は狂気の夢にすぎないわけではなかったのだ。

目も眩む青いオーロラめいた輝きが見えた。この狂った恐ろしい旅のあいだ耳にしたどの叫びよりも凄まじい、遠吠えのような悲鳴が聞こえた。肉が焼ける不快な悪臭が鼻を突いた。緊張しすぎた神経ではそれ以上堪えきれず、わたしはたちまち意識を失って崩れこんだ。

メキシコ・シティで鉄道の警備員のおかげで意識を取り戻したとき、わたしの客室のそばのプラットフォームには人だかりができていた。わたしが思わず悲鳴をあげると、窓に犇(ひしめ)く顔に好奇心たっぷりの表情や、訝(いぶか)しそうな表情が浮かんだので、警備員が野次馬を追い払い、人ごみを縫うようにしてやってきた、身なりの整った医者だけを通してくれたのを嬉しく思った。わたしの悲鳴はごく自然なものだったが、わたしが目にすると思っていた客車の床の慄然たる光景以上のものに刺戟されたことによる。いや、それ以下というべきか。実際のところ、床には何一つなかったのだから。

警備員も、ドアを開けて失神しているわたしを見つけたときには、ほかに目につくものはなかったといった。この客室の切符を買ったのはわたしだけで、客室にいたのはわたしだけだった。わたしがいて、わたしのスーツケースがあるだけだった。わたしはクェレタロからずっと一人きりだったのだ。わたしが興奮して質問を執拗に続けると、警備員も医者も野次馬も、意味ありげに額を叩いた。

何もかもが夢だったのか。それともわたしは狂ってしまったのか。わたしは心痛に苛まれて神経を張り詰めていたことを思いだし、ぞくっと身を震わせた。警備員と医者に礼をいって、物見高い野次馬から逃れると、よろめくようにしてタクシーに乗りこみ、フォンダ・ナシオナルに向かい、そのホテルで鉱山のジャクスンに電報を打ってから、元気を取り戻そうとして午後まで眠った。鉱山行きの狭軌鉄道に乗り遅れないよう、一時に起こしてもらうようにしておいたが、目を覚ますと、ドアの下に電報が見つかった。ジャクスンからで、フェルダンがその日の朝に山岳地帯で死体となって発見され、その知らせが十時頃に鉱区にもたらされたと記されていた。書類はすべて無事に回収され、サン・フランシスコの本社には連絡済みとのことだった。それなら神経を張り詰めて性急におこない、苦しい精神的試練になったこの旅も、まったく無駄なものでしかなかったのだ。

こういう成行きになったにせよ、マクーム社長がわたしからの報告を待っているはずなので、わたしは先に電報を打ってから、ともかく狭軌鉄道に乗りこんだ。四時間後に、がたがた揺れる列車で第三鉱区の駅に着くと、ジャクスンが待ちかまえて、丁重に迎えてくれた。ジャクスンは鉱区の問題で頭が一杯らしく、わたしがなおも心をかき乱して憔悴していることにも気づかなかった。

監督の報告は簡潔なもので、砕鉱場の上の山腹にある、フェルダンの死体が安置された掘っ建て小屋にわたしを案内しながら話した。その報告によれば、フェルダンは昨年雇われたとき以来、一風変わった無愛想な男だったらしく、人目を忍んで何らかの機械をいじったり、いつもスパイに嗅ぎまわられていると不平をこぼしたり、現地人の作業員とうんざりさせられるほど親しく交わっていたという。しかし仕事のことはもちろん、この国のことや国民のことをよく心得ていた。よく長い旅をしては、メキシコ人労働者の住む山に入りこみ、彼らの古ぶるしい異教の儀式のいくつかに参加したこともあった。技師としての力量を自慢するのと同じように、妙な秘密や不思議な力のことをよくほのめかした。最近になって、急に判断力を失っていき、同僚を病的なほど疑うようになって、所持金が乏しくなってからは、親しくしている現地人労働者を鉱石の盗みに加わらせた。何やかやで驚くほどの大金を必要としていた――メキシコ・シティやアメリカの薬品工場や機械工場から引っきりなしに小包が届いていた。

最後に書類をすべて持ち逃げしたことについては、フェルダンが「スパイ活動」と呼んでいたものに対する、狂った復讐のつもりだったにすぎない。フェルダンは狂っていたにちがいなく、白人が誰一人として住んではいない、不気味なマリンチェ連峰の荒れた山腹に隠された洞窟まで行って、そのなかで何か奇妙なことをやっていたのだった。その洞窟は最後の悲劇がなければとうてい見つからなかっただろうが、慄然たるアステカの古い偶像や祭壇がいたるところにあった。胡乱(うろん)な性質の燔祭(はんさい)が最近になって捧げられたらしく、祭壇は焼け焦げた骨に覆われていた。現地人は何もしゃべろうとはせず——事実、何も知らないのだと言明したが——洞窟が彼らの古くからの密会所であって、フェルダンが彼らの実践をたっぷり分ち合っていたことは、容易に見てとれることだった。

捜索に携わった者たちが洞窟を見つけたのは、詠唱の声と最後の絶叫が聞こえたからにすぎない。その日の朝の五時に近く、一行は一晩の野宿を終えて虚しく鉱区に引きあげようとしていた。そのとき誰かが遠くにかすかな音を耳にして、屍(しかばね)の形をした山の斜面のどこか荒寥(こうりょう)とした高みから、鼻持ちならない現地人の古くからの儀式の言葉が唱えられているのを知った。一行は同じ古ぶるしい名前——ミクトランテウクトリ、トナティウー＝メツトリ、クトゥルートゥル、イア＝ルルイエといったもの——を耳にしたが、奇妙なことに英語の言葉も混じっていた。白人のまともな英語で、メキシコ人の発音ではなかった。一行が声を導きにして、草の絡まる山腹を急いで進んでいると、束の間静寂が続いたあと、悲鳴があがった。恐ろしい悲鳴だった——一行の誰もいままで聞いたことのない凄まじい悲鳴だった。煙めいたものもあって、鼻や目を刺すひどい悪臭が立ちこめた。

やがて一行は洞窟に行きあたり、入口は棘のあるメスキートの茂みに隠されていたが、いまや悪臭のある煙を吹き出していた。内部には火明かりがあって、恐ろしい祭壇やグロテスクな偶像が、半時間以内に取り替えられたにちがいない蠟燭の揺らめく炎に照らされていた。そして砂利の多い床には、一行を思わずあとずさりさせる恐ろしいものがあった。フェルダンの死体だった。頭にかぶっている何らかの奇妙な装置によって、かりかりに焼け焦げていた──その装置は鋼線の網のようなもので、近くの祭壇から落下したとおぼしき、かなり壊れた電池に繋がっていた。一行はそれを見て、目を見合わせ、フェルダンがいつも発明したと吹聴していた「電気処刑器」ではないかと思った。フェルダンはこれについて、誰も相手にしないくせに、盗んで複製をつくろうとしているといっていた。書類はそばに開かれていたフェルダンの大型スーツケースのなかにあり、一時間後には、一行は間に合わせの担架で身の毛のよだつようなものを運び、第三鉱区へと引き返しはじめた。

それだけのことだが、ジャクスンに導かれて砕鉱場を通りすぎ、フェルダンの死体があるという掘っ建て小屋に行くとき、わたしは顔が青ざめてよろめいていた。わたしは想像力がないわけではないし、どういうわけかこの悲劇に超自然的に嚙み合う恐ろしい悪夢を、あまりにもよく知っていたからである。ぽっかり開いたドアの向こう、物見高い鉱夫たちが取り囲んでいるところで、何を目にするかがわかっていたので、大柄の体や、粗いコーデュロイの衣服、妙に繊細な手、焼け縮れた顎鬚の断片、そして慄然たる装置を目にしても、竦みあがるようなことはなかった——電池は一部が壊れ、鋼線帽は内部にあったものが焼け焦げたことで黒ずんでいた。大きな膨れあがったスーツケースを見ても驚きはせず、二つのことに怖気づいただけだった——左のポケットから折りたたまれた紙が覗いていたことと、右のポケットが妙に垂れさがっていたことである。誰も見ていない一瞬の隙をついて、わたしは手を伸ばし、あまりにも馴染み深い紙を摑み取り、筆跡を見る勇気もないまま握りつぶした。その夜、パニックの恐怖めいたものに駆られ、目をそむけながら燃やしてしまったのは、いまとなっては悔いが残る。あることの確証あるいは反証になったことだろう——が、その点に関しては、検死官が垂れさがった右のポケットから取り出した回転拳銃についてたずねることで、まだ証拠は得られたのだ。わたしはそのことをたずねる勇気がなかった——わたしの拳銃が列車で過ごしたあの夜以来見つからないからである。わたしのポケットに入れてあった鉛筆も、あわただしく雑に削られた形跡を示し、金曜の午後にマクーム社長の専用車両の鉛筆削りできれいに削ったものではなかった。

かくしてわたしは困惑したまま帰途についた——おそらくそれでよいのだろう。わたしがクエレタロに戻ると、専用車両は修理されていたが、わたしが安堵したのは、リオ・グランデ河を渡ってエル・パソに入って、ようやくアメリカに戻ったときのことだった。翌日の金曜にはまたサン・フランシスコに戻っていて、延期された結婚式が翌週におこなわれた。

あの夜実際に起こったことについては——既に記しているように、わたしは推測をめぐらす勇気もない。あのフェルダンという男は、何はさておき狂っていたし、その狂気に加えて、誰も知るべきではない有史前のアステカの魔女伝説の多くに通じていた。本当に発明の天才であり、あの電池は本物だったにちがいない。フェルダンが新聞社や世間一般や有力者にどのように軽くあしらわれたかは、あとになって聞かされた。失望しすぎるというのは、ある種の者にとってはよくないのである。ともかくさまざまな力の邪悪な組み合わせが作用したのだ。ちなみにフェルダンは確かにマクシミリアンの軍隊の兵士だった。

わたしがこの話をすると、大半の者はわたしを嘘つき呼ばわりする。異常心理のせいにする者もいるし——確かにわたしは神経を張り詰めていた——何らかの「星気体投影」の話をもちだす者もいる。フェルダンを捕えようとする熱意の強さから、わたしの思いがフェルダンに向かって放たれ、インディオの魔術に通じているフェルダンがそれを感じ取って応じたというのだ。フェルダンが列車の仕切り客室にいたのか、わたしが屍の形をした山の洞窟にいたのか、そのどちらなのだろう。あのように時間稼ぎをするようなことがなかったら、わたしはどうなっていたのか。正直にいって、わたしにはわからないし、知りたいのかどうかもよくわからない。あれ以来メキシコには行ったことがない——最初に述べたように、わたしは電気を使う処刑を耳にしたくもないのである。

メドゥサの髪

ズィーリア・ビショップ

I

ジラードウ岬に向かうドライヴは馴染みのない土地を抜けていくものなので、午後遅くの光が金色の半ば夢のようなものになるにつれ、夜になる前に町に着くつもりなら、行き方を知っていなければならないのだとわかった。道路はひどいし、十一月の寒さは屋根のないロードスターではかなり厳しいので、暗くなってからミズーリ南部のこういう吹きさらしの低地をさまよいたくなかった。地平線には黒い雲も群がっているので、茶色がかった平坦な土地に伸びる長い灰色と青の影のなかを見まわして、必要な情報の得られる家でも見つかることを願った。

荒涼とした人気のない土地だったが、ついに右手の小川近くの木立のあいだに屋根が見えた。おそらく道路から優に半マイルは離れていて、そこまで続く小道か私道がもうすぐ見つかりそうだった。近くに他の住居はないので、ここで運試しをすることに決め、道端の灌木(かんぼく)から朽ちた石造りの門があらわれたときには嬉しくなった。門は枯れて乾燥した蔓に覆われ、下生えがびっしりと生えていた。それでさっき遠くから眺めたときには、小道を辿(たど)ることができなかったのだろう。車を入れられないことがわかったので、注意深く門の近く——雨が降ってもしのげる太い常磐木(ときわぎ)の下――に車を停め、家までの長い道のりを歩くためにおりた。

夕闇が迫るなかであの藪に覆われた小道を進んでいる内に、たぶん門とかつての私道に漂う不気味な腐朽の雰囲気によるものだろうが、不吉な胸騒ぎをかすかに感じていることを意識するようになった。古びた門柱の彫刻からも、ここはかつて荘園のような威厳のある地所であったらしく、私道にはもともと科木(しなのき)が衛兵のように立ち並んでいたことがわかったが、一部は枯れてしまい、残っているものも生い茂る低木に紛れて特別な木であることが失われていた。

足を進めていると、葈耳(おなもみ)などの棘(とげ)が服についたので、ここには本当に人が住んでいるのかと思うようになった。無駄足を踏んでいるだけではないのか。一瞬、引き返して、道路沿いに農家でも探してみようかと思いかけたとき、前方に家屋が見えて、好奇心が掻き立てられるとともに、冒険心が刺戟された。

前方にあらわれた木々に取り囲まれる老朽化した建物には、妙に興味をそそる魅力的なものがあった。過去の時代の優雅さや広びろとした空間、そして南部の環境をしのばせるものであったからだ。クラシックな一九世紀初頭の建築様式による、典型的な木造の農園屋敷で、二階半の高さがあり、大きなイオニア式の玄関ポーチでは、柱が屋根裏まで伸びて、三角形の破風を支えていた。腐朽の程度は甚(はなは)だしくて歴然としていた。太い柱の一本が腐って倒れている一方、上階のヴェランダあるいはバルコニイは、危険なほど低く垂れさがっていた。かつては他の建物が近くにあったのだろう。

幅広い石段から低いポーチに登り、扇形窓のある彫刻のほどこされたドアを前にしたとき、妙に神経が高ぶるのを感じて、煙草に火を付けようとしかけた——が、まわりにあるものすべてが乾燥して燃えやすいことに気づいてやめた。いまでは家が無人であることを確信していたが、それでもノックもせずに厚かましく入りこむのをためらい、錆びついた鉄のノッカーを強く引っ張って動かし、注意深く叩きつけると、家全体が揺れてぐらつくかに思えた。返事はなかったが、扱いにくい、がたつくノッカーをもう一度試してみた——廃墟に誰かがいるとして、その人物を起こすとともに、不浄な沈黙と侘(わび)しさの感じを払うために。

河の近くのどこかから悲しげな鳩の鳴き声が聞こえ、水音もかすかに聞こえるようだった。半ば夢のなかにいるように、古びた把手(とって)を摑んで揺さぶり、六枚の鏡板が張られた大きなドアを開けてみようとした。施錠されていないことがすぐにわかった。蝶番(ちょうつがい)が錆びついてきしんだが、ドアを押し開けて、広びろとした暗い玄関ホールに入った。

しかしそうしたとたん、わたしは後悔した。皇帝様式の古めかしい家具のある薄暗い埃だらけの玄関ホールで、幽霊の群に出会ったわけではなく、無人ではないことがすぐにわかったのだ。曲線を描く大きな階段がきしみ、そろそろとゆっくりくだってくる足音が聞こえた。やがて踊り場の大きなパラディオ式の窓を背景に、長身で腰の曲がったシルエットが束の間見えた。

わたしの最初の恐怖はすぐにおさまり、人影が最後の段をおりたときには、プライヴァシイを犯したことで、この家の人に挨拶する準備ができていた。薄闇のなかで、ポケットに手を入れてマッチを取り出すのが見えた。階段の手前の壁の腕木に支えられる、いまにも壊れそうなテーブルに小さな石油ランプがあって、それに火が点されると、炎がゆらゆらと燃えあがった。弱い火明かりのなかに浮かびあがったのは、きわめて背が高い痩せこけた老人が前屈みになっている姿だった。服は乱れ、髭を剃っていないが、それでも紳士の態度と表情を具えていた。

わたしは老人がしゃべりだすのを待たず、わたしがここにいるわけを直ちに説明しはじめた。

「こんなふうに押し入って申しわけありませんが、ノッカーを鳴らしても返事がなかったので、ここにはどなたも住んでらっしゃらないと思いまして。ジラードウ岬への行き方――つまり近道――を教えてもらいにきたんです。暗くなる前に行きたかったんですが、もういまとなっては……」

わたしが息を継ぐと、老人がしゃべった。予想していたとおりの洗練された声で、この家と同様のはっきりした快い南部の訛りがあった。

「いえいえ、すぐにお応えしなかったことで、わたしのほうこそ謝らなくてはなりません。引きこもって暮らしておりまして、普段は訪問客もございませんのでね。最初はあなたがただの珍し物好きだと思いました。そのあとまたノッカーが鳴ったので、応えようとしたのですが、体がよくなくて、ゆっくり歩かなくてはならないのです。背骨の神経が炎症を起こしていましてね――かなり厄介なものなんですよ。

「しかし夜になる前に町に着くのは、もう無理ですな。あなたが通ってらっしゃった道は――

門から来られたのだと思いますが――一番いい道でも一番の近道でもありません。門を出てから、すぐ左に行かなければなりません――左側のちゃんとした道です。馬車道が三つか四つあるのは無視なさって、反対の右側にとりわけ大きな柳があるのを目印にすれば、本道を間違うことはありません。そして左に曲がると、まっすぐ進んで道を二本通りすぎてから、三本目の道を右に曲がるんです。そのあと……」

わたしはこのこみいった指示――まったくのよそ者を混乱させる指示――に困惑して、口をはさまずにはいられなかった。

「ちょっと待ってください。いままでこのあたりには近づいたこともなく、道があるかどうかをヘッドライト二つだけで確かめなきゃならないんですから、真っ暗な闇のなかでどうすれば指示に従えるんでしょう。それに、もうすぐ嵐になりそうですし、わたしの車には屋根がないんです。今晩ジラードウ岬に行きたいのなら、ひどい目に会いそうですよ。実際の話、そんなことはやらないほうがいいと思います。負担をおかけするようなことはしたくないのですが、こういうありさまですから、今晩泊めていただくわけにはいかないでしょうか。お手を煩わせたりはしません――食事などは結構です。夜が明けるまで、どこか片隅ででも眠らせていただければ十分です。車は道に停めてあります――最悪の事態になっても、ちょっと濡れたくらいでは大丈夫です」

わたしは突然の願いを口にしたとき、老人の顔が穏やかなあきらめの表情を失い、妙な驚いた表情にかわるのを見た。

「眠るのですか……ここで」

老人がわたしの願いにひどく驚いたようなので、わたしは繰り返した。

「はい、いけませんか。ご迷惑はおかけしません。ほかにどうしようもないんです。このあたりに来るのははじめてですし、道は闇のなかでは迷路も同然で、外に一時間もいればずぶ濡れになってしまいます……」

今度は老人が口をはさみ、わたしは耳に快い老人の低い声に特異な性質を感じ取った。

「確かにあなたはこのあたりははじめてのようですね。そうでなければ、ここで眠ることはおろか、ここに来ることなど考えないでしょうから。最近ではここに来る人はいないんですよ」

老人が言葉を切った。老人の簡潔な言葉がかもしだしたように思える謎めいた感じによって、ここに留まりたいという思いが強まった。この家には確かに心をそそる奇妙なものがあって、充満する黴(かび)の臭いが数多くの秘密を隠しこんでいるように思えた。ふたたびわたしはまわりにあるものすべてがひどく腐朽しているのに気づいた。一つきりの小さなランプの弱い火明かりでもはっきりとわかった。ひどい寒さを感じ、暖を取るものが何もなさそうなことを知って落胆したが、好奇心が掻き立てられていたので、なおもここに留まって、この隠者と陰気な住まいについてよく知りたくてたまらなかった。

「それは仕方がありませんね」わたしはいった。「ほかの人のことはわたしには何もできません。しかし夜が明けるまで休める場所がほしいんです。それに、人がここに来たがらないのは、荒れ果てているからかもしれませんよ。もちろんこういう地所を維持するには一財産かかると思いますが、負担がすぎるのなら、もっと小さな場所を探せばいいじゃありませんか。どうしてこんな風にここで暮らしてらっしゃるんですか――いろいろご苦労なことやご不快なことがあるでしょうに」

老人は腹を立てなかったようで、重おもしい口調で答えた。

「本当にそうなさりたいのなら、泊まっていただいて結構ですよ――あなたに害がおよぶことはないとわかっていますからね。ここにはことのほか不快な、ある種の影響力があると主張する人がいるんですよ。わたしについていえば、わたしがここで暮らしつづけているのは、そうしなければならないからなのです。わたしが守らなければならないと思うものがありましてね――それがわたしを留めるのですよ。富と健康と野心があれば、家と土地をそれなりに維持することもできるのですがね」

わたしは好奇心をさらにつのらせながら、老人の言葉を信じることにして、ついてくるように合図されると、ゆっくり階段を登っていく老人のあとに随った。いまではかなり暗くなっていて、外で音がすることから、兆しのあった雨が降っているのがわかった。雨をしのげるようになったことを喜んでもよかったが、この家と老人に謎めいたものがあるようなので、嬉しさもひとしおだった。怪異なものを癒しがたく愛する者にとって、これ以上ふさわしい避難所はないだろう。

II

二階の隅にこれまでのありさまとは異なる整った部屋があって、老人はわたしをここに通し、手にしていた小さなランプを置くと、もう少し大きなランプに火を付けた。部屋が清潔なことや部屋の調度や、壁にずらりと本が並んでいることから、老人を育ちと趣味のよい人物と考えてよいだろうと思った。隠者で変人であることに間違いないが、それでも規範と知的好奇心を備えていた。坐るように手を振られると、わたしはあたりさわりのない話をはじめ、老人が寡黙ではないことを知って嬉しく思った。どちらかといえば、老人は話し相手がいることを喜んでいるようで、個人的なことをたずねられても話をそらそうとはしなかった。

そうしてわかったことだが、老人は古い有力な洗練されたルイジアナ農園主の家系に列なる、アントワーヌ・ド・リュシという人物だった。一世紀以上も前に、祖父が若くしてミズーリ南部に移住して、気前よく金を使う祖先のやりかたで新しい農園をはじめた。柱で飾られるこの屋敷を建て、そのまわりに大農園に付属するものをすべて揃えた。一時は二百人もの黒人が裏の平坦な土地——いまでは河が入りこんでいる土地——に建つ小屋に住み、夜に彼らが歌い、笑い、バンジョーを奏でるのを聞くのは、いまや悲しくも消えてしまった、文明の魅力と社会の秩序をあまさず知ることにひとしかった。屋敷の前には、衛兵のように樫と柳の大木が立ち並び、芝生が巨大な緑の絨毯のように広がって、いつも水やりがされてきれいに刈りこまれ、板石が敷かれて花に縁取られる散歩道が設けられていた。リヴァーサイド――ここはそう呼ばれていた――はかつて美しい理想的な屋敷だった。わたしをもてなしてくれた老人は、全盛期の痕跡がまだ多く残る頃のことを思いだすことができた。

いまでは雨足が強くなり、ぐらつく屋根や壁や窓に雨が激しくあたり、おびただしい割れ目や亀裂に流れこんでいた。思いがけないところから雨水が床に滴り落ち、強まっていく風が蝶番の緩んだ腐りゆく鎧戸をがたがた揺らした。しかしわたしはこんなことはもちろん、木の下に停めた車のことをさえ気にかけなかった。話をしてもらえるとわかったからだ。老人はわたしを寝室に連れていこうとしかけながらも、思い出話に刺戟され、古き良き日々のことを思いだしつづけた。どうしてこの古びた屋敷に独りで暮らしているのか、どうして隣人たちが不快な影響力が漲っていると思っているかが、いまにもほのめかされそうだった。話しつづける声は耳に快く、老人の話はすぐに眠気など吹きとばすものになった。

「ええ、リヴァーサイドは一八一六年に建てられて、わたしの父はここで一八二八年に生まれました。生きていれば百歳を越えていますが、若くして亡くなりましてね――あまりにも若かったので、わたしはほとんどおぼえていないほどです。六四年のことでした――志願して入隊するために古い家に戻り、南部連合国ルイジアナ歩兵第七連隊に所属して戦死したのですよ。祖父は高齢で戦えませんでしたが、九十五歳まで生きて、母がわたしを育てるのを助けてくれました。立派に育ててあげてもらいましたよ――わたしは二人に感謝しています。我が家には強い伝統があって――名誉を重んじる気持が強かったのですが――祖父は十字軍以来何世代も続けられたド・リュシ家のやりかたで、しっかりわたしを育てあげるようにしました。金銭面ではすべてを失うこともなく、戦後もかなり快適に暮らすことができたのですよ。わたしはルイジアナの立派な学校に行き、その後はプリンストンに進みました。その後に農園をかなり利益のあがるものにすることができました――が、いまやこういうありさまです。

「母はわたしが二十歳のときに亡くなり、その二年後に祖父が死にました。それからはかなり寂しくなりましたよ。そして一八八五年にニューオリーンズの遠い親戚と結婚したのです。妻が生きていたら、違ったことになっていたかもしれませんが、妻は息子のデニスを生んで亡くなりました。わたしの家族はデニスだけになったのです。再婚しようとはせずに、すべての時間を息子に捧げました。息子はわたしに似ていて――ド・リュシ家の男は皆そうなのですが――髪が黒く、上背があって痩せぎすで、激しい気性の持主でした。祖父にしてもらったのと同じ育て方をしましたが、名誉ということになると、しつける必要もありませんでした。生まれつき、身に具わっていたのでしょう。あれほど気高い心の持主は見たことがありません――十一のときに、スペイン戦争に行こうとして、家をとびだそうとするのを防ぐのが精一杯でしたよ。ロマンティックな子供――気高い考えにあふれた子供――でもありました。いまではヴィクトーリア時代の人間といってよいでしょうな。黒人の下女と一緒にいさせても問題はありませんでした。わたしと同じ学校に通わせ、プリンストンにも行かせました。一九〇九年の卒業です。

「結局、デニスは医者になることに決めて、一年間ハーヴァードの医学部に在籍しました。そのあと我が家の古いフランスの伝統に従うという考えを思いつき、海を渡ってソルボンヌに行かせてくれといいたてたのです。そうさせてやりましたとも――息子と遠く離れて、どれほど寂しくなるかはわかっていましたが、誇りをもって願いをかなえてやりました。そんなことをしなければよかったんですがね。パリでも無事にやっていける子供だと思っていました。サン・ジャック街――カルチエ・ラタンにある大学に近いところ――に部屋を借りたのですが、手紙や友人たちの話によれば、金遣いの荒い連中と一緒になってこれ見よがしに振舞うことはなかったようです。息子が付き合っていたのは、ほとんどがアメリカの若者でした――気取った態度を取ったり、大酒を飲んで莫迦騒ぎをしたりするよりも、学業に重きを置く真面目な学生や画家ばかりでした。

「しかしもちろん真剣な研鑽と放蕩の境界線上にいる連中もいました。耽美主義者――デカダン派――ですよ。人生と感覚の実験に耽るのです――ボードレールのような輩です。当然ながらデニスはこういう手合によく出会して、彼らの生活をよく目にしました。彼らはあらゆる類の狂った集まりや結社——悪魔崇拝を装ったものや偽の黒ミサといったもの——をつくっていたのです。概して無害なものでした——おそらくその大半は一、二年の内に忘れ去られるようなものだったのでしょう。この奇妙なものの奥深くに、デニスがこちらの学校で知っていた男がいました——それをいえば、わたしはその男の父親を知っていました。ニューオリーンズのフランク・マーシュという若者なんですがね。ラフカーディオウ・ハーン、ゴーギャン、ヴァン・ゴッホの弟子を任じる男で、頽廃的な九〇年代の典型ともいえました。とんでもない男でしたが、それでも優れた芸術家の素質をもっていたのです。

「マーシュはデニスがパリで付き合った一番古い友人でしたから、当然ながらよく会っていました——セイント・クレア・アカデミイでの思い出話などをしゃべったものです。デニスはわたしにマーシュのことを手紙によく書いていましたから、マーシュがかかわっている神秘主義者の集まりのことを知らされても、別に害はないだろうと思いました。有史前のエジプトやカルタゴの魔術にかかわるカルトがあって、セーヌ河の左岸のボヘミアンのあいだで人気を博していたようです。失われたアフリカ文明——サハラのホガール地域の死滅したアトランティスの都市、大いなるジムバブエ——の隠された真実について、その忘れ去られた源に手を伸ばすふりをする、蛇と人間の髪に結びつくたわごとをふんだんに備えた、愚にもつかないものでしたよ。少なくとも当時のわたしはたわごとだと思っていたのです。デニスはマーシュの言葉をよく引用して、メドゥサの蛇の髪の伝説の背後にある、秘め隠された事実に関する奇妙なことを知らせてきました——兄にして夫でもあるプトレマイオス王を助けるために髪を捧げ、それが髪の毛座となった、後世のベレニケーの神話の背後にある奇妙なこともです。

「わたしはこんなものがデニスに強い印象を与えているとは思いませんでしたが、それもデニスがマーシュの部屋で女祭司に出会い、奇妙な儀式がおこなわれた夜までのことでした。このカルトに熱中しているのはもっぱら若者でしたが、その中心にいたのは、『タニト＝イシス』と称する若い女で、それを本名だといっていましたが、この一番新しい受肉での名前はマルセリーヌ・ベタールでした。シャモー侯爵の妾腹（しょうふく）の娘だと主張し、この実入りのよい魔術の戯（たわむ）れをはじめる前は、二流の画家であり、画家のモデルもしていました。一時期、西インド諸島——確かマルティニーク島——で暮らしたことがあるといった者がいますが、本人は自分のことをまったく何もしゃべりませんでした。わざとらしい態度の一部は厳格さや神聖さを見せつけることでしたが、世慣れた学生ならまともに受け取るわけもありません。

「しかしデニスはおよそ世慣れているとはいいがたく、見つけだした女神について、甚だ感傷的なことを十枚も書いてきたのです。デニスの純朴さがわかってさえいれば、何か手を打ったかもしれませんが、こういう若者の心酔がひどいものになるとは思いもしませんでした。デニスなら自分の面子と家族の誇りを重んじて、こみいったことにならずにすむと確信していたのです。

「しかし月日がたつにつれ、わたしはデニスの手紙に心痛をつのらせるようになりました。デニスはこのマルセリーヌのことをたっぷり書いて、ほかの友人たちのことを記さなくなったのです。母や妹たちにマルセリーヌを紹介するのを拒む、友人たちの『残酷で愚かな』やりかたについて書くようにもなりました。デニスはマルセリーヌのことをほとんどたずねないようで、どうやらマルセリーヌが自分の身元や聖なる啓示に関するロマンティックな話とともに、人に軽んじられていることをデニスにたっぷり吹きこんでいたようです。デニスがほかの友人たちと袂(たもと)を分かって、この魅惑的な女祭司とほとんどの時間を過ごしていることが、ようやくわたしにもわかりました。マルセリーヌが頼みこんで、逢瀬(おうせ)を重ねていることを友人たちに知らせないようにさせたので、誰も二人の関係を絶とうとはしなかったのです。

「マルセリーヌはデニスをすごい金持だと思ったのでしょう。デニスは貴族めいた雰囲気があって、ある種の階級の人間は貴族めいたアメリカ人は大金持だと考えるのです。ともかくマルセリーヌは、真に望ましい若者と正式に結ばれる稀れな機会だと見たのでしょう。わたしが心痛をつのらせて助言を与えようとしたときには、もはや手遅れでした。デニスはマルセリーヌと正式に結婚し、学業を辞めて、妻と一緒にリヴァーサイドに帰るといってきたのです。マルセリーヌが大きな犠牲を払い、魔術カルトの指導者の地位を辞任して、これからは単なる淑(しと)やかな私人になるつもりだと記されていました——リヴァーサイドの将来の女主人であり、来たるべきド・リュシ家の子供たちの母親になるということです。

「ええ、わたしは最善を尽しましたよ。洗練された大陸の人がわたしたち古いアメリカ人とは異なった基準をもっていることは知っていました――ともかくマルセリーヌについて、悪いことは何も聞いていなかったのです。大法螺（おおぼら）吹きなんでしょうが、そうだからといって、必ずしもひどいことになるわけではないでしょう。息子のためにも、当時はそういうことにはできるだけ目をつぶるようにしたと思います。良識のある者としては、新妻がド・リュシ家のしきたりに従うかぎり、デニスを好きなようにさせるしかありませんでした。マルセリーヌに自分がどのような女であるかを示させることにしたのです――一部の者が恐れたほど、家族に害をおよぼすとは思えませんでしたのでね。それで反対もしなければ、悔い改めるように求めることもしませんでした。それでけりがつき、どんな女を連れ帰るにせよ、息子の帰宅を歓迎することにしたのです。

「結婚を伝える電報が届いてから三週間後に、デニスが妻を伴って帰ってきました。マルセリーヌは美しい女で――こればかりは否定しようがありません――息子が思慮分別を失ったわけがわかりました。育ちのよさそうな雰囲気があって、いまにいたるまで、少しは高貴な血が流れていたにちがいないと思っています。見たところ二十歳そこそこで、中背でほっそりした体つきをしていて、姿勢といい身ごなしといい、牝虎のように優雅でした。顔色は濃いオリーヴ色――古い象牙のよう――で、大きな目は黒に近い色でした。小さな顔は古典的に整い――わたしの好む彫りの深い顔立ちではありませんでしたが――これまで見たこともないような漆黒の髪に目を奪われました。

「マルセリーヌが自分の魔術カルトに髪の主題をもちこんだことが、不思議ではないと思いましたよ。あれほど豊かな黒髪をしていれば、当然のようにそうすることを思いつくでしょうからね。髪を巻きあげていましたので、オーブリイ・ビアーズリイの挿絵に描かれた東洋の王女のようでした。髪を背中に垂らすと、膝の下まで届いて、自らの独立した不浄な活力を具えているかのように、光を受けて輝くのです。その髪を目にしたり、つくづく見たりすると、そのようなことをほのめかされなくとも、メドゥサやベレニケーのことを思わずにはいられませんでした。

「ときおりひとりでにかすかに動いて、ロープや紐のようにまとまっていくように思えることもありましたが、これは錯覚だったのかもしれません。マルセリーヌは髪を絶えず梳り、何らかの調合剤を髪につけているようでした。髪が生きているもので、尋常ならざるやりかたで滋養を与えなければならないのではないかと、何とも奇妙で異様な考えを抱いたこともあるほどです。莫迦げた話ですが、マルセリーヌとその髪に気兼ねするようになりました。

「どれほど努力しようが、どうしてもマルセリーヌが好きになれなかったのを、いまも否定できないからです。問題が何だったのかはわかりませんが、何らかの問題がありました。どことなく反感をおぼえるものがあって、マルセリーヌにかかわるもののすべてに、病的で奇怪な連想をせずにはいられなかったのです。顔色を目にすると、バビロン、アトランティス、レムリアといった、旧世界の恐ろしい忘れ去られた土地を思わずにはいられませんでした。その目はときとして、計り知れないほど古いものなので十分に人間とはいいがたい、不浄な森の生物や動物の女神の目のように思えることもありました。そして髪――あのふさふさして滋養分の与えられすぎた尋常でないつやつやした真っ黒の髪――は、まるで大きな黒い錦蛇のように、見る者をぞくっとさせるものだったのです。疑問の余地なく、マルセリーヌはわたしの無意識の態度を察していました――が、わたしがそれを隠そうとする一方、マルセリーヌは気づいている事実を隠そうとしていました。

「しかし息子の熱愛は衰えませんでした。デニスはあからさまにマルセリーヌに媚びへつらい、日常生活でのちょっとした慇懃な行為をうんざりするほど大げさなものにするのです。マルセリーヌはデニスの思いに応えているようでしたが、デニスの熱意や大げさな言動に、意識して合わせようとしているのがわかりました。一つには、思っていたほどわたしたちが金持ではないことを知って、憤慨していたのでしょう。

「困ったことでした。悲しい底流が上ってくるのが感じられました。デニスは青二才の恋にほとんど目が眩み、わたしがマルセリーヌを避けているのを感じ取って、わたしから遠ざかるようになりました。こういったことが何ヵ月も続き、わたしは息子を失いつつあるのを知りました――二十五年ものあいだ、わたしの考えと行動の中心であった息子ですのに。苦にがしい思いをしたことを告白しておきます――そんな思いをしない父親などいないでしょうがね。それでも何もできなかったのです。

「マルセリーヌは最初の数ヵ月は良き妻のようで、わたしたちの友人たちは粗探しもせず、問いつめることもせずに、マルセリーヌを受け入れてくれました。しかしわたしはといえば、結婚の知らせが広まってから、パリの若者の誰かが家族に何を知らせるかと思って、気が気ではありませんでした。マルセリーヌがどれほど秘密を好もうが、いつまでも隠しきれることではありません――事実、デニスはリヴァーサイドにマルセリーヌとともに落ちつくや、ごく僅かな親友に、内々にしてくれと頼みこむ手紙を書いていたのです。

「わたしは健康がすぐれないことを口実に、ますます自室に閉じこもるようになりました。そんな頃に背骨の神経炎が起こりはじめたのです――これで口実が確かなものになりました。デニスは問題に気づいていないか、わたしやわたしの習慣や難儀にも興味がないようで、それほど冷淡になっているのを知って、わたしは胸を痛めました。わたしは眠れなくなり、いったい何が問題なのかを突き止めようとして、夜に頭を痛めました――実際には何が原因で、新しい義理の娘に反感を抱き、どことなく恐ろしく思えるのかを突き止めようとしたのです。以前の神秘的なたわごとのせいではありませんでした。マルセリーヌは過去のことは振り捨てて、二度と口にしなくなっていたからです。以前は絵筆を手にすることもあったようですが、いまでは絵を描くこともしませんでした。

「奇妙なことに、わたしと同じ不安を抱いているのは召使いたちだけでした。屋敷のまわりにいる黒んぼたちはマルセリーヌにきわめて無愛想な態度を取って、数週間の内に、わたしたちに強く結びついている者以外は近づかなくなりました。そうして残った僅かばかりの者――年老いたスキピオウ、女房のセアラー、料理人のディライラ、スキピオウの娘のメアリイ――は礼儀正しい者ばかりなのに、新しい女主人が愛情を求めようとはせず、仕事を命じるだけだと率直に打ち明けました。そして屋敷の一番奥にある自分たちの部屋にできるだけ留まるようになったのです。白人の運転手であるマケイブは、敵意をもつというより、傍若無人に崇拝していて、もう一人の例外が、わたしどもに養われて小さな小屋で暮らし、黒人たちの長のようにしていた、百年以上も前にアフリカからやってきたといわれる、きわめて高齢のズールー族の女でした。このソフォニスバはマルセリーヌが近づいてくると、いつも恭(うやうや)しい態度を取るのですが、女主人が歩いた地面に口づけをするのを見たこともありますよ。黒人は迷信深い輩なので、マルセリーヌが彼らの歴然たる嫌悪を克服するために、神秘的なたわごとを口にしたのだろうかと思いました」

Ⅲ

「まあ、こういう調子で半年近く過ぎました。そして一九一六年の夏に、さまざまなことが起こりはじめたのです。六月の半ば頃に、デニスに旧友のフランク・マーシュから手紙が届き、神経衰弱のようなものになったので、田舎で静養したいと書かれていました。消印はニューオリーンズで――マーシュは衰弱状態になりだしたことを知ってパリから自宅に帰っていたのです――簡潔ながらも丁重に、わたしたちの招待を求めているようでした。もちろんマーシュはマルセリーヌがここにいるのを知っていて、礼儀正しくマルセリーヌのことをたずねていました。デニスは友人の難儀を知って気の毒に思い、早く来て好きなだけいてくれと、すぐに知らせました。

「マーシュがやってきました――子供の頃に見たとき以来、すっかりかわってしまったことを知って、わたしはショックを受けました。青い目をして顎が細く、小柄で細身だったのに、いまや酒浸りの影響が出ていて、瞼（まぶた）が腫れぼったく、鼻の毛穴が大きくなって、口のまわりには深い皺があったのです。かなり真剣にデカダン派のポーズを取っているらしく、ランボー、ボードレール、ロートレアモンのように見せかけようとしていました。しかし愉しい話し相手ではありましたよ――デカダン派の例に漏れず、さまざまなものの色や雰囲気や名前にこのうえもなく敏感でしたからね。感心するほど溌溂（はつらつ）としていて、わたしたちの多くが存在することも知らずに通りすぎる、生きて感情をもっているぼんやりした影濃い領域で意識した経験を、あまさず記録していたのです。かわいそうな若者でした――父親が長生きして、手もとに置いておくことができさえしたら、どれほどよかったことか。あの若者には素晴しい才能があったのですから。

「わたしは訪問を嬉しく思いました。ふたたび家の雰囲気を普通のものにする助けになると思ったからです。最初はそうできそうに思えました。さっきも申しましたように、マーシュは一緒にいて愉しい人物だったからです。あれほど誠実で深遠な画家に会ったことはありませんし、美を知覚して表現すること以外に、マーシュにとって重要なことはこの世にないようでした。このうえもなく美しいものを見たり、あるいは創りだしたりすると、色の薄い虹彩がほとんど見えなくなるほど目を瞠るのです――あの弱よわしい繊細な白堊のように白い顔で、目が二つの神秘的な黒い穴のようになるのですよ。わたしたちの誰も推測すらできない、不思議な世界に向かって開いた黒い穴のようでした。

「しかしマーシュがここにやってきたとき、この傾向を示す機会はあまりありませんでした。デニスに話したところでは、すっかり生気がなくなっているとのことでした。怪奇な絵を描く画家――フューゼリやゴヤやシームやクラーク・アシュトン・スミスのような画家――として、とても成功しているようでしたが、急に消耗しつくしてしまったのです。まわりのごくありふれた世界が、マーシュが美――マーシュの創造力を目覚めさせるほどの力と刺戟を備えた美――として認識できるものを、まったく何もはらまなくなってしまったのです。マーシュがこんなふうになることは以前にもよくありました――デカダン派の者は皆そうなのです――が、今回は必要とする新鮮な美や刺戟的な冒険の期待をもたらす、新たな、普通ではない、異界的な情感や経験を案出することもできなかったのです。マーシュは奇妙な軌道の最も弱よわしい点に達した、デュルタルやデ・ゼッサントのようでした。

「マーシュが到着したとき、マルセリーヌは屋敷を離れていました。マーシュが来るのをさほど楽しみにはしておらず、ちょうどその頃セイント・ルーイスにいるわたしたちの友人たちの一部から招待状が届き、断るのを拒んだのです。デニスはもちろん客を迎えるために屋敷にいました。マルセリーヌは独りで旅立ちました。二人が別れたのはこれがはじめてですので、この別離がとんだ戯(たわ)けになっている息子の目を覚まさせるのに役立つことを願いました。マルセリーヌは急いで帰ろうともせず、わたしにはできるだけ滞在を引き伸ばそうとしているように思えました。デニスは妻を溺愛する夫に予想される以上によくやっていて、マーシュと話したり、大儀そうな耽美主義者を元気づけようとするときには、以前のデニスに戻ったように思えるほどでした。

「マーシュはマルセリーヌに会いたくてたまらないようでした。おそらくマルセリーヌの普通ではない美しさか、それともマルセリーヌのかつての魔術カルトに入りこんだ神秘主義の何らかの局面が、事物に対する興味を目覚めさせて、芸術的創造に向かう新たなきっかけを与えてくれると思ったのでしょう。マーシュの性格についてわたしが知っていたことからも、それ以外の理由はないと確信できました。マーシュは衰弱していても紳士でしたよ――デニスのもてなしを喜んで受け入れることで、来るべきではない理由がないことが証明されるからこそ、ここに来たかったそうです。このことをはじめて知ったときにはほっとしました。

「ようやくマルセリーヌが帰ってくると、マーシュがひどく影響を受けたことがわかりました。マルセリーヌがやめてしまった奇怪な話をさせるようにはしませんでしたが、ひどく崇拝していることを隠しきれず、マルセリーヌが部屋にいると、絶えず目を釘付けにするのです――逗留するようになってからはじめて、目を奇妙な感じで瞠っていました。しかしながら、マルセリーヌはそんなふうにじっと見つめられるのが、嬉しいというよりも、落ちつかないようでした――最初はそのように思えたのですが、マルセリーヌのこの気持は数日の内になくなり、二人はとても親しくなって、話もはずんで気が合っているようでした。誰も見ていないと思うと、マーシュが絶えずマルセリーヌをしげしげと見ているのがわかり、原始人ではなく、画家がマルセリーヌの謎めいた優雅さに刺戟されるのは、どれくらい続くものなのかと思いましたよ。

「デニスは当然のようにこの成行きにいささか苛立っていましたが、客が信義を重んじる人物で、マルセリーヌとマーシュが気心の合う神秘家と審美家として、平凡な者には加われない興味や話題をもっていることをわかっていました。何もしようとはせず、想像力が限られて伝統に縛られ、マーシュのようにマルセリーヌとしゃべれないことを残念に思っただけでした。この段階で、わたしは息子とよく会うようになりました。マルセリーヌが忙しくしているときには、デニスは父親がいること――厄介なことや困難なことがあれば助けてくれる父親がいることを思いだすゆとりもあったのです。

「わたしたちはよくヴェランダで一緒に坐りこんで、マーシュとマルセリーヌが馬に乗って私道を進んだり、屋敷の南にあったコートでテニスをしたりするのを眺めたものです。二人はたいていフランス語でしゃべり、マーシュはフランス人の血が四分の一流れているだけにせよ、デニスやわたしよりも流暢でした。マルセリーヌの英語は、言葉づかいは正確で、訛りもすぐになくなっていきましたが、母国語のほうを好んでいるのは明白でした。気の合った二人を眺めているとき、息子の頰と喉の筋肉がこわばるのがわかりました——が、息子はマーシュをもてなす理想的な主人としても、マルセリーヌの思いやりのある夫としても、欠けるところがありませんでした。

「これらはたいてい午後になってからのことでした。マルセリーヌは起きるのがとても遅く、ベッドで朝食を取って、甚だ長い時間をかけて支度をしてからおりてくるからです。あれほど化粧をして、美容を心がけ、髪油や軟膏といったものを使う者はほかに知りません。こうした午前の時間には、デニスはマーシュと本当の交友をして、嫉妬によって緊張しているにもかかわらず、打ち解けた話をして友情を保っていました。

「そのようにヴェランダで朝の会話をしていたとき、マーシュが破局をもたらすことになる提案をしたのです。わたしは例の神経炎で臥せっていましたが、何とか階下におりて、長い窓に近い居間のソファーに横たわりました。デニスとマーシュはすぐ外にいましたので、二人の話が耳に入ってきました。芸術や、芸術家を揺り動かして本物の作品を生み出させるのに必要な、奇妙かつ気まぐれな環境の要素についての話が交されている内、マーシュが急に話を抽象的なものから、最初から心に抱いていたにちがいない、個人的な応用に切り替えたのです。

「『ぼくは思うんだがね』マーシュがいっていました。『情景や物体のなかにある何が、個人にとって審美的な刺戟になるかは、誰にもわからないことだよ。もちろん基本的には、まったく同じ感受性や反応の尺度をもっている者はいないので、これまでに蓄えた連想物という個々の背景に何らかの関係があるにちがいない。ぼくたちデカダン派は、通常のものが感情や想像の意味をもたなくなったと考える芸術家だが、ぼくたちの誰一人として、一つの異常なものに同じ反応をすることがない。ぼくを例にすれば……』

「マーシュが一度言葉を切って、少ししてから話を続けました。

「『デニイ、ぼくがこんなことをいうのは、君が生まれつき無垢な心をもっているからなんだよ――清らかで、美しくて、率直で、偏見のない心だ。世俗の力をもつ、感覚を研ぎ澄ましすぎた、頽廃的な者と取り違えないでくれ』

「マーシュはまた言葉を切りました。

「『事実をいえば、ぼくは想像力をふたたび働かせるのに必要なものがわかっていると思う。君と一緒にパリにいたときからぼんやりした考えはあったが、いまは確信しているんだ。マルセリーヌだよ、君――あの顔、あの髪、それらがもたらす影のように朧(おぼろ)なイメージの数かず。目に見える美だけじゃなく――それだけでも十分なことは神もご存じだが――正確には説明しきれない、個性的で特異なものがあるんだ。ここ数日、あまりにも強い刺戟の存在を感じて、自分を乗り越えられそうに思っているほどなんだよ――マルセリーヌの顔と髪がぼくの想像力を刺戟して動かすときに、キャンヴァスに描くことができたら、本物の傑作ができあがるんだとね。マルセリーヌの髪にはこの世のものならぬ異様なものがある――マルセリーヌがあらわすぼんやりした古代のものに結びついたものがね。そういう面について、マルセリーヌが君にどれだけ話しているかは知らないが、たっぷりあることだけは請け合っておくよ。マルセリーヌは外なるものに素晴らしい繋がりがあって……』

「デニスが顔色をかえたことで、言葉が途切れたにちがいなく、かなり沈黙が続いてから、またマーシュがしゃべりだしました。わたしはこのようにあからさまなことになろうとは思ってもいませんでしたので、困惑してしまい、息子は何を考えているのかと思いました。心臓を高鳴らせながら、この公然たる盗み聞きに耳をすましました。

『もちろん君は嫉妬している――ぼくのこういう話がどんなふうに聞こえるかはわかっている――が、嫉妬する必要なんかないことを誓うよ』

「デニスは応えず、マーシュが話しつづけました。

『正直にいって、ぼくはマルセリーヌを愛せないんだ――最も親密な意味での親しい友人にさえなれない。どうしてかというと、ここ数日マルセリーヌと話していると、偽善者になったような気がするからだよ。

『要するに、マルセリーヌの一面が、ある種のやりかた――きわめて不思議で奇怪で、どことなく恐ろしいやりかた――でぼくを魅了するんだ。マルセリーヌの別の面が君をもっと普通のやりかたで半ば魅了しているようにね。ぼくはマルセリーヌに、君には見えないものを見ている――心理学的にいえば、マルセリーヌを通してか、マルセリーヌの彼方にだ。それが忘れ去られた深淵のさまざまなものをもたらし、心に思い描こうとしたとたん輪郭が消えてしまう、そんな信じがたいものを描きあげたい思いにさせるんだよ。誤解しないでくれよ、デニイ、君の奥さんは素晴しい存在で、この世に生きる者にそういう権利があるとして、神性と呼ばれる権利をもった宇宙的な諸力の素晴しい焦点なんだからな』

「わたしはこの時点で状況が変化したことを感じました。マーシュが口にした発言の抽象的な異様さは、マーシュがマルセリーヌを褒め称えることとあいまって、デニスがいつもそうであったような、連れ添いを誇らしげに思っている者の敵意を奪って、気持を和らげるものだったからです。マーシュはデニスの変化を感じ取ったらしく、話を続ける口調に自信がこもるようになりました。

「『ぼくはマルセリーヌを――マルセリーヌの髪を――描かなきゃならないんだ、デニイ。君を後悔させたりはしない。あの髪には人間の髪以上のものがあって、美しいだけじゃないんだ……』

「マーシュが言葉を切り、わたしはデニスが何を考えているのだろうかと思いました。自分自身どう考えているのかと思いましたよ。マーシュの関心は画家としての関心だけなのか、それともデニスのようにのぼせあがっているだけなのか。学校に通っていた当時、マーシュがデニスを妬んでいたように思っていましたので、今度もそうなのではないかとぼんやり思いました。一方で、芸術的な刺戟に関する話には、驚くほど真実めいていると思わせるものがありましたので、考えれば考えるほど、マーシュの言葉を額面通りに受け取りたくなってきたのです。デニスもそのようで、デニスが低い声でしゃべったことは聞き取れませんでしたが、マーシュにおよぼした効果からしてそのようでした。

「どちらかが相手の背中を叩く音がして、マーシュが記憶に留めたくなるような優雅なスピーチをはじめました。

「『それでいいよ、デニイ。さっきもいったように、君が後悔するようなことはない。ある意味で、半分は君のためにしているようなものだからな。それがわかれば、君は違った男になるよ。ぼくは君を以前の君に戻らせてやる——君を目覚めさせて一種の救済をほどこしてやる——が、まだ何のことかわからないはずだ。昔からの友情だけは忘れないようにして、ぼくが食えない奴だとは思わないでくれ』

「二人が腕を組み、煙草を吸いながら芝生を歩いていくと、わたしは困惑しながら立ちあがりました。マーシュのあの異様で不吉な言葉はいったい何を意味しているのか。不安を鎮めようとしても、こみあげてくるばかりでした。どう考えても、ひどいことになりそうでした。

「しかしそんなふうにはじまったのです。デニスが天窓のある屋根裏部屋を改修して、マーシュが画材を手配しました。新たな企てに誰もが興奮しているようで、わたしは陰鬱な緊張を破るものがあることだけは嬉しく思いました。まもなくマルセリーヌがポーズを取って、マーシュが描きはじめ、わたしたちは真剣に受け止めました――マーシュが重要な芸術的事件だと見ていることがわかったからです。デニスとわたしは神聖なことが起こっているかのようにひっそりと歩き、マーシュに関するかぎり、これが神聖なことなのだと承知していました。

「しかしマルセリーヌにとってはまったく別の話であることが、すぐにわかるようになりました。マーシュがマルセリーヌのポーズにどんな反応をしようと、マルセリーヌの反応は痛ましいほどあからさまだったのです。ありとあらゆるやりかたで、モデルが画家にうっとりしていることをはっきりと示し、ことあるごとにデニスの愛情表現を撥ねつけるのでした。奇妙なことに、わたしはデニスよりもはっきりとこれに気づき、事態がよくなるまで、息子の気持を楽にさせてやる方法を見つけようとしました。役に立つとしても、デニスを興奮させるわけにはいきませんでした。

「結局、不快な状況が続くあいだ、デニスを遠ざけることにしました。この目的のためにわたしはデニスの事業の代理をすることができますし、いずれマーシュが絵を描きあげて引きあげるでしょう。わたしはマーシュが名誉を重んじる男だと思っていましたから、これ以上ひどいことになるとは思いませんでした。事態がおさまれば、マルセリーヌも新しいのぼせあがりを忘れてしまい、ふたたびデニスを手もとに置くようにできるでしょう。

「それでニューヨークにいる市場売買と会計の代理人に長い手紙を書いて、期限を定めずに息子をニューヨークに呼び出す計画をつくりあげたのですよ。代理人に息子宛の手紙を書かせて、わたしたちのどちらかが絶対に東部に行かなければならない問題があると知らせるようにしました。もちろんわたしは病気なので、行けませんでした。デニスがニューヨークに着けば、離れているべきだとわたしが思うあいだ、デニスを忙しくさせるために、もっともらしい問題を見つけるように手配しておきました。

「この計画はうまくいき、デニスは何も疑わずにニューヨークへ向かいました。マルセリーヌとマーシュはデニスとともに車でジラードウ岬まで行って、デニスはセイント・ルーイス行きの午後の列車に乗りこみました。二人は暗くなった頃に帰ってきて、マケイブが車を納屋に戻したとき、二人がヴェランダで話しているのが聞こえました――肖像画についてマーシュとデニスが話しているのを盗み聞きしたとき、二人が坐っていたのと同じ、居間の長い窓の近くにある椅子に坐っていました。今度は盗み聞きするつもりでしたので、音を立てないようにして居間に行き、窓の近くのソファーに横たわりました。

「最初は何も聞こえませんでしたが、まもなく椅子が動く音がして、そのあと鋭く息を吸う音が聞こえ、マルセリーヌが言葉にならない傷ついた声を発しました。それからマーシュがこわばった、ほとんどあらたまった感じでしゃべりました。

「『あまり疲れていないのなら、今晩続けたいんだがね』

「マルセリーヌの返事は同じ傷ついた口調のもので、かなりの驚きがこもっていました。マーシュと同様に英語を使いました。

『ああ、フランク、あなたが気にしているのは本当にそれだけなの。仕事ばかりじゃない。この素晴しい月光のなかに坐っていられないの』

「マーシュがじれったそうに答え、その声には画家としての熱意があらわれていながらも、その下にある種の蔑(さげす)みがこもっていました。

『月光か。やれやれ、何と安っぽい感傷に浸っているんだ。洗練された人物にしては、三文小説から脱け出したような、粗雑きわまりない場当たりの言葉を使うものだな。芸術がすぐそばにあるのに、月のことを考えなきゃならないとは――ヴァラエティ・ショーのスポットライトのように安っぽいぞ。それともオートゥイユの石柱のまわりでおこなわれる聖十字架祭の舞踏のことを考えているのか。君は目を剝(む)いた与太者たちによく見せつけたものだったな。しかしもう違うぞ――君はすべてを投げ捨てたはずだ。マダム・ド・リュシにはもはやアトランティスの魔術も髪・蛇の儀式もないんだからな。昔のことをおぼえているのはぼくだけだ――タニトの神殿を通して伝わり、ジムバブエの塁壁に響くものをおぼえているのは。しかしそんな思い出に欺かれはしない――すべてはぼくのキャンヴァスに描かれているものに織りこまれる。驚異を捉えて、七万五千年の秘密を結晶化しているからね……』

「口をはさんだマルセリーヌの声には、さまざまな感情が入り乱れていました。

「『安っぽい感傷に浸っているのはあなたよ。古のものはかまわずにおくのがいいことをよく知っているくせに。あたくしが古い儀式の詠唱を口にしたり、ユゴスやジムバブエやルルイエに隠れて横たわっているものを呼び出そうとしたりしたら、どうなるかを見ればいいんだわ。あなたはもっと良識があると思っていたのに。

「『あなたは論理を欠いているわよ。この大事な絵画に興味を抱かせたがっているくせに、描いているものを見せようとはしないんだから。いつもあの黒い布に包みこまれているじゃない。あたくしの肖像画なのよ——目にできるものなら、あたくしが見たっていいじゃない……』

「今度はマーシュが口をはさみましたが、その声は奇妙なほど険しくて緊張したものでした。

「『駄目だね。いまは無理だ。いずれ目にすることになるよ。君の肖像画だといったな——ああ、そうだ。しかしそれだけじゃない。それがわかっていたら、そんなに焦れたりしなかったかもしれない。デニスが気の毒だ。ああ、何たることか』

「言葉が熱っぽく高まるにつれ、わたしは急に喉がからからに乾きました。マーシュは何を意味しているのか。突然、マーシュがしゃべるのをやめて、一人きりで屋敷に戻ろうとしているのがわかりました。玄関のドアが音を立て、階段を登っていく足音が聞こえました。外のヴェランダでは、マルセリーヌの重苦しい怒った息づかいがまだ聞こえました。わたしはデニスを無事に帰らせる前に突き止めなければならない重大なことがあると思い、胸を悪くしてこっそりその場を離れたのです。

「その夜以来、屋敷の緊張は以前よりも悪化しました。マルセリーヌはいつもお世辞をいわれたりおべっかを使われたりしていましたから、マーシュにぶしつけにいわれたことがかなりショックだったようです。デニスがいなくなったことで、マルセリーヌは誰彼なしに悪態をついていましたから、もはや屋敷内にはマルセリーヌに近づこうとする者もいませんでした。嚙みつく相手もいないことがわかると、ソフォニスバの小屋に行って、奇妙なズールー族の老婆と何時間も話しこんでいたものです。マルセリーヌの気持を和らげられるほど卑屈に媚びへつらうのは、この年老いたソフィだけでした。一度二人の話を盗み聞きしようとしたことがありますが、マルセリーヌが『往古の秘密』や『未知なるカダス』について囁く一方、黒人女は椅子で体を前後に揺すりながら、ときおり敬意と称讃のこもる、言葉にならない声を発していました。

「しかしマーシュに熱をあげているマルセリーヌの一途な思いを破るものなどありませんでした。マルセリーヌは苦にがしくむっつりとマーシュに話しましたが、次第にマーシュの願いにおとなしく従うようになりました。いまや描きたいときにポーズを取らせることができるようになっていましたから、マーシュにとってはとても都合のよいことでした。マーシュはマルセリーヌが喜んで応じることに感謝の気持を示していましたが、マーシュの注意深い丁重さの下に、ある種の蔑みや嫌悪さえ感じ取れました。その頃のわたしの態度は、単なる嫌悪と呼べるものではなくなっていたのです。デニスがいないことを嬉しく思ったのは確かです。わたしが願っていたほど頻繁には届かない手紙には、緊張と心痛の徴候が認められました。

「八月中旬を過ぎると、マーシュの言葉から肖像画が完成しそうだとわかりました。マーシュは冷笑的な態度を強めていましたが、マルセリーヌは虚栄心をくすぐるものがもうすぐ見られることで、苛立ちを少し和らげていました。マーシュが一週間以内にすべてが仕上がるといった日のことは、いまでもありありと思いだすことができます。マルセリーヌはそれとわかるほど顔を輝かせましたが、悪意ある目をわたしに向けなかったわけではありませんでした。巻きあげられた髪が、頭ではっきりと硬くなったかのように思えました。

『あたくしが最初に見るわよ』マルセリーヌはそういいました。そしてマーシュに笑みを浮かべて、こういったのです。『気に入らなかったら、ずたずたに切り裂いてしまうから』

「マーシュはこれまで見たこともないような、妙な表情を浮かべて応えました。

『君の好みに合うかどうかは知らないがね、マルセリーヌ、しかし素晴しいものだと誓うよ。称讃してもらいたいわけじゃない――芸術はおのずから創造されるものだからね。これは描きあげなきゃならないものなんだ。待っていてくれ』

「続く数日のあいだ、わたしは奇妙な不安をおぼえ、絵が完成するのは安堵ではなく、ある種の災難を意味するかのような感じがしました。デニスは手紙を寄越さず、ニューヨークの代理人が帰るつもりのようだと知らせてきました。わたしはいったいどうなるのかと思いましたよ。何という奇妙な要素の取り合わせだったのでしょう――マーシュとマルセリーヌ、そしてデニスとわたしです。これらすべてが最後には互いにどう反応しあうのか。不安が甚(はなは)だしくなると、何もかもを老人の取越し苦労のせいにしようとしましたが、その説明ではまったく納得がいきませんでした」

IV

「さて、事態が爆発したのは、八月二十六日の火曜日のことでした。わたしはいつもの時間に起きて朝食を取りましたが、背骨が痛くて気分がすぐれませんでした。この頃にはひどいものになっていて、堪えきれなくなると、阿片を使わざるをえないほどだったのです。階下には召使いしかいませんでしたが、マルセリーヌが自室で何かしている音が聞こえました。マーシュはアトリエの隣の屋根裏部屋で眠り、遅くまで床に就(つ)こうとはしなくなっていたので、昼前に起きることはめったにありません。わたしは十時頃に痛みがひどくなったので、阿片をいつもの二倍吸飲して、居間のソファーに横たわりました。最後に耳にしたのは、マルセリーヌが階上を歩きまわっている足音でした。かわいそうに——わかってさえいたらよかったのですが。マルセリーヌは長い鏡の前を歩いて、自分の姿をほれぼれと眺めていたにちがいありません。そういう女でした。最初から最後まで虚栄心の囚(とりこ)になっていたのです——デニスが与えてやれるささやかな贅沢のすべてを楽しむように、自分の美しさを楽しんでいたのです。

「わたしが目を覚ましたのは日没近くになってからで、長い窓の外に金色の光と長く伸びる影を見て、どれほど長く眠りこんでいたかがすぐにわかりました。まわりには誰もおらず、不自然な静けさが何もかもを包みこんでいるようでした。しかし遠くからかすかな遠吠えのようなものが、荒あらしく断続的に聞こえるようで、その遠吠えの性質には当惑させられるほど馴染み深いものがかすかにありました。わたしは危険を予感するような力はありませんが、最初からひどく不安な思いがしました。夢を見ていたのですよ——過去数週間に見たものよりもひどい夢でした。今回は何らかの暗澹たる悪化していく現実に悍しくも結びついているように思えました。あたり一帯に有害な雰囲気が立ちこめていました。あとで思ったことですが、薬で眠っているあいだに、ある種の音がわたしの無意識に伝わってきたのでしょう。しかし痛みはかなり和らいでいて、立ちあがると、苦もなく歩けました。

「すぐに何かがおかしいことがわかりはじめました。マーシュとマルセリーヌは乗馬でもしているのかもしれませんが、誰かが厨房で食事をつくっているはずでした。しかし沈黙があるばかりで、あのかすかな遠吠えというか、咽び泣きのようなものが聞こえるだけでした。そしてスキピオウを呼ぼうと思い、昔ながらの鈴を鳴らす紐を引いても、誰も応えなかったのです。やがてたまたま顔をあげたとき、天井に染みが広がっているのを目にしました——真っ赤な染みで、マルセリーヌの部屋の床から染みこんだにちがいありません。

「たちまち背中の具合が悪いことも忘れ、最悪の事態を突き止めるために、あわてて階上に行きました。静まり返った部屋のじめっとしたドアを開けようと奮闘したとき、日のもとにあるすべてのものが頭を駆けめぐりましたが、そのなかで最悪のものは、悪意の成就と運命の予感をおぼえたことでした。名状しがたい恐怖が群がっていることをずっと知っていたような気がしたのです。何か深遠で宇宙的に邪悪なものがわたしの屋敷の屋根の下に足場を得て、流血と悲劇が起こるしかないのだと。

「ようやくドアが開くと、わたしはよろめきながら広い部屋に入りました——窓の外では大木が枝を張っているので、部屋は薄暗くなっていました。たちまち鼻孔を襲ったかすかな悪臭にたじろぐばかりでした。やがて電灯を点けてから見まわすと、黄と青の絨毯（じゅうたん）に名状しがたい冒瀆的なものがあったのです。

「黒っぽい濃密な血の溜りに俯（うつぶ）せになっていて、むきだしの背中の中央に、人間の血まみれの足跡が一つありました。いたるところに血が飛び散っていました——壁にも家具にも床にもです。そんな光景を目にすると、膝の力が抜けてしまい、よろよろと椅子に近づいて腰をおろさなければなりませんでした。床に倒れこんでいるのは明らかに人間ですが、最初は誰なのかを見きわめるのがたやすいことではありませんでした。服を身につけておらず、髪の大半がきわめて手荒なやりかたで、頭皮から毟（むし）り取られたり切り取られたりしていたからです。濃い象牙色をしていたので、マルセリーヌにちがいないとわかりました。背中に靴の跡があることで一層恐ろしく思えました。わたしが階下で眠りこんでいたあいだに起こったにちがいない、異様かつ忌わしい惨劇を思い描くこともできませんでした。汗の垂れる額を拭こうと手をあげたとき、指に血がついているのが見えました。わたしはぶるっと身を震わせたあと、未知の殺人鬼が部屋を出てから閉めたドアのノブについていたにちがいないと知りました。死にいたらしめた道具は見あたりませんので、凶器をもっていったようでした。

「床を調べると、背中に残っているのと同様のねばねばした足跡が、恐怖の現場からドアに続いているのがわかりました。別の血の跡もあって、たやすく説明づけられるものではありませんでした。幅の広い連続する線で、巨大な蛇が這っていったかのようでした。最初は殺人鬼が何かを引きずっていったにちがいないと結論づけました。やがて足跡のいくつかがその上に重なっているようなので、殺人鬼が立ち去るときには既にあったと思わざるをえませんでした。しかしどんな這うものがこの部屋に犠牲者と殺人鬼とともにいて、凶行がなされてから殺人鬼よりも先に部屋を離れたのか。こう自問したとき、また遠くから遠吠えのような声がかすかに聞こえました。

「恐怖のあまり麻痺した状態からようやく我に返ると、ふたたび立ちあがって、足跡を辿りはじめました。殺人鬼が何者であるかについては、まったく推測もできず、召使いたちがいないことも説明がつきませんでした。ぼんやりとマーシュの屋根裏部屋に行くべきだと思いましたが、十分にその考えをめぐらす前に、血の跡がわたしをそこに導いていました。マーシュが殺人鬼なのか。病的なまでの緊張下で狂い、急に逆上してしまったのか。

「屋根裏の廊下では血の跡が薄くなり、黒っぽい絨毯に混じってほとんど見えなくなっていました。しかしながら先に行った実体の不思議な跡はまだはっきりと認められ、これはまっすぐマーシュのアトリエの閉ざされたドアに通じていて、ちょうどドアの底面の中央あたりの下に消えていました。明らかにドアが大きく開いていたときに敷居を越えていったのです。

「わたしは胸をむかつかせながらノブを試し、施錠されていないことがわかりました。ドアを開けると、弱まりゆく北の光のなかで、どんな新たな悪夢が待っているのかを見届けようとしました。床には確かに人間のようなものが倒れこんでいましたので、わたしはシャンデリアのスイッチに手を伸ばしました。

「しかし灯りが点いたとき、わたしの視線は床と床にある恐ろしいもの——哀れにもマーシュでした——から離れ、マーシュの寝室に通じる戸口に蹲って凝視しているものを、気も狂わんばかりになって、信じられない思いで見すえました。髪も衣服も乱れ、目が血走っていて、乾いた血がこびりつき、アトリエの壁の装飾品の一つであった恐ろしい鉈を片手にもっていました。しかしその悍しい一瞬でさえ、千マイル以上も離れたところにいると思っていた者だとわかりました。息子のデニスだったのです——というよりも、かつてデニスであった者の、痴れ狂ったなれのはてでした。

「わたしを見たことで、哀れな息子にほんの少し正気——あるいは記憶——が戻ったようでした。上体を起こし、自分を包みこむ何らかの影響力を振り払おうとするかのように頭を振りました。わたしはひとことも口にできず、声を出そうと唇を動かしました。そして目をさまよわせ、分厚い布の掛けられている画架の前に倒れこんでいる死体を一瞬見ました——奇怪な血の跡はそこに通じていて、死体には何か黒っぽいロープ状のものが絡みついていました。わたしが視線を動かしたことで、息子の狂った脳に何らかの印象がもたらされたようで、息子が急にかすれた囁き声で呟きだし、すぐに何をいっているかがわかるようになりました。

「『マルセリーヌを殺さなきゃならなかったんだ……あれは魔物だった……あらゆる邪悪の頭、大祭司……窖の落とし子だ……マーシュは知っていて、ぼくに警告しようとした。いい奴だったよ、フランクは。何もかもがわかる前には殺すつもりだったが、ぼくがフランクを殺したんじゃない。しかしぼくは階下におりて、マルセリーヌを殺した——するとあの呪われた髪が……』

「わたしはデニスが喉を詰まらせ、息を継ぎ、また話をはじめるのに耳をすましました。

「『父さんは知らなかったが——マルセリーヌの手紙が妙なものになりだして、マーシュを愛していることがわかったんだ。そしてほとんど手紙を寄越さなくなった。マーシュはマルセリーヌのことをまったく記さなかった——何かがおかしいような気がして、帰って確かめるべきだと思ったんだ。父さんにはいえなかった——父さんの態度からして、やめさせるだろうからね。二人の不意を打ちたかった。今日の昼頃にここに着いて——タクシーで来て、召使いはみんな出ていかせた――黒人たちの小屋は屋敷の物音が聞こえないところにあるから、外働きの連中にはかまわずにおいた。マケイブにジラードウ岬に荷物を取りにいかせて、明日まで帰らなくていいといっておいた。召使いの黒人たちには古い車を使わせ、メアリイに運転させて、ベンド村に骨休めにいかせた――ぼくたちが外出するから、世話をする必要はないといっておいたよ。黒人専用の下宿屋をやっている、スキプの親戚のところで一晩過ごせばいいといったんだ』

「デニスのいっていることがよく聞き取れないものになってきたので、わたしは耳をすまして、言葉をはっきり聞き取ろうとしました。また遠くで荒あらしい咽び泣きのようなものが聞こえましたが、目下のところは話を聞くのが先決でした。

『父さんが居間で眠っているのを見て、起こさないようにした。それからこっそり二階に上がって、マーシュと……あの女を掴まえようとした』

「息子はぞくっと身を震わせて、マルセリーヌの名前を口にするのを避けました。それと同時に、遠くの咽び泣きに合わせて息子の目が広がり、ぼんやりした馴染み深さが顕著なものになりました。

『あの女が部屋にいなかったから、アトリエに行ったんだ。ドアが閉まっていて、なかから二人の声が聞こえた。ぼくはノックもしなかった――部屋にとびこむと、あいつがポーズを取っていた。素っ裸になって、あの恐ろしい髪で体を包んだだけで。うっとりマーシュを見つめていたんだ。マーシュはドアから斜に画架を置いていたから、絵を見ることはできなかった。ぼくがあらわれると、二人ともひどく驚いて、マーシュは絵筆を落とした。ぼくは怒りさかまいて、絵を見せるようにいったが、マーシュは落ちつきを取り戻していったよ。まだ仕上がっていないが、一日か二日で完成するとね――そのとき見せるといったんだ。あの女もまだ見ていないとね。

「『しかしそんなことで納得するわけにはいかなかった。ぼくが近づくと、マーシュはヴェルヴェットの布を掛けて、ぼくに絵を見せないようにした。喧嘩沙汰になってもぼくに見せるつもりはなさそうだったが、あの……あの女が立ちあがって、ぼくのそばにやってきたんだ。そして見るべきだといった。ぼくが布に手をかけようとすると、マーシュがひどく熱り立って、ぼくを殴りつけた。ぼくは殴り返して、マーシュを失神させたようだ。そのあと、あの、あの女の金切り声で、ぼくも気を失いそうになった。あいつが布を取り去って、マーシュが描いていたものを目にしたんだ。身をひるがえして、部屋からとびだしていくのを見たよ――そしてぼくは絵を目にしたんだ』

「ここに来て、狂気がふたたび息子の目に宿り、わたしは一瞬、鉈で襲いかかってくるのではないかと思いました。しかししばらくすると、息子は少し落ちつきを取り戻しました。

「『ああ、神よ――あんなものが描かれていたとは。絶対に見ないでくれ。布に覆われたまま燃やして、その灰を河に撒いてくれ。マーシュは知っていたんだ――それでぼくに警告していたんだ。マーシュはあれが何なのかを知っていた――あの女が何なのかを。あの牝豹、ゴルゴーン、ラミア、名前は何だっていいが、あの女が実際には何のあらわれであるかを知っていたんだ。パリのアトリエではじめて会ったときから、マーシュはずっとぼくにほのめかそうとしていたが、言葉ではあらわせないものだったんだ。みんながあの女について恐ろしいことを囁いていたとき、ぼくはみんなが誤解していると思った――ぼくは魅了されて、明白な事実がわからなくなっていたんだ。しかしこの絵には秘密のすべてが捉えられている――恐るべき背景の全貌が。

「『ああ、フランクは偉大な画家だよ。これは人間が描きあげた、レンブラント以来の最高傑作だ。焼却するのは犯罪だ――が、存在させるのはそれ以上の犯罪になる。あの魔物をこれ以上存在させるのが忌むべき罪であるようにね。ぼくは絵を見たとたん、あれが何であるかも、クルウルウや旧支配者の時代から伝わっている恐ろしい秘密で、あれがどんな役割を演じているかもわかったよ――アトランティスが水没したときに、その秘密はほぼ消し去られたが、隠された伝承や寓意に満ちた神話や人目を忍ぶ真夜中の儀式の実践によって、半ば生かしめられているんだ。父さんも知っているように、あの女は現実の存在だったからね。偽物じゃなかった。そうであったら、どれほどありがたかったことか。哲学者たちが言及する勇気もなかった、古くからの悍しい影だったんだ――『ネクロノミコン』でほのめかされ、イースター島の巨像によって象徴されているものなんだよ。

「『あれはぼくたちが見抜けないと思っていたんだ――偽りの見せかけは、ぼくたちが不滅の魂を売り渡すまでもちこたえるはずのものだった。そしてそれは半分まで正しかった――結局ぼくを捕えたんだからね。あれは待っていただけなんだ。しかしフランク――あの善良な旧友――は、ぼくにとって過ぎたる友だった。すべてが何を意味するかを知っていて、それを描きあげたんだよ。あいつがそれを見て、金切り声をあげて逃げ出したのも無理はない。まだ完成していなかったが、十分に描かれていたからね。

「『それであいつを殺さなきゃならないとわかったんだ――あいつと、あいつに結びつくものをすべて殺さなきゃならないとね。健全な人間の血には堪えられない穢れだよ。ほかにもある――が、絵を見ずに焼却したら、父さんは知らずにすむ。ぼくはここの壁にあったこの鉈を掴んで、気を失ったフランクを残して、あいつの部屋まで行った。フランクは息をしていて、ぼくはそれを知ると、殺さなかったことを天に感謝したよ。

「『部屋に入ると、あいつが鏡の前で髪を編んでいた。野獣のように振り返ると、マーシュへの憎悪をぼくに吐きつけはじめた。あいつがマーシュを愛していた事実――そしてぼくがそのことを知っていた事実――は、事態を悪化させるだけだった。一瞬、ぼくは身動きもできず、あいつはぼくを完全に魅了するところだった。そのときぼくは絵のことを思い、呪縛が破れた。あいつはぼくの目を見てそのことを知り、ぼくが鉈を手にしているのに気づいたにちがいない。野生の密林の獣でさえ、あいつのような目つきをしないだろう。あいつが豹のように摑みかかってきたが、ぼくのほうが早かった。ぼくは鉈を振って、それで終わったよ』

「デニスはふたたびそこでやめなければならず、わたしは血まみれの額から汗が流れ落ちるのを見ました。しかしすぐにデニスがかすれた声で話を続けたのです。

『終わったといった——が、一部ははじまったばかりだったんだ。ぼくはサタンの軍団と戦ったような気がして、殺したものの背中を踏みつけた。そしてあの冒瀆的に編まれた黒い髪が、ひとりでに捩(よじ)れたり捻(ね)じれたりするのを見た。

『わかっているべきだった。すべては昔話のなかにあったんだ。あの忌わしい髪はおのれの生命をもっていて、あいつを殺しただけではけりがつかないんだ。燃やさなければならないことがわかったから、鉈で刈り取りはじめたよ。ああ、不快な作業だった。強靭(きょうじん)だった——鉄線のように硬かった——が、何とか刈り取ったよ。結ばれた髪がぼくの手のなかで、ぞっとするようなやりかたで捩れてのたうったんだ。

『最後の房を切り取ったか毟り取った頃、あの慄然たる咽び泣きが屋敷の裏から聞こえた。知っているだろう——いまも断続的に続いているんだから。何なのかはわからないが、この慄然たるありさまから発したにちがいない。ぼくが知っているはずのもののようでもあるが、よくわからないんだ。はじめて聞いたときには気にさわって、手にした髪を床に落とした。そしてぼくは震えあがった——次の瞬間、髪がぼくに向かい、一つの房の先が結ばれてグロテスクな頭部のようになって、悪意を漲(みなぎ)らせて襲いかかってきたんだ。鉈を振ると、引きさがった。

ぼくが止めていた息を吐いたとき、恐ろしいものが黒い大蛇のように床を這っていくのが見えた。ぼくはしばらく何もできなかったが、髪がドアの下から出ていくと、どうにか気を取り直して、よろめきながらあとを追った。幅の広い血の跡を辿っていくと、階段を上がっていったのがわかった。それでここに来たんだ――ぼくに襲いかかったように、髪が失神したマーシュに狂ったガラガラ蛇のように襲いかかって、錦蛇（にしきへび）のように巻きつくのを戸口から見なかったら、ぼくは天に呪われていたかもしれない。マーシュは意識を取り戻しかけていたが、あの忌わしい蛇みたいなものが押さえこんで、立ちあがらせもしなかった。あの女の憎悪のすべてがこもっているとわかったが、ぼくにはマーシュから引きはなす力がなかった。何度もやったが、ぼくの力ではかなわなかった。鉈も無駄だった――鉈をむやみに使ったら、フランクがずたずたになってしまう。それであの悍しいものが締めつけるのを目にするしかなく――目の前でフランクが砕かれるのを見るしかなく――そんなあいだも、裏のどこかからあの恐ろしい遠吠えのようなものがかすかに聞こえていた。

「『それだけだよ。ぼくはヴェルヴェットの布を絵に掛けたから、外さないでくれ。あれは焼却しなきゃならない。死んだフランクから髪をふりほどくことはできなかった――蛭（ひる）のようにくっついたまま、動きをすっかり止めてしまったようだ。あいつの蛇のような髪には、殺した男に対する倒錯した愛情のようなものがあるかのようだ――フランクにすがりつき、抱擁しているみたいなんだ。フランクも一緒に焼かなきゃならない――が、頼むからすっかり灰にしてほしい。それと絵はね。二つともこの世から消さなきゃならないんだ。世界の安全のために』
「デニスはもっと囁いたかもしれませんが、遠くの嘆き悲しむ声に遮られました。はじめてわたしたちはそれが何であるかを知ったのです。西から吹き寄せる風が、ついにはっきりした言葉を運んできたからです。ずいぶん前にわかっているはずのことでした。同じ源からよく発したものに似ていたからです。マルセリーヌに媚びへつらっていた、ズールー族の年老いた魔女、皺立ったソフォニスバが、この悪夢めいた悲劇の恐怖の最後を締めくくるやりかたで、小屋から悲嘆の叫びをあげていたのです。わたしたちは二人ともソフォニスバの吠えたてるものの一部を耳にして、この蛮族の魔女と殺されたばかりの太古の秘密の継承者との、秘められた原初の結びつきを知りました。ソフォニスバが使った言葉の一部は、太古の凶まがしい伝統に通じていることを示していたのです。
「『イア、イア、シュブ＝ニグラス。イア＝ルルイエ。ンガギ・ンブル・ブワナ・ンロロ。ああ、あなた、哀れなタニト姫、哀れなイシス姫。ああ、クルウルウ帝よ、深海からあらわれて、子供を取りたまえ——姫は死にました。姫は死んだのです。髪はもはや姫を得ておりません、大いなるクルウルウよ。このソフィは知っております。このソフィ、古きアフリカの大いなるジムバブエから黒い石を得たソフィは知っております。このソフィはンバングスが姫を捕えて、船の人間に売る前に、月光のなかでクロコダイルの石を巡って踊りました。もはやタニト姫はおりません。イシス姫はおりません。大いなる石の場で炎を燃やしつづける魔女がいないのです。ヤ、ヨ。ンガギ・ンブル・ブワナ・ンロロ。イア、シュブ＝ニグラス。姫は死にました。このソフィは知っております』

「それが嘆き悲しむ声の最後ではなく、わたしに聞き取れたもののすべてでした。息子の顔に浮かぶ表情から、何か恐ろしいことを思いだしたのがわかり、鉈を摑んでいる手に力がこもったのはよい前兆ではありませんでした。息子が絶望に駆られているのがわかり、できることなら、何かしでかす前に鉈を取りあげようとしてとびだしました。

「しかし手遅れでした。背骨を痛めている老人の体がまともに動くわけがありません。恐ろしい格闘が起こりましたが、あっというまに息子がやりおえてしまいました。いまでは確信もありませんが、息子はわたしも殺そうとしたようです。息子が最後にあえぎながらいったのは、血によるものであれ結婚によるものであれ、マルセリーヌに結びつくもの一切を消し去らなければならないということでした」

V

「わたしは今日にいたるまで、あの瞬間――あるいはその後に――狂ってしまわなかったことを不思議に思っております。わたしの前には息子――わたしが大切にしなければならなかった唯一の人間――の死体が横たわり、十フィート離れたところでは、布で覆われた画架の前に、親友の死体があって、名状しがたい恐ろしいものに巻きつかれていたのですよ。階下には、あの怪物の頭皮が剝き出しになった死体があって、これについては何でも信じられそうでした。頭がぼうっとして、髪の話がありうることなのかどうかは冷静に考えることもできなかったのです――たとえ冷静に考えられたとしても、ソフィの小屋から聞こえるあの陰鬱な恨み言が、さしあたって疑いを鎮めていたでしょう。

「わたしが賢明だったなら、哀れなデニスにいわれたとおりに――好奇心など抱かずに、絵と体に巻きつく髪を直ちに燃やすことを――していたでしょうが、わたしは震えあがるあまり、まともに考えられませんでした。息子の死体に何か愚かなことを呟いたように思います――そのあと、夜も更けて、召使いたちが朝まで帰ってこないことを思いだしました。このようなありさまが説明できないことは明白なので、何もかも隠しこんで、話をでっちあげなければならないことがわかりました。

「マーシュに巻きついている髪は恐ろしいものでした。壁から取った剣で突いたとき、死体を強く締めつけたような気がしたほどです。触れることなどできませんでした――見れば見るほど、恐ろしいことに気づくのです。一つのことに愕然としました。口にする気にはなれません――が、マルセリーヌがいつもしていたように、奇妙な油で滋養分を与えなければならないことが、ある程度説明づけられました。

「結局、三人の死体を地下室に埋めることに決めました——倉庫にあるのを知っていましたので、生石灰を使うことにしたのです。恐ろしい作業をおこなう夜になりました。三つの墓穴を掘りました——息子の死体は女の死体や髪に近づけたくなかったので、二つの墓穴から離れたところに掘りました。気の毒なマーシュの死体から髪を取り除けないのが残念でした。死体を地下室に運ぶのは大変な作業になりました。女の死体と髪の巻きついた死体を運ぶときには、毛布を使いました。そして倉庫から生石灰の入った樽を二つ運ばなければなりませんでした。神が力を与えてくださったのでしょうが、死体を運んで墓穴に収めることは滞りなくおこなえました。

「生石灰の一部を水漆喰にしました。脚立を取ってきて、血の染みこんだ居間の天井を処理しなければなりませんでした。そしてマルセリーヌの部屋にあったもののほぼすべてを焼却し、壁や床や重い家具をごしごしこすって汚れを洗い落としました。屋根裏のアトリエもきれいにして、そこに続く血の跡や足跡も拭い去りました。こんなあいだも遠くからソフィの嘆き悲しむ声がずっと聞こえていました。あの老婆のなかに魔物がいて、あんなふうに嘆かせていたにちがいありません。しかしあの老婆はいつも奇妙なことを恐ろしげな声で口にしていました。だから外働きの黒人たちはその夜、怯えたり、好奇心を抱いたりしなかったのでしょう。わたしはアトリエのドアを施錠して、鍵を自室にもっていきました。そして血のついたわたしの衣服を暖炉で燃やしました。夜が明ける前にざっと見たかぎりでは、屋敷のなかはごく普通のありさまになっていました。布で覆われたキャンヴァスには触れる気にもなれませんでしたが、あとで調べてみるつもりでした。

「さて、翌日になって召使いたちが帰ってきますと、若い人たちは皆セイント・ルーイスに行ったと知らせました。外働きの黒人たちは何も見聞きしていなかったようで、あのソフォニスバの嘆きの声は日が昇るのと同時におさまりました。その後、ソフォニスバはスフィンクスのようになって、前日に魔女の頭で何を思ったかは、ひとことも口にしませんでした。

「その後、デニスとマーシュとマルセリーヌがパリに行ったふりをして、信用できる代理人にパリからわたし宛に手紙を送らせました――わたしが筆跡を真似て偽造した手紙です。さまざまな友人たちに説明するため、かなりの嘘と沈黙を使いましたので。一部の人はわたしが何か隠しこんでいるのではないかと密かに疑っていたことでしょう。マーシュとデニスは戦争で亡くなったと報告させるようにして、そのあとマルセリーヌは修道院に入ったことにしました。幸いにしてマーシュは孤児でしたし、奇矯な振舞をすることで、ルイジアナの人びととも疎遠になっていました。あの絵を焼却して、農園を売り払い、震えあがって緊張しすぎた頭で何もかもを処理しようなどとしなければ、かなりのことがうまく繕えたかもしれません。わたしの愚行が何をもたらしたかは察しがつくでしょう。収穫に失敗し、使用人を一人またひとりと解雇して、リヴァーサイドを荒廃するにまかせ、わたしは隠者になって、田舎の奇妙な噂話の的になったのです。最近では、暗くなってからこのあたりに来る人もおりませんし、日中でも稀れなことです。だからあなたがこのあたりの人ではないとわかったのですよ。

「それなら、どうしてわたしがここにいるのかですって。それについては、何もかもすっかりお話しすることはできません。健全な現実の縁にあるものにあまりにも密接に結びついているのですよ。わたしがあの絵を見なかったなら、そんなふうにはならなかったでしょうね。デニスにいわれたようにすべきだったんです。恐怖の惨劇が起こってから一週間後に、閉ざされたアトリエに行ったときには、確かに絵を燃やすつもりでいたのですが、まず見てしまったのですよ——それで何もかもが一変しました。

「いえいえ、わたしが目にしたものを申しあげることはできません。ある意味で、あなたもすぐに目にすることができますよ。歳月と湿気のせいで損なわれていますがね。ご覧になりたいなら、あなたに害があるとは思えませんが、わたしについては別の話になります。それが意味するものを知りすぎていますからね。

「デニスが正しかったのです——まだ完成していないとはいえ、レンブラント以来の人間の芸術の最大の勝利といえるでしょう。はじめて見たときにそのことがわかり、気の毒なマーシュがデカダン派の哲学を正当化していることを知りました。ボードレールが詩でおこなったことを、マーシュは絵でおこなったのです——そしてマルセリーヌはマーシュの天才の内奥の砦を解放する鍵だったのです。

「キャンヴァスを覆っていた布を取り去ったとき、わたしは気を失いそうになりました——何であるかを半分も知らない内にですよ。一部が肖像画にすぎませんでした。マーシュがマルセリーヌだけを描いているのではなく、マルセリーヌを通して見るものやマルセリーヌの彼方にあるものを描いているのだとほのめかしたとき、まさしく文字通りのことをいっていたのです。

「もちろん絵のなかにマルセリーヌが描かれていました——ある意味では絵の鍵になっています——が、マルセリーヌの姿は巨大な構図の一点を構成しているにすぎませんでした。あの悍しい髪を体に巻きつけている以外は全裸で、既知のいかなる装飾伝統のものとも異なる、ベンチかソファーのようなものの上に、半ば坐るように半ば寝そべるようにしているのです。片手には奇怪な形をしたゴブレットがあって、そこからこぼれている液体の色は、いまにいたるまで識別することも分類することもできません——マーシュがその顔料をどこで手に入れたかもわかりません。

「マルセリーヌとソファーは、これまで見たこともない奇怪きわまりない景色の前景左に描かれていました。女の脳から何らかの発散物があるような感じがしましたが、そうではないことをほのめかすものもありました——マルセリーヌが情景そのものによって生み出される、邪悪なイメージか幻影であるかのように思わせるものがあったのです。

「いまやそれが外部であるのか内部であるのか——あの慄然たる巨石造りの穹窿（きゅうりゅう）構造が外部から見たものなのか内部から見たものなのか、それらが実際に切り出された石なのか、それとも身の毛もよだつ菌類が樹木状になったものにすぎないのかもわかりません。全体の幾何学は狂っていました――鋭角と鈍角が渾然と入り乱れているのです。

「そして、ああ。あの永遠に続く凶まがしい薄明のなかに漂う、悪夢めいたものの姿といえば。冒瀆的なものどもがあの女を大祭司にして、潜み、側目立て、魔女のサバトをおこなっているのですよ。山羊ではありえない黒ぐろとした毛深いものども……クロコダイルの頭部を具え、脚が三本で、背中に触手が並んでいる獣……エジプトの神官が知っていて、呪われていると呼んだ様式で踊る、鼻の平たいアイギュパーン。

「しかし情景はエジプトのものではありませんでした――エジプトの背後にあるものでした。アトランティスの背後、ムーの背後、神話で囁かれるレムリアの背後にあるものだったのです。この地上のあらゆる恐怖の窮極の根源であり、その象徴主義はマルセリーヌが不可欠な一部であることをこのうえなくはっきりと示していました。この地上の種族によって造られたのではない、口にするのもはばかられるルルイエにちがいないと思います――マーシュとデニスが影のなかで声を潜めて話していたものです。その絵では、情景全体が深海であるようでした――が、あらゆるものが自在に呼吸しているようなのです。

「さて……わたしは目にして震えあがることしかできず、マルセリーヌがキャンヴァスからあの恐ろしくも見開いた目で狡猾に見ているのがようやくわかりました。もはや迷信ではありませんでした――マーシュは実際に線と色彩の調和の内にマルセリーヌの恐るべき生命力の一部を捉えていますので、マルセリーヌがなおも考えこみ、見つめ、憎悪していて、マルセリーヌの大半が地下室の水漆喰の下にあるのではないかのようでした。そして最悪だったのは、ヘカテーから生まれた蛇のような髪の一部が、表面から上がりはじめ、部屋のなかを這って、わたしに近づいてきたことです。

「そしてわたしは最後の決定的な恐怖を知り、わたしが永遠に守護者であり囚人であることを察したのです。マルセリーヌはメドゥサやゴルゴーン姉妹の最初の模糊とした神話を生み出したものであり、わたしの震えあがる意志の何かが捕えられて、ついに石に化してしまったのです。わたしはもはや蛇のように巻きあがる髪から安全ではなくなりました——絵の髪からも、ワイン樽の近くで水漆喰の下にわだかまっているものからもです。何世紀葬ったところで、死者の髪がまったく破壊できないという話を思いだしたときには、もはや手遅れでした。

「それ以来、わたしの人生には恐怖と屈従しかありません。地下室にわだかまるものの恐怖が常に潜んでいるのですよ。一ト月とたたない内に、暗くなってからワイン樽の近くあたりを黒い大蛇が這って、奇妙な這い跡が六フィート離れた別のところに通じていると、黒人たちが囁くようになりました。結局、蛇が目撃された場所の近くに黒人を誰一人として近づけられなかったので、何もかもを地下室の別の場所に移さなければなりませんでした。

「やがて外働きの黒人たちが、毎晩真夜中を過ぎてから黒い蛇がソフォニスバの小屋を訪れるといいだしました。その一人がわたしに蛇の通った跡を見せました——その後まもなく、ソフィ自身が屋敷の地下室に妙な訪問をして、黒人の誰も近づきたがらない場所に何時間も留まって、何か呟いているのを知りました。ああ、あの老婆が死んだときには喜びましたよ。アフリカにいたときには古代の恐ろしい伝統の祭司だったと思います。百五十年近く生きたにちがいありません。

「ときおり何かが屋敷じゅうをずるずる滑っている音が聞こえるように思うこともあります。階段の板が緩んでいるところで妙な音がして、わたしの部屋の掛金が押されているかのようにがたがた鳴ることもあります。もちろんわたしはいつもドアを施錠しています。胸のむかつく黴臭さが廊下に嗅ぎ取れるように思えたり、床の埃にかすかなロープのようなものの跡があるのに気づいたように思う朝もあります。絵の髪を守らなければならないことはわかっています。髪に何かが起これば、確実に恐ろしい報復をなす実体がこの屋敷のなかにいるからです。わたしは死ぬこともできません――ルルイエからやってきたものに捕われた人間には、生と死は一つのものなのですから。何かがわたしの怠慢を罰するでしょう。メドゥサの髪がわたしを捕え、常に同じものなのです。あなたが不滅の魂を重んじるなら、秘められた窮極の恐怖にはかかわらないことです」

VI

老人が話を終えたとき、小さなランプがずいぶん前に燃えつきて、大きなランプもほぼ消えかけているのがわかった。夜明けが近いにちがいないことがわかった。嵐が終わったことは耳でわかった。わたしは老人の話に半ば茫然として、名状しがたいものに押されているのではないかと思い、ドアに目を向けるのがこわいほどだった。何がわたしを一番強く捕えていたのかはよくわからない――純然たる恐怖、信じられない思い、病的なあられもない好奇心のいずれなのか。わたしはまったくものもいえないありさまだったので、不思議な老人が沈黙を破るのを待たなければならなかった。

「見たいですか――あれを」

老人の声はとても低く、ためらいがちで、かなりせっついているのがわかった。わたしのさまざまな感情のなかで好奇心が立ち勝り、わたしは無言でうなづいた。老人が立ちあがり、近くのテーブルにあった蠟燭に火を付け、それを高く掲げてドアを開けた。

「ついてきてください――上に行きましょう」

わたしはまたあの黴臭い廊下に出るのを恐れたが、魅惑が不安を押し鎮めた。歩くと床板がきしみ、階段近くの埃のなかにロープ状のかすかな跡を目にしたと思ったときには、ぞくっと身を震わせた。

屋根裏に通じる階段はうるさくていまにも壊れそうで、何段かはなくなっていた。あたりに目を向けずにいる口実になるので、足もとに注意しなければならないことを嬉しく思った。屋根裏の廊下は漆黒の闇に包まれ、びっしりと蜘蛛の巣が張り、奥の左手のドアに通じる踏みならされた箇所を除いて、埃が一インチくらい積もっていた。分厚い絨毯の朽ちた残骸に気づいたとき、何十年も前にここを歩いた者たちのことを思った――足で歩いた者や、足をもたずに進んでいったもののことを。

老人が踏みならされた進路の奥にあるドアへとまっすぐわたしを導き、錆びついた掛金をまさぐった。わたしは絵を間近にしていることを知って、こわくてたまらなかったが、この段階でしりごみしたくなかった。次の瞬間、老人が無人のアトリエにわたしを導き入れていた。

蠟燭の火明かりはごくかすかなものだったが、主要な特徴の大半を見せていた。低い傾斜した天井、巨大な天窓、壁に掛けられた骨董品や記念品に気づいた――床の中央にある、布で覆われた大きな画架に気づかないわけはなかった。ド・リュシがいまやその画架に向かって歩いていき、ヴェルヴェットの布を取り去って振り返り、近づくようにと無言で合図した。それに従うにはかなりの勇気が必要で、覆いのなくなったキャンヴァスを見ている導き手の目が、揺れる蠟燭の火明かりのなかで見開かれているのを見てはなおさらだった。しかしまたしても好奇心がすべてをしのぎ、わたしはド・リュシがいるところにまわりこんだ。そして忌わしいものを目にした。

　わたしは意識を失わなかった――が、そうするのにどれほどの努力が必要だったかは、これを読んでいるあなたがたにはわからないだろう。わたしは悲鳴をあげたが、老人の顔に怯えた表情を見て口をつぐんだ。予想していたように、湿気とかまわれずにいたことで、キャンヴァスは歪み、黴が生え、ざらついていたが、それにもかかわらず、名状しがたい情景の病的な内容と倒錯した幾何学のすべてに潜む、邪悪な宇宙的異界さの凄まじい暗示を辿ることができた。

　老人がいったとおりのもの――柱の林立する穹窿天井の下で黒ミサと魔女のサバトが渾然とした地獄絵――で、これに何が加わると完成するのかは、わたしには推測することもままならなかった。腐朽は邪悪な象徴と病んだ暗示の恐ろしさを強めるばかりで、歳月の影響を最も強く受けているのは、自然――あるいは自然を嘲る外宇宙の領域――において腐朽あるいは分解しがちな箇所だけだった。

　もちろん窮極の恐怖はマルセリーヌだった――そしてわたしは膨れあがって色を失った肉体を見たとき、おそらくキャンヴァスに描かれたものと地下室の床の水漆喰のなかに横たわっているものに、何らかの隠微な秘められた繋がりがあるのだという奇妙な考えを抱いた。おそらく石灰が死体を破壊するというより保存しているのだろう――が、彩色された地獄絵からわたしを睨(にら)みつけて嘲る、真っ黒な悪意ある目を保てるのだろうか。

気づかずにはいられない生物には別のものもあった——ド・リュシは言葉にすることができなかったが、おそらくマルセリーヌと同じ屋根の下に住んでいた者すべてを殺したいという、デニスの願いに関係しているのだろう。マーシュが知っていたのか、あるいはマーシュの天才が知らぬままに描かせたのかは、誰にもわからないことだ。しかしデニスと父親は絵を目にするまで知らなかったにちがいない。

すべてをしのいで恐ろしいのが流れる黒髪だった——それが腐りゆく体を覆っているのだが、それ自体は少しも腐っていない。この髪について聞かされたことのすべてが十分に証明された。このロープ状の、しなやかに曲がる、半ば滑らかで半ば縮れた、黒い蛇のような髪には、人間じみたものは毫もなかった。穢らわしい独立した存在が、不自然なほど捩れたり捻じれたりして自己主張しており、外に向かった先端に無数の爬虫類の頭部があるという暗示はあまりにも顕著で、幻影や偶然ではありえなかった。

冒瀆的なものが磁石のようにわたしを捕えた。わたしはなすすべもないありさまで、ゴルゴーンに見られた者が石になるという神話を疑わしく思いはしなかった。そして変化が起こるのを見たように思った。狡猾な目つきで見るものが、それとわかるほど動き、腐りゆく顎が開いて、分厚い獣のような舌を見せ、先の尖った黄色い牙を露にした。残忍な目の瞳が大きくなって、眼球そのものが外に出てきたようだった。そして髪、あの呪われた髪が、はっきりわかるほど揺れて動きはじめ、蛇の頭部のすべてがド・リュシに向けられ、攻撃しかけようとしているかのように震えた。

わたしは理性を失い、自分が何をしているかもわからないまま、自動拳銃を取り出して、慄然たるキャンヴァスに鋼鉄の弾丸を十二発撃ちこんだ。たちまちすべてがばらばらに崩れ、木枠さえもが画架から埃に覆われた床に落ちた。しかしこの恐ろしいものはばらばらになったが、別のものがド・リュシの姿をしてわたしの前に立ちあがり、絵がなくなったことが絵そのものと同じほど恐ろしいことであるかのように、狂った悲鳴をあげた。

かろうじて聞き取れる声で、「ああ、やってしまった」と叫ぶと、逆上した老人はわたしの腕を荒あらしく掴み、部屋から引きずりだして、ぐらつく階段をおりていった。パニックに陥って蠟燭を落としたが、夜明けも近く、埃に覆われた窓からかすかな灰色の光が射し入っていた。わたしは何度も足をつまずかせたが、老人は一度も歩調を緩めなかった。

「走りなさい」老人が金切り声でいった。「命がけで走りなさい。あなたは自分が何をしたのかわかっていない。わたしは何もかも話したわけじゃありません。わたしがなさねばならないことがあります——絵がわたしに話しかけて語ったのですよ。わたしは絵を守って保存しなければならなかった——それがいまや最悪のことが起こったのです。あの女と髪が墓から上がってきます。何のためなのかは知る由もないことですが。

「急ぎなさい。お願いだから、時間がある内に、ここから出るのです。車があるなら、わたしをジラードウ岬まで乗せていってください。どこへ行こうが、最後には捕えられるかもしれませんが、やってみるだけの価値はあるでしょう。ここから出るのです――早く」

一階におりたとき、屋敷の奥からゆっくりした奇妙な音が聞こえ、ドアの閉じる音が続いた。ド・リュシは最初の音を聞かなかったが、別の音を聞き取って、人間の喉が発する最も恐ろしい悲鳴をあげた。

「ああ、神よ……大いなる神よ……地下室のドアだ……あれがやってくる……」

このときには、わたしは玄関の巨大なドアを前にして、錆びついた掛金と下がった蝶番（ちょうつがい）を相手にもがいていた――呪われた屋敷の未知なる奥の部屋から、ゆっくりと近づいてくる音を耳にしているいま、わたしは老人と同じくらい逆上していた。夜の雨が樫の鏡板を歪め、重いドアが引っかかって、前夜に入りこんだときよりもきつくなっていた。

何が歩いているにせよ、どこかで床板がきしみ、その音が哀れな老人の正気を繋ぎとめていた最後の糸を断ち切ったようだ。老人が狂った牡牛のような唸りをあげ、わたしから手をはなすと、右手にとびだして、居間とおぼしき部屋の戸口に入りこんだ。次の瞬間、玄関のドアがようやく開いて、わたしは外に出たが、ガラスの割れる音が聞こえ、老人が窓からとびだしたのだとわかった。わたしは撓（たわ）んだ玄関ポーチからとびおりて、雑草の茂る長い私道を走りだしながら、執拗な足音がわたしを追ってはこずに、蜘蛛の巣の張った居間の戸口を重おもしく抜けていくのを聞き取ったように思った。

わたしは二度振り返っただけで、あの放棄された私道に張り出す茨や枝を気にもせずに走りつづけ、枯れかかっている科木（しなのき）やグロテスクな樫を通りすぎて、十一月の曇った夜明けの灰色の淡い光のもとに出た。鼻を刺す臭いをはじめて嗅ぎ取り、ド・リュシが屋根裏のアトリエで蠟燭を落としたことを思いだした。そのときにはかなり道路に近づいていて、高くなったところから、遠くの屋敷の屋根が木々の上にはっきり見えた。予想していたように、濛々（もうもう）たる煙が屋根裏の天窓から吹き出して、渦を巻きながら鉛色の空に昇っていた。太古の呪いを炎によって清め、地上から一掃する、創造の力に感謝した。

　しかし次の瞬間、もう一度振り返ったとき、わたしは別のものを二つ目にした――それらが安堵の大半をかき消して、二度と回復することのないショックをもたらした。先にも記したように、わたしは私道の高いところに立っていて、そこからは背後の農園の多くが見えた。この景色には屋敷と木々だけではなく、放棄されて水浸しになった河沿いの平坦な土地の一部と、わたしがあわてて駆け抜けた雑草の生（お）い茂る私道の曲がり角のいくつかも含まれていた。後者の双方に、いまや否定できればよいのにと願う光景――光景らしきもの――があった。

　わたしを振り返らせたのは、遠くから聞こえるかすかな悲鳴だったが、そして振り返ったとき、屋敷の背後の鈍い灰色の湿地帯に動きのようなものが見えた。その距離では人間の姿はごく小さなものだが、動きが二つあるのがわかった――追う者と追われる者だ。先にいる黒っぽい服を着た者が、うしろにいた禿頭で全裸の者に追いつかれ、摑まれるのを見たようにさえ思った――追いつかれ、摑まれて、いまや燃えあがる屋敷の方に荒あらしく引っ張っていかれた。

しかしそのあとどうなったのかは見えなかった。たちまち近くのものに遮られたからだ――無人の私道のかなり向こうに何らかの動きがあった。間違いなく、雑草や低木や藪が、風に吹かれているのではないやりかたで揺れていた。速やかに進む大きな蛇が、目的をもって地面を這って、わたしを追っているかのようだった。

わたしが立っていられたのはそこまでだった。そのあとは狂ったように門に向かって這い進み、服が破れ傷を負って出血しても気にせず、大きな常磐木の下に停めたロードスターにとびのった。雨に打たれて水浸しだったが、メカニズムは無傷で、問題なく始動できた。やみくもに車をそのまま走らせた。あの悪夢と悪霊の恐ろしい領域から離れることしか頭になかった――ガソリンが許すかぎり、できるだけ速く遠くへ行きたいだけだった。

三、四マイルほど道路を走った頃、農夫がわたしに手を振った――中年で、このあたりのことによく通じているらしい、親切でおっとりした人物だった。妙な姿に見えるにちがいないことはわかっていたが、わたしは喜んで車の速度を落として、道をたずねることにした。男はジラードウ岬への行き方をすぐに教えてくれ、こんな朝早くそんな恰好でどこから来たのかとたずねた。わたしはあまりしゃべらないほうがよいと思い、夜の雨に遭って近くの農家で雨宿りしたあと、車を見つけようとして下生えのなかで迷ったのだと告げた。

「農家ですと。いったい誰の家ですかな。バーカー河のジム・フェリスの土地からこっち側には、道路沿いの二十マイルにわたって、農家は一軒もありませんがね」

わたしはびっくりして、これはいかなる新しい謎の前兆なのかと思った。そして古びた門が道路からさほど奥まっていない、大きな荒廃した農園を見すごしているのではないかとたずねてみた。

「あそこのことをおっしゃられるとは、妙なことですな。かなり前にここらへいらっしゃったことがあるんでしょう。けど、あの家はもうありません。五、六年前に焼け落ちましたからな——そのことについて、妙な話がいわれましたよ」

わたしはぞくっと身を震わせた。

「リヴァーサイド——ド・リュシという男の屋敷——のことをおっしゃってるんでしょう。十五年か二十年くらい前に、奇妙なことが起こりましてな。老人の息子が外国の女と結婚して、すこぶる妙な女だという者がおりました。見かけも気に入らないものだったようです。やがて女と息子が急にいなくなって、その後老人は息子が戦死したといいよりました。しかし黒人のなかに妙なことをほのめかす者がおりましてな。老人が女を愛するようになって、女と息子を殺したというんですよ。あそこは黒い蛇がよくあらわれるところだったから、そういうことなのかもしれません。

「そして五、六年前に老人が姿を消して、屋敷が焼け落ちました。老人が焼け死んだという者もおりましたよ。ちょうど今日のような、雨の降った夜が明けてからのことでした。大勢の者がド・リュシの声で恐ろしい叫びがあがるのを聞きました。屋敷の方を見ると、またたくまに屋敷が煙に包まれていくのが見えましたよ――雨が降ろうが降るまいが、あの屋敷は火口のようなものでしたからな。それ以来老人を目にした者はおりませんが、ときたま大きな黒い蛇の幽霊が這いまわっているという者がおります。

「どう思いますかな。あの屋敷をご存じのようですから。ド・リュシの話を聞いたことがあるんでしょう。若いデニスが結婚した女の問題をどう思いますかな。その女は誰もを震えあがらせて、憎しみを感じさせましたが、どうしてなのかはわからないんですよ」

わたしは考えようとしたが、とても頭がまわらなかった。屋敷は何年も前に焼け落ちたのだ。それならわたしはどこで、どんなありさまで夜を過ごしたのか。どうしてわたしは屋敷のことを知っているのか。そう思ったとき、上着の袖に毛がついているのが見えた――老人の短い灰色の毛だった。

結局、何もいわずに車を走らせた。しかしひどく苦しんでいた高齢の農園主を噂話が誤解していたことだけはほのめかしておいた。リヴァーサイドの問題に責任がある者がいるなら、それはマルセリーヌという女であることを――友人たちのあいだで交される漠然としてはいるが本物の話であるかのようにいって――はっきりさせておいた。マルセリーヌはミズーリのやりかたに馴染まず、デニスがそんな女と結婚したのが間違いだったといっておいた。

誇らしげに名誉を育み、気高い心の持主だったド・リュシ家の者が望まないだろうと思い、それ以上のことは口にせずにおいた。窖の魔物――太古の冒瀆のゴルゴーン――が古代の完全無欠の名前をひけらかしたことを、地元の者が推測するまでもなく、彼らは十分に苦しんだのだ。

夜にわたしが出会った不思議な主人がわたしに語れなかったこと——哀れなフランク・マーシュの失われた傑作の細部からわたしが知ったように、あの老人が知っていたにちがいないこと——を、隣人たちに知らせるべきではないだろう。

一時期リヴァーサイドの女主人であった者——焼け焦げた土台の下、水漆喰で固められた墓のなかで、憎むべき蛇のような髪を画家の死体に吸血鬼のようにいまも巻きつけているにちがいない、呪われたゴルゴーンあるいはラミア——が、かすかに、微妙とはいえ、天才の目には間違いなくジムバブエの最も古い這うものの末裔（まつえい）であったことは、隣人たちには知らせないほうがよい。マルセリーヌが年老いた魔女のソフォニスバと繋がりがあったのも不思議ではない——ごくかすかなものとはいえ、マルセリーヌは黒人だったからである。

罠

ヘンリイ・S・ホワイトヘッド

コペンハーゲン製の骨董品の鏡に見たと思った不可解な動きとともに、何もかもがはじまったのは、十二月のとある木曜日の朝のことだった。何かが動いたような気がしたのだ——部屋にはわたしがいるだけだったが、鏡に何かが映った。わたしは手を止めて、しげしげと見つめたあと、気のせいにちがいないと決めこんで、また髪にブラシをかけた。

わたしはこの鏡を埃と蜘蛛の巣に覆われた状態で、サンタ・クルスのあまり植民されていない北側の地区の放棄された農園の付属建物で見つけ、ヴァージン諸島から合衆国にもちかえった。二百年以上も熱帯の気候にさらされて、昔のガラスはくすんでしまい、金貼りの枠の上部では優雅な装飾がひどく壊れていた。外れた部品を元に戻してから、他の持物とともに倉庫に収めた。

それから数年が経過した当時、わたしはコネティカットの吹きさらしの山腹にある旧友ブラウンの私立学校に、客員(かくいん)講師として滞在していた——一つの寮の使われていない翼を占有して、二つの部屋と廊下がわたしのものだった。マットレスのあいだにしっかりはさみこんであった古い鏡は、到着後荷ほどきした荷物のなかから真っ先に取り出し、居間として使う部屋で、曾祖母のものだった古い紫檀のコンソール型キャビネットの上に荘重に備えた。

寝室のドアはちょうど居間のドアと向かい合っていて、そのあいだに廊下があるので、キャビネットの上の鏡を覗くと、二つの戸口ごしに大きな鏡が見えることに気づいた――次第に小さくなってはいくが、果てしない廊下を覗いているようなものだった。そのようにしてキャビネットの鏡を見ていた木曜の朝に、普段は誰もいない廊下に妙な動きらしきものを見たように思ったのだ――が、先にも述べたように、すぐにその考えは振り捨てた。

食堂に行くと、誰もが寒い寒いといっていて、学校の暖房設備が一時的に具合が悪くなっていることがわかった。わたしは低い温度にとりわけ敏感なので、誰よりも辛い思いがして、直ちに今日は冷えこむ教室に立ち向かうようなことはしないでおこうと決めた。それでクラスの生徒たちに、わたしの居間に行って、大きな暖炉のまわりで気楽な授業をしようともちかけた――少年たちは喜んで受け入れた。

授業を終えたとき、生徒のロバート・グランディスンが、午前中の二時限目の授業がないので、部屋に残ってもよいかとたずねた。わたしはそうしなさいといって歓迎した。グランディスンは暖炉の前で快適な椅子に坐って勉強した。

しかしながらほどなく、グランディスンが薪をくべたした炎から少し離れた椅子に移り、そのために古い鏡の正面に位置するようになった。わたしは部屋の別の箇所にある自分の椅子に坐っていたが、グランディスンがうっすら曇った鏡をじっと見つめるようになったことに気づき、いったい何にそれほど興味を惹かれているのだろうかと思い、その朝早くの自分自身の経験を思いだした。時間が経過するなか、少年は見つめつづけ、少し眉間に皺を寄せた。

最後にわたしは何に注意を引かれているのかと物静かにたずねた。グランディスンがとまどった顔をしながら、ゆっくりと顔をあげて、かなり慎重な言葉づかいでいった。

「ガラスが波状になっているか、そういう感じなんですよ、カネヴィン先生。すべてがある箇所からはじまっているのに気づきました。ほら、お見せしますよ」

少年が立ちあがり、鏡に近づいて、左下の角に近い箇所を指差した。

「ここなんです、先生」選んだ箇所に指を差したまま、わたしに振り返っていった。振り返る動作をしたことで、指がガラスに強く押しつけられたのかもしれない。突然、少し力が必要だったかのように手を引っこめて、小さな声で呟(つぶや)いた。「わっ」そして煙(けむ)に巻かれたような顔つきでガラスを見た。

「どうしたんだ」わたしはそうたずね、立ちあがって近づいた。

「だって……その……」ロバート・グランディスンはうろたえているようだった。「その……ぼく……感じたんです……指が引きこまれるような感じがしました。まるで、その……莫迦げたことですけど……その……とても妙な感じがしたんですよ」ロバートは十五歳にしては普通ではないほど語彙(ごい)が豊富だった。

わたしはそばに近寄って、さっき示した場所を指差すようにいった。

「莫迦だと思われるでしょうけど」ロバートが恥ずかしそうにいった。「でも……ここからだと、よくわかりません。あの椅子からだと、はっきりしているように思えたんですけど」

わたしはひどく好奇心を掻き立てられ、ロバートが坐っていた椅子に腰をおろし、ロバートが指し示した箇所を見た。たちまち「とびだしてくるもの」があった。間違いなく、その特別な角度から見ると、片手にもった数多くの細紐が放射状に広がるように、古いガラスにある多くの渦のすべてが一点に集中しているように見えるのだった。

立ちあがって鏡に近づくと、もはや奇妙な一点は見えなかった。明らかに特定の角度からしか見えないのだった。まっすぐ見ると、鏡のその部分は普通の反射もしなかった——そこにわたしの顔は映っていなかった。ささやかな謎に直面しているようだった。

まもなく学校のベルが鳴り、魅了されていたロバート・グランディスンが急いで退出して、わたし一人がささやかな光学の問題をかかえこむことになった。わたしはいくつかの窓のブラインドを上げ、廊下を横切り、鏡の反射の特定の箇所を探した。速やかに見つけると、目を凝らして見つめ、またしても「動き」らしきものを見つけたように思った。首を伸ばし、特定の角度から見ると、ふたたび「とびだしてくるもの」があった。

ぼんやりした「動き」らしきものが、いまや間違いのないはっきりしたものになった——捩れた動きらしきもの、あるいは旋回する動きらしきものだった。ごくかすかとはいえ、強い旋風か渦巻き、あるいは平坦な芝生の上で、旋風に捕われた秋の落ち葉が回っているようなものだった。地球の動きのように、二重の動きだった——回転しながら動きつづけ、それも内側に向かっていて、果てしなくガラスのなかの一点に向かって渦が進んでいるのだった。魅せられながらも、錯覚にちがいないとわかっていたが、きわめて顕著な吸いこまれるという印象を受け、ロバートが当惑しながら、「指が引きこまれるような感じがしました」といったことについて考えた。

かすかな寒気のようなものが急に背骨を走った。ここには明らかに調べる価値のあるものがあった。そして調べるという考えに思いいたったとき、ロバート・グランディスンが授業に行くときに浮かべた、ものたりなさそうな表情を思いだした。ロバートがおとなしく廊下に歩み出たとき、肩ごしに振り返って、このささやかな謎をわたしがどう分析しようと、自分も加わるべきだと決意していたことを思いだした。

しかしながら同じロバートに関係する胸が騒ぐ出来事があって、鏡に関することはしばらく意識から消えてしまった。わたしはその日の午後ずっと外出して、学校に戻ったのは五時十五分の「点呼」の時間だった——このとき生徒全員が集合して、指導教師も出席しなければならない。わたしは鏡を調べるためにロバートを呼ぼうと思って、この集まりに顔を出し、いないことを知って、驚くとともに胸を痛めた——ロバートの場合は、きわめて異常で不可解なことだった。その日の夜、ブラウンから少年が実際に失踪したことを告げられた。ロバートの部屋、体育館、ありとあらゆる場所を探しても見つからず、持物は——外出着も含めて——すべてしかるべきところにあったという。

その日の午後、ロバートは氷の上でも、ハイキングをするグループのなかにも見かけられておらず、学校の配膳をする近隣の店に電話をかけても無駄だった。要するに、午後二時十五分に授業が終わって、第三寮の自室に向かって階段を登っていくのを最後に、ロバートを見かけた者はいないのだった。

いなくなったことがはっきりわかると、その結果として学校じゅうにかなりの騒ぎが起こった。ブラウンは校長として、その矢面（やおもて）に立たなければならなかった。よく管理され、高度に組織化された学校では、まことに前例のない事件なので、ブラウンは困惑しきっていた。あとになってわかったことだが、ロバートはペンシルヴェイニャ西部の自宅に逃げ帰ったわけでもなく、学校のまわりの雪に覆われた山腹を教師と生徒が捜しまわっても、ロバートが通った跡は見つからなかった。見たところ、ロバートはふっつりと姿を消してしまったのである。

ロバートの両親が失踪の二日後の午後にやってきた。両親は物静かに受け止めたが、もちろん思いがけない不幸に動揺していた。ブラウンは十歳くらい老けこんだように見えたが、何ら打つ手もなかった。四日目には、解決不可能の謎としておさまっていた。グランディスン夫妻はしぶしぶ自宅に引きあげ、翌日の朝に十日間のクリスマス休暇がはじまった。

生徒や教師がお馴染みの休日の陽気さで出発した。ブラウンと奥さんは使用人たちとともに、大きな学校にわたしと一緒に残った。教師や生徒がいないと、校舎や寮が虚ろな殻のように思えた。

その日の午後、わたしは暖炉の前に坐って、ロバートの失踪について考え、これを説明づけるありとあらゆる突飛な仮説を思いめぐらした。夕方には頭が痛くなったので、軽い食事を取った。そのあと校舎や寮のまわりをきびきび歩き、居間に戻って、ふたたび考えをめぐらした。

十時少し過ぎに、冷えた体をこわばらせて安楽椅子で目を覚ました。眠りこんでしまって、暖炉の火も消えていた。肉体面では不快だったが、精神面では期待と希望らしきものを感じて奮起していた。もちろんわたしを悩ませている問題に関係していた。うっかり眠りこんだことで、どうにも気になる奇妙な考えを抱くようになったからである――薄っぺらで、ほとんど見分けもつかなくなったロバート・グランディスンが、やっきになってわたしに知らせようとしていたという奇妙な考えだった。わたしは最後に不合理なまでに強い確信を胸に抱いてベッドに横たわった。どういうわけか、幼いロバート・グランディスンがまだ生きていると確信したのである。

わたしがそのような考えを受け入れたことは、わたしが西インド諸島で長く暮らし、その地で不可解な出来事に密接にかかわったことを知っている人には、不思議だとは思えないだろう。わたしが行方不明の少年と何らかの精神感応をしたいという切実な願いをもって眠りこんだことも、不思議には思わないはずである。ごく平凡な科学者でさえ、フロイトやユングやアドラーとともに、無意識が睡眠中に外界の印象を受け入れやすいことを諾(うべな)うが、そうした印象は覚醒した状態に元のまま伝わることは稀れなのである。

　さらに一歩進み、テレパシイの力の存在を認めるなら、そのような力は眠っている者に最も強く作用するにちがいないので、ロバートから明確な知らせが得られるというのなら、最も深く眠りこんでいるあいだに起こることだろう。もちろん目覚めたときに知らせを失うかもしれないが、そのようなものを保持するわたしの力は、世界のさまざまな辺境地でおこなった各種の精神修養によって強められているのである。

　わたしはすぐに眠りこんだにちがいなく、夢の生なましさと、途中で目覚めなかったことから、睡眠はかなり深いものだったと判断した。わたしが目覚めたのは六時四十五分で、睡眠時の思考の世界からもたらされたとわかる特定の印象がなおも残っていた。わたしの頭を満たしていたのは、ロバート・グランディスンが不思議にも鈍い緑がかったダーク・ブルーの色をした少年に変身している姿だった。ロバートはやっきになって言葉でわたしに知らせようとしていたが、そうするのがほとんど克服できないほどに困難であることを見出した。空間を分離する奇妙な壁がロバートとわたしのあいだに立ちはだかっているようだった――謎めいた不可視の壁であって、わたしたち二人を完全にまごつかせた。

　わたしはロバートをかなり遠くにいるかのように見たが、奇妙なことに、ロバートは同時にすぐ近くにいるようでもあった。現実の世界にいるときよりも、大きくもあり小さくもあって、見かけの大きさは、わたしに話しかけながら進み出たり退いたりする距離に比例してではなく、反比例して変化するのだった。つまり、ロバートが退いたり後方に移動したりすると、わたしの目にはロバートの姿が小さくなるかわりに大きくなって、前に進み出るとその逆になるのである。ロバートにあっては、遠近の法則がまったく逆転していた。ロバートの姿は朦朧として定かなものではなかった――確固とした永続する輪郭を失っているかのようで、色と服の異常さに、わたしは最初困惑しきってしまった。

夢のある時点で、ロバートの発声する努力がついに声になって出た――とはいえ、異常なまでにくぐもった聞き取りにくいものだった。しばらくは何をいっているのかもわからず、いったいどこにいるのか、何をいっているのか、どうして言葉が不明瞭で聞き取りにくいのかと、わたしは夢のなかでさえ頭を痛めて手がかりを見つけようとした。やがて少しずつ言葉が聞き取れるようになり、夢を見ているわたしは最初に聞き取れたものによってこのうえもなく興奮して、以前は意味するものがまったく信じられないことだったため、意識的なものになるのが妨げられていた精神的繋がりを結ぶことができた。

深い眠りのなかでどれほどの時間にわたって、あのたどたどしい言葉に耳をかたむけていたのかはわからないが、不思議なほど遠くにいる少年が苦労して話しているあいだに、何時間も経過したにちがいない。最も強力な証拠なくして、他の人びとに信じてもらえようもないありさまが明かされたが、わたしは以前に種々の異様なものに接したことがあるので、それを――夢のなかでも目覚めてからも――真実として受け入れることができた。少年は喉を詰まらせながらも、明らかにわたしの顔――受容的な睡眠のなかで表情をあらわす顔――を見ていた。わたしが少年の言葉を理解しはじめた頃、少年が顔を輝かせて、感謝と希望の表情を浮かべたからである。

冷えびえとした部屋で急に目覚めてからも、わたしの耳にロバートの言葉が響いていたが、それを何らかの形でほのめかすには、この記述でいよいよ細心の注意を払って言葉を選ばなければならない段階に差しかかっている。かかわっているもののすべてが、なすすべもなくまごついてしまうほどに、記録するのも困難なのである。先にも述べたように、これまで理性が意識的につくりださなかった繋がりが、思いがけない事実によって樹立されたのだった。この繋がりは、もはやほのめかすのに躊躇（ちゅうちょ）する必要もないが、少年が行方不明になった日の朝に動きらしきものをわたしに印象づけ、その後に渦のような輪郭と吸いこまれるような明白な錯覚によって、ロバートとわたしの双方に不穏な魅力を投げかけた、コペンハーゲン製の古い鏡にかかわっていたのである。

わたしの表層の意識はこれまで直観がほのめかしたがっていることを拒んではいたが、もはやその驚嘆すべき考えを拒むことなど断じてできなかった。「アリス」の物語における奇想天外なものが、いまやわたしには重大かつ目前の現実となっていた。あの鏡はまさしく悪意ある異常な吸引力をもっていたのである。そして夢のなかでわたしに苦労して伝えようとした少年は、鏡が人間のこれまでの既知の経験すべてに背（そむ）き、健全な三次元の古くからの法則すべてを破っていることを明らかにしたのである。鏡以上のものだった——戸口であり、罠であり、目に見える宇宙の住民のものではなく、難解きわまる非ユークリッド幾何学の観点においてのみ認識できる、空間の空洞なのである。そして何か途方もないやりかたでもって、ロバート・グランディスンはわれわれの認識範囲からガラスのなかに入りこみ、そこに閉じこめられて、解放されるのを待っているのだ。

わたしが目覚めたときに、この啓示の現実性を何ら疑いもしなかったのは、意味深いことだった。ロバートの失踪と鏡の幻影について考えこんだことから喚起されたのではなく、実際に次元を越えたロバートと会話をしたことは、一般に正当な根拠があると認められる直観的な確信と同様に、わたしの窮極の直観にとって確実なことだった。

これまでに明らかになったのは、信じられないほど異様な性質のものだった。ロバートが失踪した日の朝に明らかであったように、ロバートは古い鏡に強く魅せられていた。学校にいたあいだ、わたしの居間に来て、もっと調べようと思っていたはずだ。終業時間になって訪れたとき、二時二十分より少しあとだったろうが、わたしは街に出かけて不在だった。わたしがいないことを知り、わたしが気にしないだろうと思い、ロバートは居間に入って、まっすぐ鏡に近づいていき、その前に立って、わたしたちが以前に気づいた、渦が集中しているように思える箇所を調べた。

やがていきなり渦の中心に手を置きたくなる圧倒的な衝動に捕えられた。良識に背き、ほとんどしぶしぶのようにそうした。鏡に触れたとたん、その朝ロバートをとまどわせた、不思議なほとんど痛いくらいの吸いこむ力を感じた。その直後――まったくだしぬけに、全身の骨や筋肉を捻(ひね)ったり引っ張ったりして、あらゆる神経を膨れあがらせたり切断したりするように思える力を受けて――いきなり引きこまれて、内部に入りこんでしまったのだ。

ひとたび通り抜けるや、ロバートの全組織を襲った激痛を与える圧力が急になくなった。ロバートがいうには、生まれたばかりであるかのような感じがした――歩く、屈みこむ、首をまわす、言葉を口にする等、何かしようとするつど、その感じがしたのだった。全身のあらゆるものがしっくりしていないように思えた。

こうした感じはかなりしてからなくなって、ロバートの体は抗議する部分の集まりというよりも、組織化された全体になった。あらゆる形態の表現のなかで、発声が最も困難なものでありつづけた。数多くの組織、筋肉、腱(けん)を使う複雑なものだからだろう。一方、ロバートの足は、ガラスの内部の新しい状態に真っ先に適応したのだった。

わたしは昼まで理性に挑む問題全体をこと細かく考え直した。見聞きしたことのすべてを相互に関連させ、良識ある人間の自然な懐疑を投げ捨て、ロバートを信じられない牢獄から解放するために可能な計画を立てようとした。そうすることで、以前は困惑させられた数多くの点が明らかになった――というよりも、わたしにとって以前よりもはっきりしたものになった。

たとえば、ロバートの色の問題があった。ロバートの顔と手は、先に述べたように、鈍い緑がかったダーク・ブルーになっていた。付け加えれば、ロバートの見慣れたブルーのノーフォーク・ジャケットは淡いレモン・イエローにかわり、ズボンは以前のように灰色のままだった。わたしは目覚めてからこのことを思い返し、このありさまが、後退するときにロバートが大きくなり、進み出るときに小さくなるようにさせた、遠近の逆転に密接に結びついているのを知った。ここにも物理学の逆転があった——未知の次元におけるロバートの色のあらゆる細部が、正常な生活で対応する色のまさしく反対色ないしは補色になっているのである。物理学では典型的な補色は青と黄、赤と緑である。これらの二色はそれぞれ反対色であって、混ぜ合わせると灰色になる。ロバートの自然な肌色はピンクがかった淡黄褐色で、その反対色はわたしが見た緑がかった青だった。ロバートの青い上着は黄色になって、灰色のズボンは灰色のままだった。ズボンの色がかわっていないのに困惑したが、それも灰色が反対色同士を混ぜ合わせたものであること——というよりも、灰色の反対色は灰色であること——を思いだすまでのことだった。

もう一つはっきりしたのは、ロバートの妙にかすれた、くぐもった声に関するものだった——ロバートが愚痴をこぼした、体の各部がしっくりしないというぎごちなさや感じにも関係している。これは最初はまさしく謎だったが、長いあいだ考えたあと、手がかりが得られた。ここにもまた遠近と色に影響をおよぼしたのと同じ逆転があった。四次元にいる者は必ずや同じように逆転されるにちがいない——色や遠近と同様に、手や足が変化するのだ。他の二つある器官、鼻孔や耳や目も同様だろう。こうしてロバートは逆転した舌、歯、声帯といった発声器官でしゃべっていたので、しゃべるのが困難だったのも無理はないのだ。

時間がたつにつれ、夢が明らかにした状況の気も狂わんばかりになる切迫感と歴然たる現実感は、減じるどころか強まっていくばかりだった。何とかしなければならないという思いが強まったが、助言や助力を求められないことがわかった。このような話——単なる夢に基づく確信——を口にすれば、わたしの精神状態について疑われるか、冷やかされるだけだった。助けがあろうとなかろうと、夜の印象によってもたらされた僅かばかりの作業データで、いったい何ができるだろう。ロバートを解放するために可能な計画を考える前に、もっと情報を得なければならないことがようやくわかった。これは睡眠の受動的な状態によってのみもたらされるので、ふたたび熟睡すれば、おそらくわたしのテレパシイによる接触が再開されると思い、わたしは元気づいた。

厳格な自制心でもって、心を砕く乱れた思いをブラウン夫妻にうまく隠しこんで昼食を終えたあと、午後に眠りこんだ。目を閉じるや、すぐにぼんやりしたテレパシイによるイメージがあらわれだした。前に見たのと同一のものであることがすぐにわかり、このうえもなく胸を高鳴らせた。どちらかといえば、以前よりも明瞭だった。そしてロバートがしゃべりだすや、言葉の大半を捉えることができるようだった。

この睡眠中に朝に推測したことの多くが確証されたことがわかったが、テレパシイによる接触は目覚めるかなり前に不可解にも断ち切られた。ロバートは接触が終わる前に不安そうにしていたが、不思議な四次元の牢獄における色と空間的関係がまさしく逆転していることを既に伝えていた——黒が白で、遠くにあるものほど大きくなるといったことである。

肉体の形と感覚を具えているにもかかわらず、人間の生命にかかわる特性の多くが妙に停止しているように思えることもほのめかした。たとえば滋養物はまったく必要ではなかった——物体や属性の逆転は合理的で数学的に様態を示すものなので、それよりも異常な現象だった。別の重要な情報は、ガラスから世界への出口は入口だけであり、出ることに関するかぎり、これは永遠に塞がれ、入りこめないように封印されていることだった。

その夜、わたしはまたロバートの訪問を受けた。心を受動的にして眠っているあいだ、妙な間隔を置いて受けた印象は、ロバートが閉じこめられていたあいだ途絶えることがなかった。わたしに伝えようとするロバートの努力は絶望的なもので、痛ましく思えることもしばしばあった。テレパシイによる結びつきが弱まることもあれば、疲労や興奮や不安によって、言葉が途切れたり不明瞭になったりすることもあったからである。

一連のはかない精神的接触を通じてロバートが告げたことのすべてを、連続するものとして——ロバートが解放後に直接語った事実を特定の箇所に付け加えながら——書き留めたほうがよいだろう。テレパシイによる情報は断片的で、ほとんど聞き取れないこともよくあったが、少年をわれわれの世界に戻せるのなら、何とか手立てを見つけださなければならないため、緊張した三日間にわたって、目覚めているあいだはしきりに考えこみ、熱にうかされたような熱心さで分類したり熟考したりした。

ロバートが自分を見出した四次元の領域は、サイエンティフィック・ロマンスで描かれているような、異様な光景や尋常ならざる住民の見出せる未知の果てしない領域ではなく、異質で通常は到達不可能な空間の局面ないしは方角の内部にある、われわれの地球の特定の限定された部分の投影であるようだった。奇妙なまでに断片的で、実体のない、不均質の世界だった――見かけは分離しているさまざまなものが朦朧と溶け合わさり、それらを構成しているものの細部には、ロバートのように古い鏡に引きこまれた物体の本来のものとは異なる状態が認められた。これらは夢の景色か幻灯の映像のようだった――パノラマめいた背景かこの世のものならぬ環境が造りだされて、少年はそれを背景にするかその只中を動いているのであって、実際にはその一部ではないという、しかとは捕らえがたい視覚的印象を与えるものだった。

ロバートはこうした情景のいかなるものも――壁や木々や家具なども――触れることができず、それらが非物質的なものであるからか、近づくと常に後退するからなのかは、まったく定かではなかった。何もかもが流動的で、変化しやすく、非現実的だった。ロバートが歩くと、目に見える情景の下の表面が――床、小道、芝生といった――どのようなものに見えようとも、よく調べると、常に接触が幻影だとわかるのだった。足を置いている表面がどのように変化しようと、足の裏にあたる抵抗する力に変化はなく、試しに屈みこんで手で触れてみても同じだった。ロバートは自分が歩いているこの土台あるいは限定された平面を、自分の重力のバランスを取る抽象的な圧力としてしか述べられず、それ以上に具体的なものとして描写することができなかった。触知できる明確なものは何もなく、それを埋め合わせているように思えるのは、高さの移動を成しとげる制限された浮遊の力めいたものだった。ロバートは実際に階段を登ることはできなかったが、低いところから高いところへ次第に上がっていくのだった。

ある情景から別の情景への移動には、二つの情景の細部が妙に混じり合う、影の領域もしくはぼんやりした焦点を、滑るように抜けていくことがかかわっていた。あらゆる景観が永続しない物体の欠如、家具や植物の細部のような半透明の物体の不明確で曖昧な見かけによって顕著だった。あらゆる景色の光は散乱して渾然としており、もちろん色が逆転していることにより——草は真っ赤で、黄色い空には混沌とした黒や灰色の雲の形があって、木の幹は白く、煉瓦塀は緑だった——何もかもが信じられないほどグロテスクに見えるのだった。昼と夜の移りかわりがあって、鏡がある地球上とは光と闇の正常な時間が逆転しているのだとわかった。

この見かけは不合理な情景の多様性がロバートを困惑させたが、やがて古い鏡にかなり長いあいだ映っていた情景から成り立っていることがわかった。このことによって、永続しないものが妙に欠如していることや、視野の気まぐれな範囲、あらゆるものが戸口や窓のような輪郭によって縁取られている事実も説明づけられた。どうやらこの鏡のガラスは、長いあいださらされていた、触れることのできない景色を蓄える力をもっているようだが、かなり異なった特別の過程による以外には、ロバートが吸収されたように、何かを実体を具えたまま吸収することはできないのだった。

しかし——少なくともわたしにとっては——この狂った現象の最も信じがたい面は、さまざまな幻影の情景とそれに対応する地上の領域の関係にかかわる、既知の空間の法則がまったく廃されていることだった。わたしはガラスがこうした領域のイメージを保存すると述べたが、これは実際には正確ではない。実のところ、鏡の情景のそれぞれは対応するこの世の領域の真の疑似永続的四次元投影なので、ロバートが特定の情景の特定の箇所に行くと、テレパシイでメッセージを伝えるときにわたしの部屋のイメージのなかに入りこむように、地球上のその場所に実際にいるのである——が、空間的な状況に阻まれて、ロバートとその場所の現在の三次元面のあいだでは、感覚的通信が双方向で遮断されるのである。

理論上は、ガラスに閉じこめられた者は地球上のどこにでもすぐに行ける——鏡の表面に映ったことのある場所ならということである。おそらくこれは、はっきりした幻影の情景を生み出すほど、長く鏡が掛けられていなかった場所にさえもあてはまるだろう。地球上の領域が多かれ少なかれ形のない影の領域としてあらわされるのである。明確な情景の外には、見かけは果てしない不明確な灰色の影の荒野があって、これについてロバートは確かなことがわからず、現実の世界と鏡の世界から絶望的なまでに離れてさまよってしまうことを恐れ、遠くまで入りこみはしなかった。

ロバートが最初の頃に伝えた詳細な情報のなかに、鏡に閉じこめられているのがロバートだけではないという事実があった。さまざまな者が、すべて古めかしい装いをして、ロバートとともにいた――弁髪を結び、膝丈のヴェルヴェットのズボンをはいた肥満した中年の紳士は、スカンディナヴィアの訛りが強いとはいえ、英語を流暢にしゃべった。光沢のあるダーク・ブルーに見えるブロンドの髪をした、かなりきれいな少女がいた。口がきけないらしい二人の黒人は、肌色がグロテスクなまでに逆転していた。ほかにも若者が三人、若い女が一人、ほぼ嬰児に近い幼児が一人、そしてことのほか目立った容貌で、半ば悪意のある知性をたたえた顔つきをした、高齢の痩せこけたデンマーク人が一人いた。

　この最後の人物の名前はアクセル・ホルムだった――体にぴったり合った繻子の半ズボン、裾の広がった上着、二世紀以上も昔の肩まで垂れる大きな鬘を身につけており、ささやかな一同のなかで、彼ら全員が鏡のなかにいることに責任のある者として際立っていた。魔術とガラス造りに通暁したホルムが、遠い昔にこの不思議な次元の牢獄を造りあげ、ホルムや、その奴隷たち、そしてホルムが招いたり誘いこんだりした者たちは、鏡がもちこたえるかぎり、変化することなく幽閉されつづけるのである。

　ホルムは一七世紀初頭に生まれ、コペンハーゲンでガラス職人としてこのうえもなく有能で成功を収めた。ホルムのガラス、とりわけ居間用の大型の鏡の形をしたものは珍重された。しかしヨーロッパ一のガラス職人となった大胆な頭脳は、その興味と野心を単なる職人の領域を超越したところまで推し進めた。ホルムはまわりの世界を調べ、人間の知識と能力の限界に苛立った。結局、こうした限界を突破するために闇の手立てを探し求め、いかなる人間にとってもよいこととは思えない成功を収めた。

ホルムは永遠のようなものを楽しむことを切望して、この目的を確実に果たすために鏡を準備した。四次元の真摯（しんし）な研究は、われわれの時代にアインシュタインがはじめたことに先立つものである。そしてホルムは当時のあらゆる技法にことのほか通暁しており、空間の隠された面に肉体を入りこませれば、通常の物理的な意味での死を防げるだろうことを知った。調査によって、反射の原理が間違いなくわれわれの馴染み深い三次元の世界の彼方のあらゆる次元への主要な戸口になることが示され、偶然のことから、きわめて古い小さなガラスを手に入れると、その謎めいた特性が利用できると思った。ホルムが思い描いたやりかたによれば、ひとたびこの鏡の「内側」に入れば、形態と意識の意味における「生」は、鏡を破壊や劣化から保存できるかぎりにおいて、文字通り永遠に保たれるという。

ホルムは珍重されて注意深く保存されるような素晴しい鏡を造りあげ、手に入れていた不思議な渦の形をした遺物を、そのなかに巧妙に溶合した。避難所にして罠であるものをこのようにして準備すると、入りこむ方法と占有の状態について計画を立てはじめた。召使いと仲間を同行させるつもりだったので、まず実験として、西インド諸島から連れてこられた頼もしい黒人奴隷二人を、真っ先に鏡のなかに送りこんだ。理論を実証したこのはじめての実験を目にして、ホルムがどのような思いをしたのかは、想像することしかできない。

明らかにこの博識の男は、外の世界を離れることによって、内部の者たちが自然な寿命を遙かに越えて生きたとしても、元の世界に戻ろうとすれば、たちどころに消滅してしまうにちがいないことを知った。しかし鏡の不運な破壊や事故による破壊を防げれば、内部にいる者は永遠に入ったときのままでいられる。決して歳を取らず、飲食物を口にする必要もないのである。

ホルムはこの牢獄を堪えられるものにするため、まえもって特定の書籍、筆記用具、がっしりした造りの机と椅子、さらにいくつかの付属品を送りこんだ。ガラスが映したり吸収したりするイメージは触れられず、夢の背景のようにまわりに広がるにすぎないことを知っていた。一六八七年のホルムの移行は重大な経験で、勝利と恐怖の感情が入り乱れたものであったにちがいない。何かがおかしくなれば、考えられようもない闇の多次元に迷いこむという、恐ろしい可能性があったからである。

五十年以上にもわたって、ホルムは自分と奴隷に新しい仲間を確保することができなかったが、その後、外の世界の小さな部分をテレパシイによる視覚化でガラスに近づけ、特定の個人を鏡の不思議な入口から引きこむ技法を完成させた。このようにして、ロバートが「扉」に指を押しつけたいという気持を掻き立てられて、内部へと誘いこまれたのである。そのような視覚化はひとえにテレパシイによるものであって、鏡のなかにいる者は人間の世界を見ることができないのである。

ホルムとその仲間がガラスのなかで送っているのは、いかさま不思議な生活だった。鏡はわたしが見つけた小屋の埃まみれの石壁に向けて、優に一世紀以上も立てかけられていたので、ロバートがそれだけの歳月を経て忘却の世界に入りこんだはじめての人間だった。ロバートの到来は特別な出来事だった。外の世界の知らせをもたらし、内部にいる者たちのなかで思慮深い者に最も驚くべき印象をもたらしたにちがいないからである。ロバートはその見返りに——幼いとはいえ——一七世紀や一八世紀に生きていた者たちに出会って話すことに、圧倒的なまでの異様さを感じた。

囚人たちにとって、生活がこのうえもなく単調であることは、ぼんやりとしか推測できない。先に述べたように、広範囲な空間の多様性は、長いあいだ鏡に映っていたものによって限定され、こうしたものの多くは、熱帯の気候が表面を蚕食するにつれて、ぼんやりした異様なものになっていった。特定の景色は明るくて美しく、一同はたいていこうした情景に集まった。しかし十分に満足のいく景色は一つもなかった。目に見えるものはすべて非現実で触れられず、しばしば輪郭も当惑するほどにぼんやりしているからである。退屈な闇の期間が訪れると、記憶や熟考や会話に耽るのが一般的な慣習だった。哀れを誘う不思議な一同は、それぞれ外の空間の時間の影響を受けないために、人格がかわることもなかった。

ガラスの内部の無生物の数は、囚人たちの衣服を除けば、ごく僅かだった。もっぱらホルムが自分のために用意した付属品に限られていた。睡眠や疲労は他の多くの必須の属性とともに消えていたので、家具さえもなかった。存在する無生物は生きているものと同様に腐朽を免れているようだった。低級な生命すら存在しなかった。

ロバートは情報の多くを、スカンディナヴィアの訛りで英語をしゃべる紳士、ティエレ氏から得た。この肥満したデンマーク人はロバートを気に入り、かなり長ながとしゃべった。ほかの者たちも親切に善意をもってロバートを受け入れた。ホルム自身は思いやりがあるようで、罠の扉を含むさまざまなことについてロバートに話した。

あとで語ってくれたことだが、ロバートはホルムが近くにいるときには、わたしと通信しようとはしないほど良識があった。そうしているときに、ホルムがあらわれるのを目にしたことが二度あって、すぐに中断した。わたしは鏡の表面の背後の世界を目にしたことはなかった。ロバートの視覚的イメージは、その肉体の姿やそれに結びつく衣服も含め――ロバートのためらいがちな声の聴覚的イメージやわたし自身の視覚化のように――純粋にテレパシイで伝えられたものであって、次元内の真の視覚とかかわりはない。しかしながらロバートがホルムのように訓練を積んだテレパシイ能力者であったなら、自分とは別個の強いイメージをいくつか伝えることができたかもしれない。

この啓示の期間を通して、もちろんわたしはロバートを解放するための手段をやっきになって考えだそうとしていた。四日目――ロバートが失踪してから九日目――に、わたしは解決策を思いついた。すべてを考慮すれば、苦心して考えだしたわたしのやりかたは、さほど複雑なものではないが、失敗した場合に取り返しのつかない結果になりかねないことが恐ろしく、どのように作用するかをあらかじめ告げることはできなかった。このやりかたは基本的に、ガラスの内側からの出口はないという事実に依るものだった。ホルムと囚人たちが永遠に閉じこめられているなら、解放は完全に外部からのものでなければならない。生きのびられるとして、他の囚人たち、とりわけアクセル・ホルムの解放も含め、わたしは考察を重ねた。ロバートがホルムについてわたしに知らせたことは、とても安心できることではなく、ホルムをわたしの部屋に解放して、邪悪な意志をふたたび世界で振わせるようなことはしたくなかった。テレパシイによるメッセージでは、ガラスのなかに入りこんで久しい者たちに、解放がどのような影響をおよぼすかがよくわからなかった。

成功した場合、ささやかながらも最終的な問題があった——信じられないさまざまなことを説明せずに、ロバートを学校の日課に戻らせるという問題である。失敗する場合を考えると、解放の際に目撃者を立ち会わせるのは、とうてい得策とはいえなかった——そして目撃者がいなければ、成功したとしても、紛れもない事実を話すことができない。わたしにとってさえ、一連の緊張した夢に抵抗しがたくあらわれるデータから顔を背けようとすると、現実が狂ったもののように思えるほどだった。

わたしはこうした問題をできるだけ深く考えこむと、学校の実験室で大きな拡大鏡を手に入れ、ホルムが使った古代の鏡の範囲を示しているはずの、あの渦の中心を一ミリ平方きざみに丹念に調べた。この助けをもってしても、古い鏡とデンマークの魔術師が加えた表面の境がまったくわからなかったが、長いあいだ調べつづけたあと、楕円形の境界らしきものを見つけ、柔らかい青鉛筆で正確に輪郭を辿(たど)った。そのあとスタムフォードに行って、がっしりしたガラス切りの道具を手に入れた。わたしの考えというのは、魔力のある古代の鏡を後世の枠から取り外すことだったからである。

次の段階は重大な実験をおこなうのに最適の時間を決めることだった。結局、午前二時半に落ちついた――作業が中断されるようなことはないし、ロバートが鏡に入りこんだと思われる時間、午後二時半の「正反対」でもあるからだ。この「逆転」の形式が当を得ているかどうかは不明だが、少なくとも選んだ時間が悪くはない――おそらくかなりよい――ことはわかっていた。

少年が失踪してから十一日目の真夜中に、ついに作業に取りかかり、居間のブラインドをすべて閉じ、廊下に通じるドアを閉めて施錠した。鉛筆で記した楕円形の線を、息も継げないほど細心の注意を払って辿りながら、鉄の車輪のついたガラス切りで渦の部分を切りつけていった。古代のガラスは厚みが半インチほどで、均一にガラス切りを強く押しつけていくと、硬質の音を立てた。ひとまわりすると、もう一度、ガラス切りをさらに深く押しこんで切りつけた。

そのあときわめて注意深く、重い鏡をコンソール型キャビネットからもちあげて、壁に向けて立てかけると、裏に釘付けされている薄くて細い板を二枚取り外した。同じように注意深く、ガラス切りの重い木製の握りを使って、切りこんだ箇所を裏から叩いた。

一度叩いただけで、渦のあるガラスがブハラ絨毯に落ちた。何が起こるかはわからなかったが、極度に緊張していたので、思わず深く息を吸った。そのときわたしは膝をついて、できあがったばかりの穴に顔を近づけていた。そして息を吸ったとき、鼻孔に強い埃の臭いが入りこんだ――これまでに嗅いだどんな臭いにも比較しようのないものだった。そして視野にあるものすべてが、急に衰えていく目の前で鈍い灰色に変じていき、わたしは目に見えない力に圧倒されるのを感じて、筋肉を動かすことができなくなった。

弱よわしくあえぎ、一番近くの窓のカーテンの裾に虚しく手を伸ばし、カーテンを引き外したことをおぼえている。そしてわたしはゆっくりと床に倒れこみ、忘却の闇に呑みこまれたのだった。

意識を回復したとき、わたしはブハラ絨毯の上に横たわって、奇妙にも両足を高くあげていた。部屋にはあの不可解なひどい埃の臭いが立ちこめていた――目の焦点が合うようになると、ロバート・グランディスンが前に立っているのが見えた。ロバートが学校の応急処置の授業で失神した者にするように教わったとおり、わたしの足を高くあげ、頭に血を通わせようとしているのだった――ロバートは血と肉を具え、普通の色に戻っていた。一瞬、わたしは息が詰まりそうな臭いと、たちまち勝利感に混じった困惑のために、ものもいえなかった。そしてすぐに体を動かし、しゃべることができるのを知った。

わたしはためらいがちに手を伸ばして、弱よわしくロバートに振った。

「大丈夫だ、君」わたしはいった。「足をおろしてくれていいよ。ありがとう。わたしなら大丈夫だと思う。臭いにやられたんだよ――たぶん。一番奥の窓を――大きく――開け放ってくれないか。それだ――ありがとう。いや、ブラインドはそのままでいい」

何とか立ちあがると、阻害されていた血行がもとに戻りはじめ、椅子の背もたれに寄りかかった。わたしはまだふらついていたが、窓から爽やかな冷たい風が吹きこんでくると、すぐに回復した。大きな椅子に坐りこみ、わたしの方に近づいてくるロバートを見た。

「まず」わたしは急いでいった。「教えてくれないか、ロバート――ほかの人たちや……ホルムのことだが。どうなったんだ。わたしが……出口を開けたときに」

ロバートが途中で立ち止り、きわめて重おもしい顔つきをした。

「消えていくのを見ました――無に消えていったんですよ、カネヴィン先生」ロバートが厳かにいった。「あの人たちと一緒に、何もかもが消えました。もう『内側』はありません。神さまと先生のおかげです」

そして幼いロバートは、恐ろしい十一日間こらえていた緊張に屈し、急に幼児のように自分を抑えきれなくなって、ヒステリックに喉を詰まらせて泣きじゃくりはじめた。

わたしはロバートを抱きあげて、長椅子にそっと横たえ、毛布を掛けてやると、傍らに坐って額に手をあてた。

「楽にしなさい。いいね」わたしは宥めるようにいった。

静穏に学校に戻るための計画について、安心させるように話していると、きわめて自然な突然のヒステリイが、はじまったときのように速やかにおさまった。失踪が関心の的であることや、合理的な説明の下に信じられない真実を隠しこまなければならないことで、予想していたように、ロバートはあれやこれやの想像をめぐらしていた。ロバートがようやく元気よく身を起こして、解放されたときの詳しいことを話し、わたしが考えだした指示に耳をかたむけた。わたしが出口を開けたときに、ロバートはわたしの寝室の「投影された領域」にいたようで、現実にその部屋にあらわれたこと——「出た」こと——には、ほとんど気づかなかったようだ。居間で何かが落ちる音を耳にして、急いで駆けつけ、わたしが気を失って絨毯に倒れこんでいるのを見つけたのだった。

ロバートをもっともらしいやりかたで学校に戻らせる方法については、ごく簡単に述べておくだけでよいだろう——わたしの古い帽子とセーターを身につけさせ、こっそり窓から外に出すと、静かに走らせた車で道路を進み、わたしがつくりだした話を注意深く教えこんでから、学校に引き返し、ロバートが見つかった知らせをブラウンに伝えた。わたしの説明というのは、ロバートが失踪した午後に独りで歩いていたところ、二人の若者に車に乗らないかと誘われ、スタムフォードより遠くへは行けないといったにもかかわらず、悪ふざけでスタムフォードの先まで連れていかれたというものだった。信号で停まった隙に、ロバートは車からとびおり、点呼の前にヒッチハイクして帰るつもりだったが、信号がかわったことで他の車に撥ねられた――そしてロバートに車をぶつけた、グリニッチに住む人の家で、十日後に意識を回復した。今日が何日かを知ると、すぐに学校に電話をした。目覚めていたのはわたしだけだったので、わたしが電話に出て、誰にも知らせることなく、すぐにロバートを車で迎えにいった。

ブラウンは問いかけもせずにわたしの話を受け入れて、すぐにロバートの両親に電話をかけた。そして少年がひどく疲れているようなので、問いつめることは控えた。ロバートはかつて看護婦をしていたブラウンの奥さんの世話を受けて、学校で体を休めることになった。当然ながらわたしはクリスマス休暇のあいだロバートによく会って、断片的な夢の話の特定のギャップを埋めることができた。

ときおりわたしたちは起こったことの現実性を疑い、鏡の輝く催眠効果から生まれた恐ろしい幻影を分ちもったのではないかとか、車に乗ったり事故にあったりした話が真実ではないのかとか思うことがあった。しかしそんなふうに思ったときには、恐ろしくも心に取り憑く記憶によって信じるようになるのだった。わたしの場合は、ロバートの夢の姿や声がかすれていたことや色が逆転していたこと、ロバートの場合は、昔の人びとや過去の情景を目撃した法外な壮観によってである。そして忌わしい埃の臭いという共有する思い出があった……わたしたちはそれが何を意味するかを知っていた。一世紀以上も前に異質な次元に入りこんだ人びとが瞬時に溶けてしまったのだ。

付け加えれば、かなり決定的な二つの証拠があった。一つは妖術師アクセル・ホルムに関して、デンマークの記録を調べたことによって得られた。事実、そのような人物が民話や記録に多くの痕跡を残していて、図書館を熱心に調べたり、さまざまな学識豊かなデンマーク人と話し合ったりしたことで、いまやその悪名にかなりの光が投げかけられている。目下のところ、コペンハーゲンのガラス職人——一六一二年に生まれた——が悪名高い悪魔主義者で、この男がおこなったことや、最後に姿を消したことが、二世紀以上前に恐ろしい議論の対象になったことを述べておくだけでよいだろう。この男はあらゆることを知って、人類の限界のすべてを克服したいという欲望に駆り立てられていた——この目的のために、子供の頃からオカルトや禁断の領域を深く探究していたのである。

一般に主張されているところによれば、恐るべき魔女の邪教に加わって、古代スカンディナヴィアの神話——狡猾なものロキや呪われた狼フェンリルを含む神話——の膨大な伝承に、たちまち通暁するようになったという。異様な興味や目的があって、はっきりしたことはほとんど知られていないが、いくつかは途轍(とてつ)もなく邪悪なものだったらしい。記録によると、デンマーク領の西インド諸島出身の奴隷であった黒人の助手二人は、この男に買われてまもなく口が利(き)けなくなって、この男が人間の世界からいなくなるかなり前に姿を消したという。

既に長いものになっていた人生が終わりに近づいた頃、不死の鏡の考えが頭に入りこんだようだ。通説によれば、信じられないほど古い魔鏡を手に入れたらしい。妖術師仲間から研磨のために預けられた鏡をくすねたのだといわれている。

この鏡——民話によれば、よく知られたミネルヴァの盾やトールの槌のように強力な戦利品——は、「ロキのガラス」と呼ばれる小さな楕円形のもので、溶解できる何らかの金属を磨きあげたものからできており、すぐ先の未来を占ったり、所有者に敵を示したりする力を含む魔力があった。さらに深い潜在的な特性があることを、これを手にした博識の魔術師は知ったが、ほかの者たちは疑いもしなかった。そしてこれをホルムが大きな不死の鏡に組みこもうとしたという噂を、教養のある者たちさえもが恐ろしげに重視した。やがて一六八七年に魔術師が姿を消し、その持物は奇想天外な伝説の広がりゆく煙に包まれながら売却されて分散した。しかるべき解答の鍵がないかのように、一笑に付される類（たぐい）の話ではあるが、わたしにとっては、夢のメッセージをおぼえていて、ロバート・グランディスンの補強証拠があるだけに、明らかになった困惑させられる驚異すべての明白な確証になった。

しかし先に述べたように、さらに明白な——異なった性質の——別の証拠がまだ利用できる。解放されて二日後に、体力を回復して見かけもよくなったロバートが、わたしの居間の暖炉に薪（まき）をくべていたとき、わたしはロバートの動きにぎごちなさがあるのに気づき、どうにも気になる考えに思いあたった。わたしはロバートを机に呼び寄せ、いきなりインク壺をもちあげるようにいった——そして右利きであった少年が無意識に左手で従ったことに気づいても、さして驚きはしなかった。わたしはロバートを驚かせないようにして、上着のボタンを外して、わたしに心臓の音を聞かせてくれといった。ロバートの胸に耳をあててわかったのは――その後しばらくロバートに知らせずにおいたのは――ロバートの心臓が右側で鼓動していることだった。

ロバートはガラスのなかに入ったとき、右利きで、臓器はすべて正常な位置にあった。いまや左利きになり、臓器の位置は左右逆になって、疑いもなく死ぬまでそのままなのである。明らかに次元の移行は幻想ではなかった――この肉体上の変化は具体的で、間違いようのないものであるからだ。ガラスに自然な出口があったなら、ロバートはおそらくまた逆転して、正常な状態であらわれただろう――体や服の色がもとに戻ったようにである。しかしながら強制的な解放の性質によって、何かがおかしなことになり、色の波長のように正しくする機会がなかった。

わたしはホルムの罠を単に開けたのではなかった。破壊したのだ。そしてロバートの脱出によって示される破壊の特定の段階で、逆転する特性の何かが失われた。ロバートが逃れるときに、入ったときに経験したものに匹敵する痛みを感じなかったのは意味深い。破壊がもっと突然のものだったなら、少年がいまもあのすさまじい色の逆転に堪えるほかなかったのではないかと思うと、ぞっとしてしまう。付け加えれば、ロバートの臓器の左右逆転を発見してから、ロバートが鏡のなかで身につけていた、もみくしゃになって投げ捨てられた衣服を調べてみると、予想していたように、ポケットもボタンも、何もかもが左右逆転しているのがわかった。

鏡は欠損を埋めて無害なものになっているが、その鏡からブハラ絨毯に落ちた、あのロキのガラスは、いまではかつてのデンマーク領西インド諸島――現在ではアメリカ領――の古風な趣（おもむき）のある首都、セイント・トマスにあるわたしの書物机で、ペイパー・ウェイトになっている。古いサンウィッチ・ガラスのさまざまな蒐集家が初期のアメリカのガラス器の断片だと誤解しているが、わたし自身はこのペイパー・ウェイトが遙かに精妙な古代の職人芸によって造られたものであることを知っている。それでもなお、熱心な蒐集家を幻滅させる気にはなれないのである。

訳者紹介　1952年，大阪市生まれ。翻訳家。著書に「魔法の本箱」「エヴァンゲリオンの夢」，訳書にアニオロフスキ編「ラヴクラフトの世界」，ヘイ編「魔道書ネクロノミコン完全版」，タイスン「ネクロノミコン」「アルハザード」，ゲティングズ「悪魔の事典」ほか多数。

検印
廃止

ラヴクラフト全集　別巻上

2007年9月28日　初版
2022年2月18日　6版

著　者　H・P・ラヴクラフト

訳　者　大瀧啓裕（おおたき けいすけ）

発行所　(株)　東京創元社
代表者　渋谷健太郎

162-0814/東京都新宿区新小川町1-5
電　話　03・3268・8231-営業部
　　　　03・3268・8204-編集部
URL　http://www.tsogen.co.jp
工友会印刷・本間製本

ISBN978-4-488-52308-4　C0197